新世紀散文家 ⑫

蔡詩萍

精選集

陳義芝◎主編

NEW CENTURY ESSAYISTS

目錄

61

輯二 背德的理由

93

輯三 歐菲斯先生

169 輯五 愛戀情書

編輯前言

陳義芝

熟識中文創作的人，對先秦諸子散文、漢代紀傳體散文，以及李密、陶淵明、江淹、庾信等人的六朝文，韓、柳、歐、蘇代表的唐宋文，必不陌生。清初吳楚材、吳調侯叔侄編注的《古文觀止》，網羅歷代名篇雖有遺漏，但大體輪廓的掌握分明，仍是研讀古代散文最重要的讀本。

今天我們讀古代散文，除《古文觀止》上的文章，論、孟、莊、荀，也不可棄，因為是源遠流長的文化氣質。歸類為小說的《世說新語》，寫人敘事清雅生動，當小品文讀也不錯，可欣賞它精鍊的筆觸、機智的餘情。而繼明代歸有光、張岱之後，猶有黃宗羲、袁枚、姚鼐、蔣士銓、龔自珍……

古人說，「文之思也，其神遠也」，又說，「事出於沉思，義歸乎翰藻」，當文統與道統釐清，藝術的想像力與語言的精緻性即獲得高度發揚；迨至明代獨抒性靈，清代提倡義法，民國梁啓超錘鍊的新文體（雜以俚語、韻語及外國語法），兩千年來中文散文的山形水貌，因而更見壯麗。可惜今人不察中文散文有其獨特鮮明的傳統，往往以西方不重視散文為名，任意貶損散文價值，誤導文學形勢。

究實而言，粗糙簡陋的經驗記述，與不具審美特質的應用文字，當然算不得散文，就像這世界充斥許多聲音，只為溝通、發洩之用，或無意為之，毫無旋律可言，也就算不得是音樂。但我們不能因為聲音之產生容易而漠視聲音之創造，同理，不能因「非散文」之充斥而不承認散文所展現的生命價值、啓蒙作用。〈庖丁解牛〉、〈出師表〉、〈桃花源記〉、〈滕王閣序〉之所以千古傳誦，正在於作家內在精神之凝注與文學意趣之揮灑，代代有感應。

清末劉熙載〈文概〉講述作文七戒：「旨戒雜，氣戒破，局戒亂，語戒習，字戒僻，詳略戒失宜，是非戒失實。」分別關切文章的主題、文氣、布局、語字、結構、義理，我們拿這個標準來檢視現代散文，也很恰適。試以現代（白話）散文前期名家的看法為例。

周作人主張散文要有「記述的」、「藝術性的」特質，「須用自己的文句與思想」，「真實簡明便好」。

冰心主張散文創作「是由於不可遏抑的靈感」，並且是以作者自己的靈肉「來探索人生」。

朱自清說：「中國文學大抵以散文學為正宗，散文的發達，正是順勢。」他認為散文「意在表現自己」，當然也可以「批評著、解釋著人生的各面。」

魯迅主張小品文不該只是「小擺設」，「生存的小品文，必須是匕首，是投槍，能和讀者一同殺出一條生存的血路的東西；但自然，它也能給人愉快和休息。」

林語堂說小品文，「可以發揮議論，可以暢泄衷情，可以摹繪人情，可以形容世故，可以札記瑣屑，可以談天說地。」又說散文之技巧在「善治情感與議論於一爐」。

梁實秋特重散文的文調，「文調的美純粹是作者的性格的流露」，「散文的美，不在乎你能寫出多少旁徵博引的故事穿插，亦不在多少典麗的辭句，而在能把心中的情思乾乾淨淨直截了當地表現出來。」

以上這些話皆出現在一九二〇年代，可見白話散文的基礎一開始就相當扎實。

梁實秋以降，台灣文壇的散文名家，從琦君到張曉風，從林文月到周芬伶，從王鼎鈞到簡媜，從董橋到蔣勳，並時聚焦的大家如吳魯芹、余光中、楊牧、許達然，幾乎沒有一個不是集合了才氣、人生閱歷、豐富學養與深刻智慧於一身。他們的散文大筆馳騁自如，頗能融會小說情節、戲劇張力、報導文學的現實感、詩語言的象徵性。散文的屬性被發揮得淋漓盡致，散文的世界乃益加遼闊；散文的樣式不再只循舊式美文、雜文、小品文或隨筆的路徑，科學散文、運動散文、自然散文、文化散文或旅行文學、飲食文學，為人間開發了無數新情境，闡明了無數新事理。

隨著資訊世紀的來臨，文類勢力迭有消長，我預見散文的影響力將有增無減，而每位作家收入一兩篇的散文選，光點渙散，已不足以凸顯這一文類的主流成就。「新世紀散文家」書系（九歌版）因而邀當代名家自選名作彙輯成冊。柳宗元談讀諸子史傳的收穫，曾說：「參之《穀梁氏》以厲其氣，參之《孟》、《荀》以暢其支，參之《莊》、《老》以肆其端，參之《國語》以博其趣，參之《離騷》以致其幽，參之太史公以著其潔，此吾所以旁推交通而以為之文也。」必先了解各家的藝術風格、表達技法，方能於自我創作時創新超越。這套書以宜於教學研究的體例呈現，歡迎走文學大道的朋友從散文下手！這批優秀作家的作品見證了一個輝煌的散文時代，他們的創作觀更合力建構出當代中文散文最精粹的理論！

——二〇〇二年五月於台北

推薦蔡詩萍

這本精選集有另一種讀法，從第二輯「背德的理由」開始讀起：兩性氣息的詭祕，兩情嬉戲的迷離，半掩與全裸之身的試探，墜落深淵的性的嘶喊，具現蔡詩萍散文最魅惑的元素，由眞誠袒露塑成的主體。

在愛情即人生的象徵架構下，蔡詩萍意到筆到，時而如風雲翻捲、急水奔流，時而如潮浪往復拍擊，擒拿縱放間流洩出蕩人心弦的韻律。

多變的敘事觀點交織多樣的敘事手法，描繪生命不同階段的觀察，反哺刻骨銘心的戀人箴言，蔡詩萍以新奇的情節翻新了當代情愛散文的風貌。

——陳義芝

以鏡照面，如此深情

——蔡詩萍其文其人

許悔之

身爲一個編輯，讀過各方書寫，認識許多作家，總是會有一些回憶，特別深刻，或許被書寫所吸引打動，也可能因爲作家的言談爲人，其情味深永。

一九九九年二月，我收到一篇散文，是蔡詩萍傳來的〈就算最後總是寂寞〉，那時，他正在寫【曾經是戀人】系列，這篇散文描述居住台北生涯裡，情感的失落、寂寞的滋味，他提到寂寞時刻重新讀詩，擁有與失去的辯證、理性和感性的頡頏。其中有私人心情的披露，也寓含集體感受的強度，是詩萍散文書寫最典型的代表之一。一己愛戀的陷落原容易陷入自憐自艾無法打動讀者的窘境，但是詩萍的文字卻往往深刻地喚起他人的同感，正因爲其文其人，都情味深永。

詩的感動，不僅是面向永恆失落的那種堅持，如同尼羅河邊屹立千餘年的遺城。詩的感動還可以是絕對熟悉，絕對喧囂裡的一些純粹，乾淨、簡單的形式，讓自己知道所有的複雜、多變，都因爲曾經感受過的純粹而令人能夠忍受，甚至愛惜起來。

我從誠品書店出來，沿著敦化南路向北走時，就曾捕捉到這樣的感動，而且不只一次。黃昏以後的台北東區，喧鬧是必要的，人們穿梭其間，在肩膀摩擦肩膀，眼神對換眼神的交錯裡，猜測著彼此陌生的來意。既然都不曾擁有對方，當然也就不能穿越彼此的窗口，貼近的端詳對方內心一定儲藏的溫馨與愛意。所以在繁華世界裡，大家僅僅是孤立的每個個體，孤立不是寂寞，每一粒細沙就算擁擠得再近，它們還是彼此孤立的，但絕不等於寂寞。唯有親吻過雨水的柔媚，而後再重回彼此推擠的荒漠，等待下一次難以臆測的甘霖時，每一粒沙的等待才叫寂寞。

時隔數年，重新讀到這些文字，還是非常的感動，其中的纖細情愫，勾動起我們在城市大海裡的孤舟一葉之感，私己的感受透過精細的修辭，而有了集體的意義。

認識詩萍之時，他正在寫《三十男人手記》，青春張揚像風吹滿了帆，感覺是一位自戀、自省，偶爾自嘲卻關心別人的青年，吃午飯喝咖啡時，他總是帶著書，那是一九八八、九年的時候，編《中國論壇》的蔡詩萍。那時我二十幾歲，像一個興奮的賭客，以為手中有大把大把的籌碼可以揮霍，偶爾通宵醉酒，回家沖個澡、打個盹，又能去上班，那時，我以為三十歲是多麼棒的年齡，應該累積了一定的生命經驗，人生像一長長的卷軸，猶未開展的部分如此之多！詩萍三十未度，感懷卻又如此之多，而傷青春之易逝，難免心中會想，詩萍是為賦新詞強說愁罷。被稱為文化界美男的詩萍，為什麼感傷如此之多？當年的我並不能理解。

這是大年初四的凌晨，我的心思卻無法停止，想到詩萍和他的散文選集。偶爾我們在「咖啡倉庫」見了面，他在吃早午餐，我在喝咖啡時，都有一種承諾未行的焦慮感，淡淡的焦慮感，我不太清楚源自何處，但總之，負疚的感覺未曾中斷，我知道那不單為了承諾的履行而已，一定還有更底層的憂懼。

或許是為了在煩躁和憂懼的世界裡，我目睹了一雙自戀的眼睛，有情地觀看了世界。詩萍把「觀看自己肚臍眼」的自戀本能，化為理解、體會別人的用心和能力，他那麼認真地談自己的怯懦、孤獨；他那麼聰慧地觀察了職場的生態；他準確地描繪了男性成長的啓蒙——包括善惡與性愛；他追索情書中，愛情的顛覆力量；可是，他是自戀的，卻不為自戀所囿限，純粹自戀的人絕少擁有體會別人的心腸和能量，更遑論化爲某種關懷的傾向和習慣。至少，在現實生活裡，我見過不少的作家和藝術家，他們豐沛的創作力甚多來自於自戀——包括耽溺自己所思以及完整地表達自己所感，在創作裡他們是巨人，在現實裡，他們不免自傷，也偶爾傷了人。自戀是他們的天賦，某種程度也是他們的神聖咒詛。

我心中底層的憂懼，像一隻蝴蝶被捕網攫住；或許，我也是自戀的，卻無能力敬謹地觀看自身以外的世界，用一種明晰的、有情的修辭，爬梳一切的受想行識，給世界更有效的解釋，作爲一個詩人，我總是用不安的情緒作爲創作的動力，直到我不再年輕了，開始害怕生命劇烈的震盪，我不再追求暴戾之美如華格納、抑或叩問雄辯不已如貝多芬，我應該聽舒伯特的《鱒魚》。

先前看詩萍這本選集的文稿，曾經有一次在聽舒伯特的《冬之旅》，偉大的男中音費雪・狄茲考。有一些片段，我失了神，想到生命究竟是一次奇幻的旅程，抑或是冬季的絕望之旅？生命終究會走向敗亡的，但是音樂那麼的美麗，詩萍那麼認眞有情地觀看世界，並且將之書寫，我究竟是在聽《冬之旅》？還是在聽蔡詩萍講述他前半生的旅程？音樂與文字，疊映在一起，那些時光的片段，像湖邊的光影浮動又疑似沉寂，直到天鵝游動，並且發出了聲音。

有一次旅行，去了梭羅的華騰湖，火車行進的路上一逕的楓紅，美東的深秋。湖景乍看不怎麼樣，遊客也很少，天氣偏冷，很快就要到了傍晚時分。

我想起少年時讀《湖濱散記》的感動：素樸的思慮、身體並且力行的反社會者梭羅，無害的反社會人格者。我在湖邊感到孤獨，覺得華騰湖實在普通，和當年的感動無法聯結，突然看見幾位遊客，走入湖中，開始游泳，才感到生命在平凡中的波動韻致。

華騰湖本來就在那裡，它不說話，也不為一切作解釋，它讓人於其中游泳，或者在湖畔漫步，一切的意義都必須由人作出解釋來。

詩萍和梭羅看似不一樣的，至少，詩萍沒有拒稅的紀錄，但不知為什麼，這些時日，我總是把他們兩人聯想在一起。詩萍所描繪的所想像的從人的天羅地網中而能美麗逃逸的路線，與梭羅的體驗孤獨、追求自我，難道本心有所不同？梭羅想必是自戀的，他必須捍衛自己百分之百的所思，所以離群而索居。詩萍寫出一本又一本的書，難道不是為了構建他的華騰湖，於其中，孤獨可以安居安住。想必詩萍心中也有他一面美麗的華騰湖，就坐落在城市熙往攘來中，他邀請我們與之一起分享綠水、陽光和漫行環湖步道的寂靜心情。在城市與鄉野的錯置中，都有相同的咬嚙人的寂寞。

我曾記錄下一段小小的心情〈車過淡水河〉，那是我經常往返老家和台北兩地擺盪迭錯的過渡心情。我很喜歡其中引用的句子，「生命裡，總也有連舒伯特都無聲以對的時候……」無聲以對時，並不意味像舒伯特這樣用靈魂撞擊生命，繚繞音符於指間的人就放棄了生活。無聲以對時，爲什麼還要逼自己喋喋切切去臨視生命最無可如何的窘境？

無聲以對時，我們最好沉默。

這是《三十男人手記》裡的〈無聲以對〉。

馬丁・海德格(M. Heidegger)認爲，言說的本身寓含著傾聽和沉默。「無聲以對時，我們最好沉默」——這或許是蔡詩萍爲自己覓求方寸安靜之地的法則或策略，居住在城市，有太多的噪音、雜音、惡音，人能夠詩意地安居，是因爲能夠傾聽和沉默。沉默像防波堤，消解了如浪奔來的噪音和惡音，沉默讓自己辨識出位置，也偵探到他人的處境，沉默是一種動力的蓄勢待發。

沉默是爲了言說(discourse)。詩萍書寫裡的言說包含了對他人的傾聽。

【奧菲斯先生】系列，爲職場生涯的苦酒滿杯加了甘甜，【女人花園】則如蜜蜂飛過另一種性別的秘密花園，【愛戀情書】爲情書／愛戀這兩種古老的「手工藝」深深叩問、探其神髓；在在都是作者對他人的傾聽。

最擅長品味寂寞的詩萍何以能安居安住，自戀的同時還能將眼光看向別人，用體會和同理心，演練生命中那些大量重複的瑣屑裡閃現如鑽的美麗。這是詩萍在台灣近代散文書寫序列中，最卓越的成績。他同時又以社會學者的眼光，洗沙取金，爲台灣的情慾／人際關係，留下了珍貴的抒情論述，他的這一切努力，都爲散文作爲一種文類，開拓了溝通的方式和新的疆域。

詩萍和他新婚妻子林書煒小姐婚宴那晚，我從台下的酒席座位中遠遠望去，他還是那個當年寫《三十男人手記》的好看男人，我彷彿知道，自戀來自他的好看和條件，關懷別人的溫煦則照見他善良的心。

自戀如漫步湖畔的梭羅，湖面如鏡；自戀如漫步水泥叢林的詩萍，有城市男子以鏡照面的深情，常在纏縛。

蔡詩萍 散文觀

NEW CENTURY ESSAYISTS

我喜歡「散文」。

因為夠直接，夠自在，每個人都可以走自己的散文路。

也因為夠自由，散文看起來人人可寫，卻不是人人能寫出一手好散文。

於是，我必須對「好散文」，下一點個人定義。好的散文，要在文字上展現閱讀美感，同時兼具作者獨特的思索風格。讀者沉浸其中，既被文字吸引，也被文字開展的視野或題材所牽引。

我出身社會科學背景，自小愛讀文學。兩相對照，我會要求文字在解析義理時，要精準、要清楚；另方面，我又雅不願，文字僅僅限定於溝通的角色。這就讓我欣賞的散文，常常擴及到那些宏偉的論述，動人的修辭，隱伏跌宕之感情，而不囿於一般所謂的抒情散文。

年少階段，這類散文意識，引領我很快進入胡適、魯迅、殷海光的論述領域，也很自然在余光中、楊牧的散文企圖，或者，而後，於盧梭、馬基維利、洛克、馬克思等西方政治思想大家的滔滔雄辯裡，感受到文字理念的熠熠光彩。我也許沒資格為散文下任何定義，不過，我絕對能以自身的閱讀成長經驗，誘使喜好散文的讀者，去試探散文光譜中，很可能被長期忽略的每一束光環。

我喜歡「散文」。喜歡走自己的「散文路」，這或許是我努力想在政治評論、散文創作、管理論述中，四處優遊、摸索的原因吧！

輯一

曾經是戀人

妳走了以後我重新認真讀詩，
想用生命最真誠的撞擊去感受詩的靈動與質樸，
想在詩的玄念跌宕裡，
温存妳所留下的每一塊殘餘的愛。
像後人撫拭殘垣斷壁裡的煙塵，
我感受了最深沉的荒蕪與寂寞，
在無人依靠的窗口。

但我總是遇上妳了

發完考卷，學生們忙碌而沉靜的開始做答。

這是最後一堂考試，他們的心情不知是期待還是焦慮，考完這門課，快快樂樂的走出門去，人生對他們該是一門更大的功課吧，要用一輩子去應付。

看著學生們一改平日上課時的嘻鬧調皮樣，正正經經思考答案，突然釁不忍的，最後一堂考試，希望不是最難的一堂。

我走出教室，靠著欄杆，背後還能聽到原子筆急促接觸試卷紙面的聲音，悉悉索索。我不怕他們作弊，這是Openbook的考試，本來就可以翻資料。差別只在有沒有自己的見解，一味抄書的人，要有分數不高的心理準備。我在最後一節課時這麼宣布，調皮的學生一陣譁然。

有人問：會不會「當人」？

我看是個男生，所以也故做調皮狀的回答：怎麼能告訴你呢，難道你追女朋友事先還要問她會不會甩你嗎？學生轟然而笑，我收拾教材，走出課堂。

會不會當人？我想我是不會刻意當人的。但人生的路上，有誰能一直保證我們不會被當呢？有時候你要承認，被當過也是一種成長必要的經驗，對某些人是很重要的。系主任知道我不喜歡當學生時，曾經對我這麼說。

六月天了，下午炙熱難耐，這種季節考試眞的很折磨人，要是被當感覺一定很差。

我回過頭看了看作答的學生，靠窗邊的一位女生側著臉望向窗外大概在思索，眼神和我交會時害羞的又低下頭。我笑了笑。

眞是年輕的羞澀啊，一生也就這麼一次吧！

記得我第一次讀到小說家沈從文的自傳，就很爲他筆下如大河般緩緩流蕩的人生際遇折服，總想那是怎麼樣的生命體驗啊，再多、再重、再沉、再亂的經歷，一旦在人老情淡的筆下輕輕敘述開來，竟是如此舒緩平適，彷彿一個人的生命終究只屬於他自己，一個人來一個人去。

而後，我再幾次讀沈從文自傳的時候，認識了妳。

我認識妳時，有沒有問過：妳會不會愛上我呢？顯然是有的，不然我們不會戀愛一場。

我們互愛以後，我有沒有問過妳：會不會有一天離開我呢？

我不記得了。如果問過，妳有沒有回答我呢？分手後起起伏伏慌亂過日子，怎麼用力想也記不得了。

一個既然不記得有沒有問過的問題，我不記得它的答案，似乎也是很正常的吧。馬奎斯以《愛在瘟疫蔓延時》裡等了一輩子的一場戀愛，為我們回答了這問題的一部分，愛情的堅貞是可以用時間證明的，青春撒下的誓言不會隨皺紋變形，一輩子等一場戀愛，不算久。至於另外一部分，米蘭昆德拉則在《生命中不可承受的輕》裡提出了方式特異的答案，愛情其實免不了在忠誠與背叛間移動，有時候偉大的愛情之所以發生，只因為戀人們終於警覺到生命只有一次，他們必需抓住此刻遇上的對方。這些答案就夠了嗎？當然不，不能輕易回答的，村上春樹在《國境之南、太陽之西》中淡淡的表達了，每個人的愛情記憶都有一個黑暗的洞穴，那裡是純粹的情與純粹的欲最調和的世界，僅僅對某一人某一情境適用，但一切過去了以後，我們還是能活下去，而且活得不錯。

妳愛不愛我？會不會在愛我以後，有一天決定離我而去？我能在妳離去後自己走下去嗎？戀人們緊張而抑鬱的，不斷的問，不斷的等，也不斷的給對方答案。

問問題。找答案。我們的文明據說就是一直在思考問題、尋找解答、測試答案的循環中，一路走下來的呢。但愛情似複雜似簡單的關係，這麼多世紀走過了，找答案的路徑和地圖，好像都沒太大變化呢。大情聖歌德絞盡腦汁也只是對他愛慕的人迸出一句：我愛妳。文采如莎士比亞，面對羅密歐與茱麗葉的戀愛困境，指點的明燈竟然只是：你們去死吧！

五十萬年前一對山頂洞人情侶，思索他們的關係，恐怕比起現代戀人其實差距不會太遠的。戀人不斷的問問題，而答案，答案其實就那麼幾種，是選擇題，大部分戀人卻拚命想用申論題回答，怎麼會不辛苦哪！

六月天，炎炎夏日，每年此時來監考，總能聽見知了聲，聒噪，卻一點也不煩人。我從沉思中回過神時，立刻聽到了一大片一大片的知了聲。

這學校依山而建，山不高，樹卻很多，而且高大濃密，適合知了盤旋聚集。我在三樓走廊邊剛好迎著一片濃鬱密林，知了就在那兒毫不收斂的大唱特唱。來這學校兼了幾年的課，一直喜歡這些大樹，看它們隨季節變化枝葉。當老師要比學生幸福一些吧，雖然青春已去，生命裡跌跌宕宕的種種歷練終究是一路走過來了，不像他們還不知道等在前面的那麼多扇門後，究竟會遇上什麼人什麼事，也不知道會流多少眼淚多少心酸。每次教畢業班，都有一分歉然的尷尬，把未來說得太好，那不實際；把未來講得平庸，又太消極。教了幾年後，我開始告訴學生，未來像在未知的國度裡旅行，靠地圖只能沿前人足跡走，而許多奇峰異水、新鮮經歷，是要自己摸索出來的。對的，就是在未知的國度裡旅行，會遇上什麼人，會發生什麼事，自己會變成什麼樣的面貌，我們都不可能預見。一個不確定的未來，會讓我們心煩不已，可是也因為未來的不確定，我們邊走邊看邊回想的忐忑與好奇，才能像一個個傳奇。面對傳奇，是不應該在出發前問結局的。

小時候，跟爸媽看電影，總要在劇情變得曲折緊迫時追著問，男主角會不會死？女主角會與男主角結婚嗎？壞人應該會被抓起來吧？問到爸媽煩了，回我一句：「再吵，下次就不帶你看電影！」才肯安安靜靜繼續看下去。能預先知道結局，我才明白男女主角的每個動作會有什麼意義啊。沉默下來的我，總是噘個嘴，心裡嘟囔囔的。

這習慣到了我開始讀小說的年紀，還是不改。不管是《三國演義》，還是《基度山恩仇記》，看過三分之一或一半左右，就老愛跳過剩下的部分，直接想知道結尾如何。預先知道每個人物的下場，再回過頭看尚未翻閱的情節，書中人物就彷彿是命中注定般的，一步一步走向命運早已畫好的位置，我的心情與掙扎是紊亂的，我不能改變他們既定的生命之旅，又不能停下必需翻閱下去的顫抖手指。那種預知了別人在未知國度裡所有努力都將付諸虛幻的緊繃痛苦，終於在我大學聯考受挫的那年暑假，被我下定決心徹底拋除掉。如果我的每晚苦讀在另一個可以預知我聯考命運的人眼裡，只不過是早已注定的重考前的一次預演，那他爲什麼不給我一些蛛絲馬跡，提醒我，讓我不必這麼累？還是每個人的未知之旅，都應該自己親身體驗，才知道歡笑的眼淚是甜的，悲傷的眼淚是鹹的？我不想再預知人間悲喜的結局了。不知道未來，我們就只有現在。不在意未來，我們會多回想過去。那些已知的，才是我們走下去，經歷風風雨雨時始終撐得住的依靠。

就像我現在，心情漸漸平靜，而那些妳和我在一起時留下的片片段段往事，就成了我支撐的依靠。我不想知道我們還有沒有未來，那不重要，在走向未來的地圖上，妳已經留下深刻足印了，我很滿意，老年以後，我不缺回憶想念的山水。一個週末下午，我含著淚離開妳家，距離越遠，我越能感受這次離開是眞的離開了。如果我早能預知這樣的被迫離開，我也許不會這麼難過，可是不難過，我又怎麼會反覆咀嚼每一段可能的記憶，重新發現我在我們的愛情裡一直未曾注意的角落！

就像我的學生們，專注的思索考題、拆解答案，未來至少要等過了眼前這一關再說，而他們過不過得了畢業考，決定於從過去到現在所投入的努力。未來，只能以現在爲起點。

快下課了，我走回教室，還沒有學生交卷。我站在講台上，環顧了教室一圈，想再好好看看這群即將一頭闖進未來的大孩子們。還剩五分鐘，時間一到，自己把考卷和試題卷交上來。我交代完後，又走出教室。

知了繼續喧譁，這是牠們的季節。高中時學校靠山，到處是濃密大樹，夏天裡知了最囂張，整天唱呀唱的，總不嫌累。高三時，教室就在三樓，正對著樹林濃密處，那年我十八歲，還沒戀愛過。我常常瞪著大眼睛，出神的看著蟬鳴深處發呆。未來我會愛上什麼樣的人呢？那時我當然不可能知道會遇上妳，但我總是遇上妳了。

滿山知了漫無節制的唱著。未來就讓它繼續未來吧，妳不必知道我如何在午後無風、知了鳴唱的一個六月天裡，想妳。

——本輯作品創作於一九九七年至二〇〇一年之間

從此情愛是一條緩緩滑逝的長河

我站在河岸，盡量向最接近河水的石礫傾靠，那樣我才能取得最好的視野，往河的中上游望去。

那邊應該就是這條河發源的盡頭了，一層層山勢漸疊漸高，最遠的山頭，時而被雲遮住，時而露出一些白濛濛的色調，他們說如果是冬天或初春，那一定是積雪。每年到了冬季，天一冷，山上就會下雪，雪不大，融得也快，不過偶爾也會積上一陣子。春天時來，還能遠遠望見雪的殘餘。現在，那大概是雲霧的假象吧。

啊，雪的殘餘呀，我寧可它是，總比假象動人心弦。河，在那山裡會是什麼樣子呢？我心裡好奇的問。

憑常識也知道，不會像眼前般緩緩滑過吧。

那一定是激盪岩石，沖刷河岸，把沙土淘盡，留下成千上萬顆奇形怪狀的大小石礫。我曾在花蓮木瓜溪的中游，或許更接近上游的一段河谷裡，看過類似的景觀。河岸兩旁山勢偉峻，被兩岸山谷夾擊的溪流，硬生生穿越溪中巨石，激得水聲嘩啦嘩啦作響，一整天下來，若待在河邊不動，恐怕一個人的耳朵要不是麻木了，就是走出河谷後，要好一陣子才能適應人間更為雜沓的喧囂。

在西部平原住久了，早忘了河流不應只是那樣平緩滑落的情態。

尤其在台北盆地，幾條河川被高傲的河堤阻卻在外，台北人記憶中的河流是一條條污濁，夾帶著屍體膨脹了的死雞、死豬和各式垃圾，了無生命跡象的廢水溝罷了。偶爾路經關渡，在淡水河與觀音山交會的那一段河面，突然感動於山川自然之美的震撼時，也很少會去想像，在河的上游，源流的最初階段，那一切該是什麼模樣。

那一切該是什麼模樣呢？一股涓涓細流，在山石間湧出。先是細微的，生命最初始的徵候，在地表以下，默默潛伏了百萬年之久，等待時機，穿梭好幾個地層。然後漸漸匯聚支流，增加河水的聲勢，在山谷、石澗裡左切右割，擴大了水流蔓延的趨勢，然後義無反顧的向中游奔去。

所有源頭的出發，都曾經是那樣義無反顧、急奔向前嗎？我蹲在河邊一塊搖搖晃晃的石頭上，這樣想望著河的上游。在生命最傾頹的時候，我努力的出發，向每個可能的角落試探一些可能無謂的答案。

沿著木瓜溪，我曾一路盤旋而上。深秋了，山下還遲滯著夏日不退的餘焰，一入山，天候便因爲山勢變了個模樣，難怪朋友一早就提醒，別把山上的天氣想得太浪漫。「我想知道河的起源是個什麼樣子，」央求朋友帶我上山前，我這樣說，看他一臉茫然，我又補上一句：「像想知道愛情的源頭一樣呀。」那尋找愛情的源頭恐怕比較容易喔，朋友一邊攤開地圖，一邊回答我。

我就知道這招有效。失戀的人最大，相較於失去的戀愛，其他的心願顯得多麼渺小，渺小得讓每個朋友都會覺得他有義務塡補你的虛空。就這樣，我那可憐的朋友，打點好入山的裝備，開著他的休旅車，引領我一路向山的高處爬去。

我經常向島嶼四處走去，爲了塡補一些寂寞，爲了彌補一些記憶的缺憾吧。那些旅途的地圖線，我總喜歡邊走邊跟缺席的妳對話，有時候不經意說出聲音，連自己也會嚇一跳，等到回過神，發覺周邊無窮無盡的蒼涼時，更多的寂寥一下子湧上心頭，只好用更多的出走抵抗自己的想念。

就這樣，在台灣的地圖上，我的腳印竟一點一點的踏出許多連線了。

「這樣一個人出門旅行，好嗎？」W曾在電話裡問我。

那是我即將一個人開車穿越中橫的前一晚。我整理簡單的行李，一邊不著邊際的回話著。其實我也不知道好不好。已經走了好幾趟了，孤零零的，說好不好，說壞也壞不到哪去。唯一很清楚的是，心情不可能像一群期待旅行的人那樣，帶著一顆等待塡充的雀躍心靈，讓旅行過程逐次鑲滿好奇的胸臆。「我們是不一樣的，」我跟W說，「旅行不是一種期待，更像一種救贖，經由旅行，我們紓解了對過往愛戀記憶的悔恨。」

一個人出門遊走，沒什麼好或不好，我只是想不停的出走，趁著自己不覺得寂寞的想念翅膀，飛到每個可能的角落去想念妳。就是這樣而已。

就是這樣而已。我在中橫谷關的那一夜，躺坐在車子引擎蓋上時，突然看到流星一閃而逝，沒來由的就流下眼淚，一哭不可收拾。黑暗中，最後阻擋我停下哭泣的原因，竟然是黝黑的暗夜裡，除了蟲鳴、鳥叫外，就數我的泣聲最響亮，哭著哭著，我自己竟笑了起來，這輩子怕也沒多少機會捕捉自己流著淚卻涎笑著臉的模樣吧。如果在台北，在人聲喧嚷的城市裡，我大概不容易抓住那流星瞬間觸及靈魂的激動呢！

但妳知道妳曾觸及過我的靈魂嗎？像激流蕩擊岩壁，終於千年萬年鑿刻出一道道烙痕，見證了水的婉柔與尾勁，見證了石的顢頇與可塑，見證了山水一生一世的糾結與伴隨。但溪流終於要揚長而去，永不回頭。我爲那些靈魂曾經騷動的日子，深深眷戀起來，可是每次一觸碰，想到那些日子永遠不可能再回頭，我又沉沉陷入低鬱中。

一個人出門旅行是好的，我逐漸摸索到靈魂深處一些最源頭的隱動，它們其實一直在那兒，我不過是始終沒眞正明白罷了。

我不過是始終沒明白罷了。即使妳曾經像穿越頑石的激流那樣，穿越我們爭執的話題，激盪我們平靜的生活，我卻始終沒能明白那些騷動的意義。我現在也許明白了，在幾度探源的山徑裡，望著溪水譁然的逝去，我明白了所有的衝撞都曾是靈魂的試探，我那時不能抓住的，現在與以後都要用寂寞來填補了。

「我們不能再往上走了，車只能開到這裡。」朋友停下車，柏油路面到此截止，崎嶇充滿石礫的小路取代了原有的產業道路。我走下車，耳朵開始感到鼓鼓的氣壓，朋友笑一笑，指我看那條河的蹤影。很靠近源頭了嗎？我問。還早呢！徒步仍得走上一整天，路又不好走。朋友蹲在路邊，用樹枝隨意畫著，像自言自語，又像認眞似的回答我。就只能到這裡了嗎？我默默的又問了一次。

離上游大概是不遠了，但了解山，或了解河的人應該知道，越近源頭那路程的艱辛要比距離還讓人疑懼。我站在河邊仰頭向高處望去，對逼近源頭卻只能遙遙想像的現實不免感到失望。我安慰自己，沒關係，這距離總算能讓我感受到河的最源出脈動了。如果徒步一路上去，肯定路是越來越小，路旁的雜草會越聚越攏，最後留下一條前人曾經步履蹣跚的痕跡。空曠得再久，人煙探訪得再幽杳，我們總能在蛛絲馬跡間尋找出路的線索。

啊，我們總能在蛛絲馬跡間，尋找出一些生命裡曾經走過、永不黯然的愛戀線索。雖然這些找尋，不經意間會讓我們頹然跌宕，困坐在一波波被我們自己攪盪的愁苦中。但那些線索是那麼清晰，那般明亮，糾結纏繞間我們仍然會爲自己不曾眞正的遺忘感到憂喜。沒有愛過的人，不能感受；沒有失落的人，不能震動；沒有一路回頭反芻自己悔恨的人，一輩子都不能明白。

山，眞的很高了。水花持續不斷的沿山澗滑落，這還是一段激情的地勢，所以水的姿態依然傲慢刁蠻，我望著水花與石礫的相互激盪，心緒反而變得平靜起來。那多像我們曾經有過的接觸啊，彼此沖刷、磨蹭、抵拒，而後糾纏愛戀起來。

而後糾纏愛戀起來，糾纏愛戀起來。我聽見自己的聲音在水花四濺中，沉吟低語著，不會再有那樣的年歲了吧，幾經跌宕，終於山水相隔，要向彼此命定的旅程奔流而去，永不回頭。我喜歡在山裡遊蕩，愛在水邊端視源頭的初貌，原來都是一種無可如何的掙扎呢，不可能再追回些甚麼，那就讓自己無邊無際的掙扎吧！

回程的路上，我們沉默著。路與河的交會時而併行，時而遠離，我默默望著可見的河面，在山形流轉間，河從來沒有沉默過，只有當平原逼近，山勢跌落，河面敞開在人聲雜沓的世間時，河才無語流逝著。那是爲曾經有過的山水激盪感到惋惜？還是爲自己即將平穩流逝海洋的際遇感到幸福？我眞眞切切的想到妳，當我逐漸逼近山腳下漸次遠行的河面時。

「我要下車。」我喊著。於是我下了車，快步走到河邊，要再一次往河的上游望去。

所有源頭的出發，都是那樣義無反顧；所有初始的記憶，都曾那樣蠻荒遍野、步履艱辛；所有結束以後的激情，都該那樣平緩滑落、充滿感念。像河一樣，穿梭一生的起伏，終於給我最安適的撫慰。我會一輩子在最頹唐的時刻回到河邊，那樣我就知道我失落過的，以及我等待過的是甚麼了。

啊，從此情愛是一條緩緩滑逝的長河，我會在河水融進海洋的那道灣口等待，等待一條長河最終的際運。妳看，我們曾經激越，曾經湍急的過往，終將流逝，如一條長河最後流逝於海洋前，由衷的一歎。

一生的情愛，一生不斷流動的等待，都那樣緩緩滑逝。

我要和妳說的不是想念

風把那片雲吹開了。

於是，陽光像箭雨乍然射下，半座山霎時光亮。有了陽光，風也不涼了，雖然這是冬天裡的傍晚，而且在北部靠海的山裡。

我坐在山坳被一小片土牆擋住的小徑石階上，秋天這裡會是蔓延全山的芒草，起初是白茫茫一片，一入冬，山景便無可救藥的枯萎起來。我喜歡這裡，它太不像亞熱帶習見的冬景，我一個人來，可以坐一個下午。

我總是挾本書，帶一台小錄音機，書未必會看完，但錄音機是很有用的。書看不下去，或一個人突然想說話，錄音機變成了朋友，隨自己說什麼便聽什麼。有時候它也不一定只能聽我說話，好幾次我是靠著它，才能在夜裡反覆聽那些在下午翻覆小徑的風聲，喘氣踏過土徑的腳步聲，以及笑著從山上一路滑過的陌生的年輕聲。當然比較多的時候，它是聽我說話的。

像風把雲吹開以後，那樣一時湧上的心情。我對著錄音機說：當風把那片雲吹開時，我有好多話想跟妳說呢。

可是我並沒有再說下去，錄音帶繼續空轉了一會，錄了些撲撲的風聲，接著，是沉默。

陽光在空了一大片的天際揮灑冬日溫情，遠遠的海岸線把北台灣的輪廓描摹出一道明澈曲線，一切都太像風景寫生畫了，幾筆簡單線條，一幅冬日午後圖便以超過一百八十度以上的視角，靜靜躺在我眼前。這時，我想說很多話。

以前總不覺得有這麼多話可說，想說。開心時，好像沒有再多話的必要；嘔氣時，說再多似乎也是多餘；生活裡需要那麼多語言來保證什麼嗎？但一個人靜靜來山上閒逛，卻彷彿隨時有話想說。我好像變得孤僻起來了呢。

聽說，人變得孤僻以後，會是一個人成天自己說話。也不知是從哪聽來的，爲了眞怕如此，才隨身帶一台錄音機，想聽聽自己一人說的話，究竟有沒有不對勁。好像還好，我錄過一段車過馬槽橋時停下來站在橋邊回想過往的心情，不過那是很值得的。一個農曆年初一的晚上，我和ㄌ、ㄎ兩人冒著細雨，蹲在橋前的路墩上，三人一排，在無人的夜裡，看著細雨飄落橋下一家溫泉浴室的蓄水池上，霧氣瀰漫著硫磺刺鼻味，我的眼前一片迷濛，其實心裡迷惘得更厲害，因爲就在春節的前幾天，妳說要離開我了。我在家裡實在待不住，ㄌ和ㄎ深怕我連這世界也待不住，拉著我上陽明山夜遊。走到馬槽橋，三人都被雨中安靜矗立的橋影美景給震住了。雨輕輕飄著，橋靜靜立著，四周的山沉沉睡著，霧氣則時厚時薄，我們三人悄然無語。他們雖然是陪我，但這夜景卻是完全意外的豔遇，他們想必一下子也不知該如何調整自己被美景迎面撞擊的錯愕，只好沉默。那時候我是有些愧疚感的，要不是我，他們原可以放開心情，在這一片迷離的奇幻世界裡有更多樣的心緒，爲了我，他們只能默默蹲著，陪我在淒迷的午夜、霧氣逼人的幻景裡，想著一個男人爲著一個女人的果決而如何委頓著。那是很值得的，以後我再也不要朋友那樣陪我了。

日子一天一天過去了，我不再於朋友面前提起妳，偶然不小心有人誤觸了那些想念的地雷，場面突然沉下來，反而是我要張大眼睛，擠出一臉笑容，把話題轉向這個世界其他非關妳我的人事上。有一次，我就那樣，翻轉著話題，一桌朋友隨即笑聲起落，忘了尷尬。笑聲跌落中，我像一個圓圈起點，環顧圍桌的每一張臉，慢慢的，回到自己，然後向我的頭頂望去，一掛宮廷式吊燈，對著我華麗的綻放出每一朵燈花，我彷彿出了竅般，立在那燈上，視野向外緩緩飛去，飛過一桌桌喧鬧的客人，飛出那間餐廳，飛向萬燈明滅的街頭，飛到妳那低垂柔色窗簾的陽台邊，可是，卻是無論如何不能再飛進去了。我只能盤旋夜空，盡我所能的，飛著，在人聲交談、車陣迤邐的台北盆地上空，默默的飛著。

默默的飛著，默默的坐著。日子一天一天過去，我對默默的自己，有了很多新的認識。

我比自己以為的沉默其實還更沉默，常常一個周末、一個周日，我坐在房裡便是一天。書看累了，打開電視，手中的選台器無意識的跳著，電視看得無趣了，再翻開一本書，真疲憊了，倒頭就睡，也不撥鬧鐘，醒來翻身即起，再或看電視或看書，實在坐不下去，便站在窗前，俯視緊貼著窗口的小公園裡嘻戲的孩童們。日子不過如此啊，我想，再快樂也要試著承受一段不須太有情緒的沉默。生活不過如此啊。我只是比以前，比你在的時候，孤獨一些而已。孤獨一些而已。孤獨一些，而已。

孤獨是好的。我對我的錄音機，曾經如此說著。趁著孤獨，我發現了人與人之間不可能化約得了的「不可溝通性」，事實上，並不那麼絕對使人無法容忍的，要不是孤獨，我不能體會這點。你離開以後，有一陣子，我是渴望別人能理解我的脆弱的。他們，我的好朋友們，也無不努力的要扮演好他們想理解，能理解的角色。漸漸的，我發現，曾經傷過的心，他們再怎麼強調那是過程，再怎麼保證我會熬過去，我都是瞪大了眼睛抿嘴沉默，我怎能告訴他們我不願意熬過去呢？熬過去的話，它就永遠過去了，成為一段記憶，波紋再多終究會淡淡消逝，船過水無痕，詩的象徵固然意味豐富，但了無痕跡的平靜水面，也將埋葬曾經有過的所有激情與悲切。心如止水，在我來看，除了悲哀，還是悲哀，我寧可一直煎熬著。情緒翻滾，不可能快樂，但我會記著那所有一切從心底發出的歡愛。我不能讓所有的朋友明白，為什麼我始終走不出來，可是我不願和他們的善意爭辯，我微笑的沉默，想說話時，就離開台北，向盆地的四周遊蕩，用山形日光樹影月明，稀釋太多話說不出來的緊繃壓力，那僅剩的涓涓細流，就靠錄音機來宣洩。人與人之間，無可避免的不可溝通性，即便至親知己，恐怕都不能不承認，最後，只能憑著無條件的關愛與寬容，去面對我們摯愛的人始終想說清楚，我們卻未必能全然理解的落差。

像風把雲吹開以後，那樣霎時湧現的風景，來得太快，太炫，我的心情一瞬間浮動了千百個念頭，我想跟你說很多話呢。

我們生活的這城市，最厲害的，莫過於有著善忘的本質。一年四季，灰撲撲的面容，除了溫度的變化，沒有什麼適合讓人捉住記憶。有時候，我抬頭望著忠孝東路兩旁聳立的高樓，會突然想到自己所站的位置，那些捷運地下工程圍籬似乎又換了一段路，這才提醒我，腳下的坑道是隔著一層厚鋼板，好幾寸厚柏油瀝青，繼續向前延伸著。路上的行人匆匆，底下的施工又何嘗不是日夜趕工呢，而我們習慣了那些圍籬、施工標誌，竟然習以爲常完全忘了以前的忠孝東路是個什麼樣子？等到圍籬有一天全然撤去，路面以新的面容出現，我們記得的將是挖得橫七豎八、路障如同路標的過往，偏偏那又是不值得的畫面啊！

但我們的愛戀，就在這城市反覆無常的變化軌跡上萌芽。還在忠孝東路沒有圈上圍籬之前，我們就在這條大道上優游漫步，數落著城市的灰暗與幾近擠眉弄眼的華麗。夾雜於從股市穿息而出的亢奮人潮，我們坐在小咖啡座裡，無視於他們關愛的數字，興奮的股價，怨嘆的消息，我們只想在撲撲跳動的節奏裡，試著摸索一些無關於確定、無關於恆久的感覺。那是我們愛戀起始的城市，我是那麼無所怨尤的喜歡它的喧鬧，和蕪亂。我們曾經靜靜的走著，我想像，我曾經認眞的想像，一座城市就算無意識的自我毀滅，那也無損於我們努力存活的愛情吧。像荒蕪已久的廢棄鐵道裡，總能見到一株顫立迎風的野花那樣。

撲撲跳動的節奏一直沒變，我們互愛的線索卻是斷了。我還在穿流於數字、股價的街頭，尋找喝一杯熱咖啡的衝動，想繼續握住那無關乎確定，無關乎恆久的曾經。

我所能做的，就是日復一日的活著，在一個流變似水的城市裡，我無從理清自己的困惑，就只好沿著街衢一個路口一個路口的交錯。我要和你說的，是整個生活加之於我的重複和單調。但我不願意改變它，啓動一個與人戀愛的新嘗試並不難，我懷疑的是，那些戀情的厚度能支撐多久。我害怕聽到自己回應別人時那種從心底湧出的不誠懇，我更怕看到別人從我這離開時眼中難以釋懷的憎恨，太辛苦了，我寧可一個人安靜的走著。不管是在車龍擺陣、人聲雜沓的街頭，還是在午後只有風一陣陣驚動草叢的山裡，我寧可靜靜的走著，數著腳下的節拍，算算風吹過顏面時自己的念頭飛奔過幾次。

像風把雲吹開以後，那樣霎時湧現的心情。我站在北台灣可以眺望遠方海景的山坳裡，聽風規律般的來回浮盪。這季節芒草大多委頓，山頭枯木孤零零矗立於幾叢幾叢的蔓草間，冬日裡我握著一台錄音機，走進山風呼呼襲面的登山小徑裡。我想爲自己留一些心頭的聲音呢。

像風把雲吹開以後，那樣霎時湧現的光景，明亮對稱，天際的一角突破一道光口，世界在那裡被陽光籠罩了，而我等待著，等陽光一片一片從遠方緩緩滑過來。那是多麼單純的期待，冬日裡陽光的輕拂；那是多麼瞬息明滅的觸動，短短時間，我捕捉住自己難以言盡的想望。

像風把雲吹開以後，那樣霎時浮現的感動，直接而單純，我站在北台灣一座靠海的山徑裡，靜靜聽自己的聲音，伴著風聲在錄音機裡轉動，我有許多話想跟你說呢。

眞的，我要和妳說的不是想念。

那就讓我瘋狂想妳一整天吧

那是很艱困的，因爲我常常想到妳，我之所以快樂之所以不快樂的原因。

我試過不去想妳，也掙扎過，最後那些一度空白的戰場，很快的漫淹在決堤的潰敗中，我是不能不想妳的。

那就讓我瘋狂想妳一整天吧，從黑夜到天明，再從天明到黑夜，讓整個世界徹底翻轉，硬著用理性下一個非理性的決心，再用非理性的情緒支撐一個理性的抗拒，當瘋狂到瘋狂的盡頭時，我會不會就此停下腳步？也許，但我依然深信我是不能不想妳的。

黃昏時，我開車再次進入河堤內，台北濱臨一條古老的淡水河，可是說來可笑，想看看淡水河，要不熟悉地圖，不懂如何尋找路口切入堤防，根本無從親近那條曾經養育城市的河川。我初來台北時，住在近鄰的衛星都市裡，每天都要穿梭架設在河床上的一座水泥灰暗大橋。夏天時河水發臭，車堵在橋上，窗一開就陣陣惡味；冬天濕漉漉的氣溫，反而有隔窗眺望橋下幽幽水流的興致。那時候我眞的很年輕，年輕到還不能預見往後的歲月與際遇，年輕到日後遇見妳時才發現，我穿越河床兩端急急奔走學習做個社會人時，妳還不過是國中生！妳應該還不能體會夾處於學生到社會新鮮人之間的彷徨吧。想到我日後痴戀的情人在當時竟然還僅是個國中生，這個偶發的念頭一定被我斥之爲瘋狂，而現在，當瘋狂的念頭竟然成眞，又竟然發生過又消逝過之後，我的心頭只剩下隱隱的刺痛。不可能的事，在一切都可能發生的地球上，一旦成爲可能，當然讓人狂喜，一旦又注定消散後，我們怎麼承受那種愕然的頓挫！

我總是喜歡坐在河堤上靜靜望著河面發呆。年輕時留下的軌跡吧，不怎麼會與人主動搭話的我，孤獨時，常選擇一個人坐在河堤邊，看看夏日週末午後蒸氣氤氳的河濱公園裡，幾個鬥牛的青少年頂著陽光放肆青春體力。黃昏以後也很好，日頭淡淡斜照，慢跑、散步、溜狗的人，三三兩兩，見證了生命日復一日的滑行中，有所期待的安穩與平靜。入夜以後，河堤本身就是一種對照，公園的日光燈映照著河這岸晚間的休憩活動，而河那岸，隔著一條黝黑的河床，像一條不透明的黑絲帶，則輝煌著北台灣最大的一顆心臟，撲通撲通撲通跳著。當河岸這邊，熄了盞盞燈座，暗去的公園留下不肯入眠的少數聲響時，對岸，還亮著許多顆小小的心臟，一眨一眨泛著留戀。我常常那樣發著呆，在不同時間，不同的心情下，坐在河堤邊一棵有樹蔭遮蓋的石凳上，一坐就是大半小時。我那時很年輕啊，眼角雖有皺紋，笑起來連自己都能感受到一股自內心竄出的熱力，洋溢著好奇，充滿了困惑，飽滿的靈魂飢渴的等待著生命的奇蹟，不管是哪一種，只要能衝撞我的生活，像暴雨激烈沖刷沙漠，像烈日嚴酷磨練仙人掌，像一隻蜂鳥終於在萬紫千紅花圃中，挑上我這株蓄勢待發積蓄情愛張力的野花。我飽滿著靈魂，等待著。

可是，即使那麼堅毅的等待，我好像從來都無法領略瘋狂的滋味。

瘋狂喜歡一個人，瘋狂迷戀一個人，瘋狂癡迷於一件自己應該全心投入的事。我總像旁觀者，安安靜靜觀望著週遭世界像河水般流去。

是妳提醒我，關於我不懂瘋狂投入的性格。我一定跟妳爭辯了許久，我想。我一定說我懂「瘋狂」，歇斯底里的，我懂；與天才一線之隔的，我懂；專注靈魂到不在乎有無出口的，我也懂。我想必滔滔不絕的，囉唆了一堆關於瘋狂的詞彙。它們想必沒有多少意義，一個打自靈魂最底層就不懂瘋狂投入是一種甚麼樣知覺的人，玩弄再多瘋狂的想像力又怎麼樣？充其量像我一樣，永遠乾枯著靈魂，飢渴的等待，在修辭與理念的不斷賣弄中，沾沾自喜。愛情不是這樣的，愛情需要撕扯靈魂，需要一些瘋狂。

我對妳的愛戀夠瘋狂嗎？想來不至於，那跟我的個性有關。而性格裡一點一滴的養成，又都跟我認識妳之前所經歷的生活那麼息息相關。那些點點滴滴，好像都跟瘋狂沾不上絲毫關聯。

從試探之初，我就釋放不出瘋狂的熱力，是妳不夠吸引我？絕不。我會那麼失落於妳的離去，證明的正是妳無可替代的魅力。是我不疼惜我們的戀情？那也絕不。我專注的等待妳的電話，精心設計每一次交談的話題，妳的每次反應，都足以讓我緊繃心弦，或意氣昂然，或委頓不振。我無從解釋在妳身上體會到的強烈關愛，何以那麼超乎異常的吸引我，除了，除了愛戀終於萌芽，終於破土而出，要迎向浩浩長空，無論遭遇何種際遇都不後悔的勇氣外，我沒有其他理由可說。

我唯一可說的是，我自己也困惑於究竟該怎樣去表達瘋狂的意念。這絕非推托，隨著成長，我越來越能精準的抓住我想要的目標，卻常驚駭的發現，我從中得到的喜悅越來越少，就像理所當然一般，我越發覺得努力抓在手中的，都是那麼合理的應該時，我遠離瘋狂的投注就越發遙遠。我從來沒察覺到自己日益陷落作繭自縛的可能悲劇嗎？不會的。即使跟妳最相愛的那段日子裡，我也曾幾度掙扎想抗拒自己可預見的命運。但終究如妳說過的，不可能了，我要能改，那就不是我了。現在回顧這些話，我已無法像過去那樣跟妳反覆爭辯，事實讓我只能頹唐坐下，傾靠在無邊無涯的懊悔旁，想著，要是再早一些醒悟，再早一些翻閱自己的顢頇，再早一些……。如果都能再早一些，我又怎麼會再次一人孤獨的走進河堤裡，試著重循年輕時的習慣，來安穩自己的靈魂呢？

很多「分手」應該都是注定的吧，戀人們總能在心平氣和後，從細細咀嚼中，查出最後分手的線索並不是那麼突兀、不可理解的。妳離開好一陣子後，我才能耐下性子，想想妳說的分手理由，我們確實有太多相異的地方，牠們沿著我們互愛的軌跡一路窺伺，一如森林裡陰鬱暗處閃著光綠瞳孔的夜之精靈，每當我們的漫步稍有爭執，牠們便伺機蠢動，總是能成功出擊，準確的擊中我的傲慢與怯懦。妳應該是對的，要不是妳漸漸看出我性格中深深潛伏的暗流，又在屢屢失望後選擇離去，我也許一輩子都不會明白，我被自己左右又始終無法掙脫的困境。

分手後，我又恢復了常常到河堤公園隨處閒坐的習慣。跟以往很不一樣的是，多了那份曾經有妳的記憶後，眼睛四處觀望的觸角，似乎也添加了些暖暖的了解。

我喜歡一個人靜靜的獨處，用自己的心靈去解釋週邊的世界。越習慣如此，就越不容易傾聽旁人的聲音。我是在妳陪我走過一段生命的巷弄之後，才理解到因爲自己無以自拔的性格，我終於抓不住到手的幸福。我再次回到河堤邊靜靜的散步，默默的獨坐，看起來一如年輕時的獨處，但我心裡非常明白，我不可能再像往昔的我了。那時候我對生命儘管虛無，卻充滿著想望和期待；而現在，雖然也感覺到一些世事無常的虛渺，但沿著妳曾給過我的想望與期待的小徑，我的內心卻是飽滿的。多麼奇特的人生體會啊，我一度抓不住的愛戀，竟然能在分手那麼久之後，繼續灌溉日漸荒蕪貧瘠的花園，讓我始終能在一朵朵豔麗如昔，一株株綻放似錦的花叢中，不斷掇拾那些遺留在每一處的點滴愛意。

我的重新獨處漫步，看似那般平靜穩適，卻只有我自己最清楚，那是壓抑著極度瘋狂的想念。我不可能再像往昔一樣了，在人群嬉戲間，憑想像去編織我對一個世界的認識，不可能了，經過妳，經過我們從陌生、從試探，到相互愛戀，又彼此疏離、漸次分手的那段經歷後，我不可能再那麼平靜了。那些在河堤公園裡運動散步的人群，每個都會刺激著我去奢想他們平淡的幸福，那不一定是眞實的，但我願意這樣痴痴的想，經過妳以後，人間再平凡的美好事物，也能讓我動容落淚了。如果能夠，我會瘋狂想妳一輩子。

我不需要再去追究瘋狂的定義。再多的理念，至多只能抑制住我想妳時的激動，我甚至不願意跟人去爭論關於愛情的永恆與否了，再多的詞彙爭鋒，只會讓我痛惜妳離去前輕輕的嘆息聲，愛與不愛，一個眞誠的輕撫手勢就能傳遞，哪還用得著滔滔強辯呢？如果能夠，跟妳分手後，我要做的不過是眞誠的想妳罷了。

眞誠的想妳，瘋狂的想妳。用一整天。在瘋狂想念的盡頭，我想一睹想念至極的容顏。那會很難嗎？我問自己。不知道，做了再說吧。

我把車停在河堤公園旁，黃昏漸暗，冬末寒風沒有預料中的冷，沿著河堤階梯，我走上堤岸。這裡是河床新生地規劃出來的公園，也成了台北城市的一部分。我坐在堤岸上，仰頭望望天空，昏黃的天際，夕陽出奇豔麗，風輕輕刮過我的臉頰。我決定要瘋狂想妳一整天。

就這樣吧。我要用一整天瘋狂的想妳。睡前擬好流程，讓自己醒來就看到一天計劃的起頭，然後毫不猶豫的想妳。先在鬧鐘上留張顯眼的字條，「我要瘋狂想妳一整天」，洗臉刷牙時狠狠盯著鏡子，決定一張適合瘋狂想念的臉譜。找一套西裝襯衫是妳喜歡的顏色與樣式，打一條妳送的領帶。在車上要反覆聽妳愛聽的爵士樂曲，進辦公室後再忙也要提醒自己想念妳，想妳笑的時候想妳怒的模樣想妳流淚想妳抿嘴不語，反正我有一整天可以反反覆覆覆覆反反的想妳每個我能記住的神情。我要那樣痴痴的想妳，瘋瘋的想妳，想到流淚想到發笑，想到日正當中想到又一個黃昏來臨，想到入夜以後猶惶惶然憂心著：這會是想念的盡頭嗎？那樣我就不會再想念妳了嗎？

我不知道。我只知道我若想一睹想念至極的容顏，我就得先瘋狂想妳一整天。好吧，那就讓我瘋狂想妳一整天吧！

就算最後總是寂寞

我又開始讀詩了。

精確一點說，應該是又開始持續不斷的讀詩了。

起先，我無法釐清在讀詩與想念妳之間，究竟是一個甚麼樣的關聯，但我確知當我重新在詩的意象與語言間獲得某些慰藉時，我們曾經有過的甜美和苦痛，都幻化成詩的王國。現實會消逝，肉體會凋零，我對妳的記憶將隨年老而失焦，詩的王國則逐步永恆。

所以我知道了，我重新在不斷讀詩的梭巡裡，把想念的悽楚鞏固成一座城堡，永不傾頹，永遠迎向星際夜空，就算最後總是寂寞。

而甚麼是寂寞呢？無垠沙漠裡，一座因風化而傾頹的城堡，不，應該說一些斷瓦殘簷，見證了風沙永無休止的折磨。那是一種寂寞吧！我見過的，在尼羅河邊離綠洲最邊緣處不過幾百公尺的山丘上，高矮不一、斷斷續續猶可看出一種歷史規模的遺跡，矗立在風沙裡，當著烈日，迎著寒月，支撐了千餘年。他們說，軍隊最後的駐紮記錄離現在已有一千四百多年了，當時綠洲的水源還可以直接通往城堡，後來一場戰爭摧毀了一切，戰敗的被徹底殲滅，戰勝的守不住一座孤城，最後留下的只剩耐得住風沙洗禮、歲月侵蝕的純淨物質，那些曾經鉅大朋碩的石壁，那些足可抵拒晝夜溫差的軍事構築，一年一年的守著寂寞。關於寂寞，它們必然是明白的。關於堅持，它們必然也是深刻的。

我在眺望遺城的剎那間，想到的是妳，想到的是詩，想到的是關於我們永世的糾纏與寂寞。

人站在綠意盎然的土地上，與間隔不過數百公尺的一片死寂相對望，感覺是極其對峙的。除了詩的聯想，除了詩的意象的譬喻，我無法解釋心中那股連續起伏、不斷波濤的意念湧動。每個人都潛藏著詩人的氣質，我始終這麼深信，特別是在這種生氣與死寂相對立，永恆歷史與短暫肉身相激盪的場合裡，每個人都會有發自內心最撼動的一陣茫然，哪怕再短暫，那一瞬間，他們都要尋求一種詩人的寬慰，藉著意象與對生命活著的那股感激衝動，向自己讚歎美好的一切，不管是不是已然過去的一切。

那些美好的一切，即使過去了，也令人感激；即使褪色了，也淡淡沉澱在生命的底層，支撐著我們往後繼續攀高爬遠的生活意志。除了詩帶給我的甘美與澀苦留戀外，我不能再奢想還有其他什麼讓我聯想到妳對我的觸碰了。

十六歲時，我就開始讀詩了。比起很多詩人，我起步不算太晚。但我當不成詩人，跟起步早晚無關。從開始讀詩起，我的心態就注定當不成詩人了。詩一開始，在我內在生命裡就遭遇到一股頑強的抗拒，因為我不能也不願承認詩的淬煉是一種意志，我只是偏執的以為，詩的浪漫感性與意象鋪陳，會讓我本來就自我耽溺的某些性格陷得更深。於是我很可笑的看著自己一邊讀詩，一邊抗拒；一邊深陷於詩的象徵美學給我的愉悅，一邊向最反神秘主義的經驗科學靠攏。我斷斷續續的讀詩，但我也知道，我一直沒能跨進詩的殿堂。

我沒跨進的豈止是詩的堂奧呢？就連愛情，是啊，就連愛情我都那樣無知的以為我懂，最後讓它那樣流逝手中，像捕捉不住的意念，無法落網於一些精準的意象，無法成全於一首結構完美的詩，讓妳感動。

我曾經寫過一些情詩給妳嗎？我問自己這問題時，才驚訝的懷疑起來。應該沒有吧？應該沒有。

我想起來了，在妳之前，我更為年輕以前，我是寫過幾首詩，也許有些還是片段的句子，給我仰慕的女性。我一定是極盡能事的賣弄詞藻，誇張想念，凸顯寂寞，渴望一切對方傳遞給我的愛意線索。現在再看到那些年輕詩句，我必然要羞赧了。那些刻意雕飾的句法，再華美，又哪能跟我遇上妳以後，在驚歎起伏的愛戀關係裡所體會到的甜美呢！

我始終沒能寫詩給妳，還有一個理由，那理由直到妳離去後我才徹底醒悟到，那就是我一度遺失了對生命最虔誠的期待。

像對詩曾有的膚淺認識那般，我對生命何嘗不也膚淺的掙扎過呢。跟妳互愛的日子裡，我很少提起未來，我們共擁的未來。我說不清那種感覺，總彷彿是與生俱來的自我毀棄，沒來由的憎恨起自己生命裡所有的際遇，好的與壞的，都一樣，我靜靜坐在那裡，看著週遭人事來來去去，都無所謂，我在自己跟旁人之間豎立起一叢叢疏離的矮牆，可以相互對望，很難貼近交心。我對生命沒有更好的想望。

妳出現以後，我從起初的一切都無所謂，漸漸感受了妳傳遞給我的溫暖，我試著牽妳的手，兩人坐在那兒，久久不放。我以爲這就是愛情了。我習慣於妳持續不懈的引領，我以爲這就是愛情了。但習慣永遠是愛情最大的敵人，一如暗夜角落裡伺機出動的齧齒類幽靈，我無助的望著牠們吞噬掉我經歷的愛。

我遺漏了什麼呢？關於完美和感動。關於詩的執著。

詩的完美與感動，我在想念我們之間所有的情愛時，有了深一層的體悟。

我從來不曾眞正擁抱過詩，眞的，即使我讀了不少詩。有些事，有些人，是要靠擁抱來傳達感情，抒發愛意的。我何嘗不知道呢？做起來，我卻始終疙疙瘩瘩。妳離開以後，我常常困惑於一個畫面，妳跟我娓娓敘述著一些委屈，埋怨一些人事，說完後我就像一個大人面對孩子，一個不懂對話意義的大人那樣，叨叨絮絮的，數落著人間事理的複雜，或者，像個事不關己的旁人，用全知、以強者的姿態，告誡妳怎麼認清那就是現實。一次又一次以後，我失去了妳向我傾訴的興趣，也注定失去我進入妳內心，傾聽一個原該與我憂戚與共的靈魂的窗口。我再抬頭時，窗邊已經佈滿一叢叢扎人的荊棘了。

我從來不曾懂得擁抱妳的意義。擁抱是要發乎內心最源出的情意，是要感受妳在我臂膀裡輕輕顫動的放心，是要讓我關愛的血脈貼著肌膚一點一滴的溫暖妳。我現在說得再多，都沒用了，像那些我讀過卻一直沒撼動過靈魂的詩句，再華麗、再壯美，都是有距離的詞彙，不是詩。

妳走了以後我重新認眞讀詩，想用生命最誠摯的撞擊去感受詩的靈動與質樸，想在詩的懸念與跌宕裡，溫存妳所留下的每一塊殘餘的愛。像後人撫拭殘垣斷壁裡的煙塵，我感受了最深的荒蕪與寂寞，在無人依靠的窗口。

詩的感動，不僅是面向永恆失落的那種堅持，如同尼羅河邊屹立千餘年的遺城。詩的感動還可以是絕對熟悉，絕對喧囂裡的一些純粹，乾淨、簡單的型式，讓自己知道所有的複雜、多變，都因爲曾經感受過的純粹而令人能夠忍受，甚至愛惜起來。

我從誠品書店出來，沿著敦化南路向北走時，就曾捕捉到這樣的感動，而且不只一次。黃昏以後的台北東區，喧鬧是必要的，人們穿梭其間，在肩膀摩擦肩膀，眼神對換眼神的交錯裡，猜測著彼此陌生的來意。既然都不曾擁有對方，當然也就不能穿越彼此的窗口，貼近的端詳對方內心一定儲藏的溫馨與愛意。所以在繁華世界裡，大家僅僅是孤立的每個個體，孤立不是寂寞，每一粒細沙就算擁擠得再近，它們還是彼此孤立的，但絕不等於寂寞。唯有親吻過雨水的柔媚，而後再重回彼此推擠的荒漠，等待下一次難以臆測的甘霖時，每一粒沙的等待才叫寂寞。

我們都曾有穿過街心時，突然感受的一些孤立情緒，彷彿一座城市霎時間都與自己無關起來，我們繼續的走，繼續與身邊不斷擦肩而過的人，交換無意識的眼神餘波，那時候我們只是感覺到城市的巨大，察覺了自身的渺微。有一天我們愛戀了，又失去了，而後又重回一座城市快速、善變的節奏時，終於發現看似沒什麼改變的自己，已經是一粒曾經溼潤飽滿的沙了，如今滿載乾涸的渴望，開始懂得寂寞。沒有期待的孤立，永遠不是寂寞。我知道那種等待，超越了恩恩怨怨，就是一些純粹的形式，我對妳至深的愛戀。除了詩的純粹，我不能再想到其他可能。

我又開始讀詩了。這回我是用心細細的感動。

詩的純粹，像青春歲月的本質；詩的堅持，像生命應有的擺盪與執著；詩的完美，像戀人相互扶持無私的付出。我在詩句與詩句的交疊中，輕輕撫拭著妳離去以後蒙上一層淡淡煙塵的窗牖，我曾經臨窗等妳的歲月都過去了。我沒爲妳寫過一首詩，我從沒認眞捕捉過的詩的感動，我讓自己在抗拒詩的靈動下徹底失去妳了。

我下定決心持續讀詩，就算最後總是寂寞。我下定決心讓詩的王國固守我們曾經愛戀的城堡，就算最後總是寂寞。

——原載一九九九年二月十、十一日《自由時報》副刊

輯二

背德的理由

我們的愛，注定沒有好下場。
不然我們每一次好不容易湊在一塊的相處，
不會這樣驚爆靈魂，
撼動肉體。
我漸漸能體會，
絕望前夕那一晌貪歡的堅持，
是怎樣的一種華麗了。

只祈求爆裂狂放的愛

我愛她，這「愛」字，我從來沒用得這麼悲壯。

第一次摟住她，我渾身上下都滲透出我的祕密，已經很久沒有那感覺了，我是說，做完愛後，我緊緊摟住她，不願鬆手，深怕那一瞬間，把一切美好盡付空無。

她其實沒說話，整個過程。她以身體語言跟我對話。我清楚感受到，最後她鬆開身體，讓我滑入時顯現的意志。那不容易的，對她，那是背叛，對她的丈夫是，對她高雅的出身是，對她矜持的教養是。但她顯然要「背叛」了，我扳過她微微側向一邊的臉，盯住她，眼神貼著眼神，我們都沒說話。我聽到她的喘息，極輕微，極短促，發乎胸臆，如一陣陣遠方海濱的波濤，像一波波輕捲山谷的風浪，擊蕩起我心底很久很久不曾喚起的渴念，性的，欲的，愛的，疼的，浪的，靈的，要的，樂的，瘋的，狂的，所有你最原初的最原始的不經修飾不經掩藏的渴念，通通被喚起。

我那時是多麼的「感動」。感動，這詞彙，對像我這樣的中年男子，多稀奇呀，可我那時，當她正面凝視我，雙臂環繞於我的頸背，眼眸裡瞳孔放大，我清楚望見我的慾望的臉龐在她眼裡聚焦變形，我的感動眞像一個爲自己所愛獻出初夜的女子。那感動起念之初，我停止滑入的衝動。

我不要在一位讓我感動於她的愛的女人面前，輕易因爲滑入，而讓激情狂亂，攪擾了我對這感動乍現於幾分幾秒之內的捕捉。我停止向她體內的滑入，改用嘴唇，一一試探她的每一吋肌膚。她的臉，五官姣好，鼻樑挺直，那是我們顏面貼近最先碰觸的部位。我再親吻她的眼睛，她毫無羞澀，不像我過去的女人每到這唇與眼的對話時，習慣性閉眼，她則睜得老大，彷彿要看穿我怎樣逐一漸次的蠶食她的軀體。我愛她的額頭，潔淨明亮，我以唇輕叩時，老想到唐朝女皇武則天，我沒見過武則天，連畫像都沒印象，我的聯想肯定來自電視劇裡演武則天一角扮相嫵媚莊嚴的大陸演員劉曉慶。

我在她的耳朵旁待了許久。我吹起一波浪，她笑了，我再吹起一圈漣漪，她呵呵笑起來。這讓我很放心，她終究是平凡的女人，不是武則天。

我回到嘴唇，她的。用我的嘴唇，貼住她的唇形，我聽到嘴唇在唾液擠壓下鬆弛，牙關打通，舌尖滑出，我明白女人是蛇，一條華麗雅致的白蛇，也是一條俏皮輕佻的青蛇，我盯著她的眼，恣意享受蛇的糾纏。

她始終不發一語。肢體的迎合，抵得上千言萬語。我還不要滑入，選擇繼續觸碰。我沿著下頷，由於肌膚緊貼的摩擦效應，此時她的下頷仰起如一座白雪均勻覆蓋的滑雪道，我順勢而下，在寬闊柔美的丘陵地上墜落。

我第一次遇見她，她穿了一件香檳色晚禮服，細瘦的她，裸露在燈光下的臂膀與胸口，出乎意料的肉感。我徜徉於她豐腴的胸前，細細回憶初見時的驚艷，努力想把此刻貼燙的眞實與想像的懸念連結成一片豐饒之地。這是我的，我的墮落王國。

你難以想像她的美。裸裎於質地細緻的晚禮服內的，她的細密紋路，比預期還更爲柔膩的骨肉，黏住我的指尖，我的掌心，我的忍耐。我急著滑入，但我不要急著滑入。我吁了一口氣。慾望在內裡盤旋。

我是個壞胚子。女人的軀體，我由衷的貪戀。多半僅止於性慾的貪戀。我會延長我的慾念，爲了讓女人滿足，也爲了讓我在交歡的過程裡盡情宣洩。那樣我就有藉口累到翻身睡去，不理會身旁女人未了的寂寞或期望。我常常是佯裝不省人事，聽到對方靠過來，攀住我的手，我一樣無動於衷。我是個壞胚子，我不能逼迫自己只因爲跟對方上了床，就假意扮起騎士風度。我的身體跟著慾望一起沉淪，我的靈魂則關起窗封上每個罅漏，不讓那些女人逾越半吋。我當然壞得可以。

獨獨她。我不能抗拒，不能推她出去。我的慾望跟著靈魂，走鋼索，力求一種平衡，否則，我即將摔落，即將失去她。每一個外遇，我是說，眞心付出，眞心冒險的外遇，都要在慾望與靈魂間走鋼索，多一分慾望，會燒到彼此屍骨無存；太多靈魂，那世間就不值得眷戀，非殉情不可。我一看見她，心底就要定她。她也是，雖然那時我們還沒講過一句話。但酒會人潮的喧鬧，燈影爍燦的迷離，都沒撕開我們對望的符咒，就是她（他）了。我們第一次躺在床上，寡言的她，對我回憶起那晚酒會的初遇。

她的乳房宛如丘陵，順延著牧場一般平滑的胸口躍然突起。在別的女人身上勢必嫌小的尺寸，反倒昂然得很自信。我從來不認同大胸脯一定美，她輕顫顫因我的撫弄而泛起顆粒狀的乳房，就讓我激動得幾乎瘋狂。我咬住乳暈的核心，用嘴唇摩擦膨脹的表面，她的身體在扭動，我聞到一絲絲汗味，舌苔鹹鹹的。

我們的愛欲交纏，沒有暗夜的騷動。這也難怪，她根本沒有機會深夜不歸。我們只好於任何時間，哪怕理性最張狂的白日，隨時伺機纏愛。這讓她即使害羞，亦無法實質遮掩退去衣衫後的赤裸。我喜歡這樣，我們的身體於是如一張張橫掛於支架上的地毯，一無死角的任由愛欲之眼品嚐。生活優渥的她，皮膚照料得極好，柔細程度不下於二十出頭的年輕女子，但曝曬陽光下的時數比上班族女性少很多，健身教練調教出來的適度肌肉，讓那少婦的成熟嬌美混雜出一種力道，我在她肚臍眼上下的腹部地帶，充分領受她善於調養的生活律動。

我原始的雄性動物的忌妒與占有，在她滑順的小腹上，淤積成一灘強烈的慾念與挫敗。

我若早一點認識她，我就可能名正言順的約她、愛她，最後娶她。然而我能提供的物質生活，再怎麼盡我所能，一如現在某些人豔羨我的世俗成就，於她，於她那世家子弟的丈夫，都不過是一個小暴發戶對上富可敵國家族的一齣鬧劇罷了。

她不會明白我心底湧現的情欲，還帶著這股男人永遠的焦慮，但她一定從小腹深處貼觸到了我決定向下、向內裡滑入的動力。她把我向她上半身拉去，我的唇再度貼在她的唇上。她的唇溼熱，她的下體也是。我的唇乾渴，我的下體尤其。她的眼神迷濛，我的神思迷濛。她的軀體柔軟，適合迎風展翅，我的意志昂揚，最能穿流鑿壁。她雙臂似鎖，我兩手如鏈。她的心是一面湖，此刻已然翻攪如江湖必有的波折，我的心是一座山，現下全然風起雲湧不惜把整個武林恩怨一次了結。

我們的愛，注定沒有好下場。不然我們每一次好不容易湊在一塊的相處，不會這樣驚爆靈魂，撼動肉體。我漸漸能體會，絕望前夕那一晌貪歡的堅持，是怎樣的一種華麗了。

她躺在我軀下。汗，涔涔自膚底泛出。我進入她的體內，我聽得到肉體抵觸摩擦而後浸潤歡樂的嘆息，這世間歡樂的事，我是說眞正讓你歡樂的事歡樂的人太少太少。了解這，讓我驚慌。了解以後，我更珍惜我摟住她，在靈魂爆裂裡沉淪的短暫歡樂。我那樣卑微，只祈求愛。

——本輯作品發表於二〇〇二年《聯合文學》

我比她接近地獄

我這種人，應該常想到地獄的。

她在我耳邊，輕輕的，像懺悔似的，喃喃低語，「我們會下地獄」。

她眞美。光滑的額頭淌著汗滴，眸光渙散，眼神迷離，嘴唇半張，我聽到從她喉嚨深處釋放出來的歡愉，吞噬著唾液，幾經抑制依然如深井汲水般從地底掏出的詠嘆調，汩汩滲出的蜜意。我撥弄她垂覆於臉龐的髮絲，交纏了泛油光的汗珠，我的指尖觸碰到她的興奮。

我才應該下地獄的。

我指我自己。

想到地獄，我想到我阿嬤。小時候，她常帶我，走進黑無常白無常把關森嚴的城隍廟，對著一整座牆面浮雕出地獄十八層的連環故事，爲我一一講解每個被支解、被烹煮、被煎炸，因而仰天呼叫、後悔不已的地獄悲劇。我阿嬤眞會講故事，她的神情虔誠，語氣莊重，乾枯的手腕握住我的手掌，另一隻手，貼著牆面，極其眞誠的惋惜，惋惜那張張輪廓模糊，卻身墜地獄深淵的男男女女。

那是我生命中第一次隱約得知，地獄裡有男有女，而女人下地獄的，多跟她的不貞不潔脫不了關係。我的阿嬤，辛苦扶養我爸爸幾個兄弟，我的阿公儘管活到七十幾才過世，但宛如一個活死人，成天醉醺醺，我阿爸極藐視他。以前我不懂，只記得阿公愛帶我吃攤子，一瓶鹿茸酒，幾碟滷菜，他就能打發一晚，跟著他最大好處是沒人管我，他吃他的我玩我的，餓了，嘩啦一碗意麵配滷蛋豆乾下肚，吃飽了我就在攤子附近四處走動，東看西看。阿公從來不跟我談什麼天堂地獄的，比較起來有吃有玩又不說教，跟阿公在一起，倒像置身孩子的天堂呢。

阿公從來不講天堂地獄，阿嬤成天吃齋燒香，對我灌輸輪迴善惡必有報應，這兩組畫面，不斷交錯了我的整個童年。我每每當恐懼有地獄輪迴之際，阿公帶我四處「騙呷騙呷」（我阿嬤罵他的話）的歡樂，則使我雖然幼小的心靈亦能觸發感官滿足的暢快，我不知那是不是天堂，但阿公的「悠然自得」（我阿爸說那是不負責任）跟阿嬤緊繃的神情，對一個小孩的吸引力，不消說，是判然有別的，儘管我多半時光是被阿嬤拖著走，幫她提菜籃，幫她買牲品，幫她完成巡禮地獄十八層的心靈洗滌過程。阿公過世時，阿爸繃著臉辦喪事，還對我說了好幾次，「一輩子作孽」。語氣等於宣告我阿公該下地獄。我這才眞懂，我阿爸跟我阿嬤一樣，這麼恨我阿公。

我一口氣講完我聽到地獄後一股腦的聯想，我阿公，跟我阿嬤，憎恨一輩子的詛咒。

她沉默著。冷氣機規律的振動。我們的汗珠，感應了冷氣一波波襲來的強度，我拉起羽毛被一角，蓋上她光滑的肚皮。她想拉上被角掩住乳房，我搖搖頭，不准，我的指尖輕輕去碰觸她們，很快的泛起一片青青的顆粒，她嗯一聲，我不肯停手。她闔起眼，吐出的氣息直拂到我臉面。她眞美。

「妳眞美」，我對她輕聲說。她沒理我，她始終擺脫不了愛我怨我的掙扎。我太清楚她的個性，我從不強迫她跟我見面的時間，她不來我就一直等，靜靜的等，不打電話，不吵她，等她掙扎夠了，猶豫夠了，痛苦夠了，她自會來找我，最長的一次超過三個多星期。我等到幾乎要放棄她會再來看我的念頭，那一個下午她突然給我電話，簡單幾個字，她要見我，我一開門，就狠狠抱住她。「狠狠」二字，容易錯看成「狼狼」，而我們那次三週的隔絕，便讓我們體內蠢蠢欲動的慾念，積鬱成兩匹餓透了渴透了狂透了瘋透了的狼，要「狠狠」捲成一團，撕咬對方吞噬彼此，我們那一整個下午都是「狠狠」做愛的「狼狼」。我體會了狼的陰狠，扯裂血肉肢體的痛快。

她應該懂得我對她細述阿公阿嬤在現世與地獄兩個世界中各自走完一生的意思。我阿嬤要我了解地獄的可怖，詛咒我阿公一輩子的荒唐怠惰要下地獄。可我呢，只從阿嬤陰鬱的表情與細如枯枝的手指裡，見證了一個深信地獄輪迴者的幽深不樂。反倒是我那不成才的阿公（還是我阿爸常罵的話），用他遊戲人間的種種荒誕行徑，引領著我，看到了人在無奈與焦慮中，自尋一種他人領悟不了的嬉樂。阿嬤相信地獄，這輩子，都形同地獄的囚徒。阿公根本把現世當天堂，他就爲自己贏得一座我頒給他的「歡樂老頑童」紀念碑。我不相信地獄。我不相信地獄。

我跟她說，別怕，妳不會下地獄的。我眞心誠意的愛妳，要是老天爺劈開這世間一切的僞善，我會讓祂看到我赤裸裸的身軀裡，唯獨愛妳的這部分，鮮紅，跳動，綻放我這渾噩之人，本不該擁有的純眞與執著。妳下不了地獄的，我這一身的罪惡，若因爲妳而微微飄逸出一丁點「神性」，這都是妳下不了地獄的原因。

別怕，親愛的。我不能呼喚妳的名，妳不能輕咬我的字，這是我們相互的約定，以此確保我們不至於回到各自的生活世界，不小心吐露了我們的秘密，像那個老掉牙的笑話，老公夢中喊出外遇對象的小名。我們不能，我們沒有輕易犯錯的本錢。我那樣愛妳。我從不喊妳的名。

我們的愛因而多隱密多卑微。我可以確知，我們各自的婚姻路上，我們所屬的家族系譜上，都將不會註明這一段妳知我知的戀情，我們一死，這秘密就入土爲安了。浪漫主義者愛說，有比肉體還永恆的愛。但對我們卻不適用，我們的肉體一腐朽，我們的愛就將消亡，沒人知道，也沒人知道後會樂意給予祝福。

既然我們的愛沒有名字，天堂也罷，地獄也好，誰能找到我們的足跡呢？我們唯有的一條出路，是在現世，掩藏我們的行蹤，激情放縱的時刻，亦緊緊記住不呼喊對方的名。我們不必想未來，我們的生命在兩人相擁的天地裡就是天堂，我唯一能感受地獄一般煎熬難遣情懷的時刻，是她不跟我聯絡的，那一段段銜接短暫見面的空白。那眞難熬，那眞像地獄裡的瘖啞哭號，要說下地獄，我已經在她每次跟我的分離中，承受夠了。

我們既不會下地獄，也不會進天堂。我們要在天堂與地獄交接的國界裡飄蕩。我們沒有名字，我們因而沉淪，我們自然昇華。我們全力仰望天際，我們一起墜入深海。天上的光，海底的幽，我們願意在天堂門前盲目，我們不怕在地獄窗前開眼，與對方緊緊綁在一道，我們就是浮標，隨意去哪，都好。

我壓住她的嘴。不，不許再說地獄。老天不讓我們自由相愛，祂就沒資格決定我們上天下地。我不要我們任何一人，像我阿嬤，一輩子靠詛咒靠怨嘆，靠一場來世見證是非善惡的審判，來支撐自己活下去，那樣無趣荒疏的花園，不値得。

很常一段時期，阿嬤幫我洗澡後，爲了省水，同時擦洗一遍身體，順便用洗過澡的水，搓洗換下的衣褲。昏黃燈下，我坐於木板凳中，乖乖看她乾癟少肉的身軀，在煙霧裡無言晃動。老實說，那是我生平首次看見乳房可以黏貼垂掛於鬆散的肌膚表皮而又不墜落的懸疑鏡頭。我也不解，阿嬤何以總是把小房間關得密實，任由我汗流浹背陪她洗身洗衣。那濕溽漫漶的窒息感，那默默閉鎖的五官，彷彿我見過的畫面，在城隍廟牆面上。

奔馳大半天的幸福

我以爲能夠一整天，兩人賴在床上，才叫奢侈，沒想到這一天，我們始終眼神交媾，竟也讓我感到難得的奢侈呢。

她下車前，聽我講完這句話，伸手撫摸我的臉龐，異常溫柔，異常性感，然後笑盈盈走進傍晚的街道，離她家還有一段距離。

我繼續停在原地，好一會都沒啓動車子。她消失在我視線之前，還回頭對我這方向笑了笑。我有著飽滿而空虛的混雜感。我的雙手在方向盤上輕輕摩娑，似乎仍眷戀這大半天的奔馳。

我們很少見面，我們很少見面時不做愛的。不能怪我們，機會那麼少，時間那麼緊迫，相見的激情那麼昂揚。我們遠比一般戀人更加醒悟生命的短暫。但今天我們選擇了完全不一樣的方式。我們不在床上，在車上，跑了大半天，像試圖彌補老天虧欠我們的承諾那樣，我們一路奔馳，飢渴的在天地之間，尋索一處處所在，到那裡，放膽的牽手坐坐就好。

我們已然失去所有戀人最單純的想望，在風景點，陌生海灘，不知名山巔，於遊人不經意的眼神間，比肩而坐，隨意談笑，那戀人俗常的幸福，我們都失去了。我們是罪人，必須頂著莫大風險，才能於陽光下，微風裡，無視於路人偶爾投來的目光，釋放一點點戀人的權利。

多奢侈呀。我今天說了多少次？

我輕輕嘆口氣。當我打開天窗，一股海邊帶微腥味的風，竄進車內，我由衷的感嘆，兼感謝。那是今天第一次，我說多奢侈呀。那時車剛剛駛出台北。

她看看我。沒多話。我心底明白，她比我感謝這偷來的大半天。我們拿過去勢必緊緊交纏於體溫重疊於肌膚溶解於汗液的歡愛時光，交換了這難得的出遊機會。我們對視彼此時，內心由然而生的依舊是覬覦對方身體的貪婪，但我們心思明靜得很，放棄這次宛如一對戀人出城踏青的機會，我們很難有下一次了。我挪出右手，伸向她，她的手掌柔情似水，在我掌心間搓動。我的心蕩漾起來，油門緊緊踩了一下，車在濱海公路上瞬間加速。

早晨她突然打了電話，想出去走走，哪都好，有風有陽光的地方就好。

我沒問為什麼。跟她在一起，我養成這習慣，永遠不追問她不主動說下去說出來的答案。這是「情夫」最起碼的本分吧。她問過我為什麼都不問為什麼，我說問了怕以後連為什麼的一點點機會都消失，所以寧可不問。人，忘忘一點，畏懼一點失去什麼的焦慮不安，反而可能多爭取一些眷戀的時光。她也沒追問我爲什麼這樣想，也許我們都清楚，「爲什麼」三個字，對我們來說實在很奢侈，禁不住追問的，我們只能固守，靠一點莫名的堅持，靠一絲絲不道德卻又仰望老天疼惜的小小心願，來固守我們之間的愛。我何必問，爲什麼呢。能多看到她一次，多看一會，多抱她久一點，就夠了。

寂寞想她的時候，我常這樣安慰自己。

我到一家便利商店門前接她。她先到，人在店裡翻雜誌。隔著玻璃大門，我望著她。一身輕便，消瘦的臉龐，一頂草帽，一副太陽眼鏡，準備出去郊遊的打扮。我默默等了一會，直到她看見我，自己走出來。

我們太有默契了。我從不按喇叭，等她時，我多半安靜，她看到我，也不急著有反應，總要讓分針秒針再自動往前滑一段，像保證我們兩人不過是一場巧遇一般，淡淡的，無動於衷。我們太有默契了，這樣的交往，旁人看不出足以聯想的線索。

車子一駛出台北，她就按下車窗，讓風灌進車內。我注意到風滿足的敞開她沒扣上第一顆鈕子的胸口，雪白細膩，接近乳房的上端，微微泛青的筋脈，在亮光下浮動，我深深呼了一大口氣，故意的。往常，我這樣盯著看，她一定故做討厭狀，今天卻毫不在意，僅淡淡要我小心開車。

車子很快飆過淡水。我們在漁人碼頭前，停了一小段時間，曬太陽。她說學生時代常常到淡水，練習寫生。我說，以前常跟一個女朋友到淡水走走，練習戀愛。她瞪瞪我。我向她擠擠眼。一對對年輕的學生情侶，在碼頭邊上穿梭。我們連這點青春特權也沒了。

車子飛奔在濱海公路上，非假日，路況出奇好開。我把車子開到一處不是遊客駐足的近沙灘處，兩人下車，漫步一段沙灘。沙地上處處垃圾，不時在近雜草處，可見一堆堆衛生紙。我附在她耳旁，告訴她，夜裡這兒有一對對戀人躲在風衣、外套下吹風聽浪談戀愛，性致高時便席地歡愛，在一道道風聲浪聲裡達到高潮。她不可思議的看著我，我指著地上的衛生紙堆，不然妳以為都是在這兒上廁所嗎。她紅了臉，眼睛逃向遠方。我拉她手，走回車裡。陽光太刺眼。

車過十八王公廟。我轉進一條小路，蜿蜒攀上小山頂，那兒有一塊空地眺望海峽。我們沒下車。我足足抱了她半小時以上。她明白這是必要的，我不可能見她一整天而始終抑制激盪於身體內的激動。我舔掉她的唇膏，我親壞她的淡妝，我鬆開她的腰帶，我扭解她上衣兩道釦子，我伸入她的胸罩觸碰到柔軟但尖挺的乳房，我還試著，幾度試著，把手指滑進她低腰長褲被鬆開的褲襠裡，她沒有拒絕我指尖隔著絲質內褲騷動她慾望的挑逗，但她堅定的拒絕了我的進一步試探。她搖搖頭，不讓我脫她褲子；她再搖搖頭，輕聲細語，在我耳旁喘息，卻字字清晰，不要，今天不可以。我試了又試，她始終搖頭。

她不讓我再越雷池一步。除了擁抱，以及指尖的觸碰，還有舌尖的放縱外，其他都不可以。我們僵持著。最後，我認輸了，女人不想的時候，千外別強逼，我只是覺得停在一定界線後的激情，更爲累人。

我翻身躺在放平的椅座上，氣喘吁吁。我打開車頂天窗，藍天白雲，在樹影間搖曳，我看看她，她要我別生氣。我搖搖頭，沒生氣，不過很累罷了，妳力氣眞大。她靠向我，沒釦起襯衣的打算，我摟著她，突出食指輕輕叩著她鬆脫胸罩的乳頭，嘴裡重複念著，沒關係，心不在家，我下次再來。沒關係，心不在家，我下次再來。她說，這樣就好，不要在車上。

下午，我們沿著北海走走停停。午餐兩盒便當，一罐可樂，敞開車窗，關掉冷氣，任憑海風灌進樹林鑽進車內。我跟她邊吃邊聊，我告訴她，我的第一部車就是兩門ＢＭＷ，二手車，跟我大學同學愛玩車開的二手車行買的，價錢很公道，原先屬於一個現在當紅的一線主持人，當時他才剛剛紅起來，車保養得很好。我在證券公司做業務，靠那部二手車追了不少女人。當然在車上做過幾次愛，我承認，沒在她面前保留。那時年輕吧，夜遊一整晚，不嫌累，倒是隔天上班，會全身痠痛，因爲兩門跑車座椅太窄，兩個身體疊成一塊，激烈起來奮不顧身的，筋骨很不舒服，有時隔天才發現，身體總有幾塊瘀青。夏天的話，還得小心脖子，或手臂，留下的啓人疑竇的痕跡。大熱天的，常要穿上長袖、高領襯衫來掩飾。她邊吃邊聽邊笑，邊罵我色鬼。

她說從來沒在車上做過。我安慰她，也好，不見得浪漫。留下一身纏鬥證據，回去不好交代。她突然望著我，找一天我們在車上試試吧，但不要今天，今天她只想透透氣。我答應她，改天找部休旅車，寬座，舒適，平穩，保證像在五星級套房。

那些靠想像撐起的青春期

「風吹過窗口，被擋了一大半，但我知道，那是更清涼的風，否則風鈴不會噹噹響，一連好一陣子。」

她躺在我臂膀裡，回憶鄉下度過的青春期。

「鄉下的熱，很奇怪，不讓人煩躁，只是悶悶的，無所事事，鄉下的熱，是一種氣氛，瀰漫整個村落，走到哪，都悶。唯獨聽著風鈴，叮噹叮噹，我的心思就平復下來。」

我靜靜聽著。我的住處沒風鈴，我只好輕輕在她的乳房上，以食指，敲鐘似的，模仿風鈴，被風觸動，叮叮，噹噹，叮叮叮叮，噹噹噹噹，叮……，噹！最後一聲，按在乳頭上，被裹在一片突起的顆粒狀乳暈裡，我常說那像慾望海濱的沙堡，站在那，往下望，我永遠不能抗拒游向深海的誘惑，即使死在海裡，我都不能抗拒。

她蠕動了一下身體。我碰到她的慾望的邊緣了。

她遞過唇來。冬天很溫暖，夏天極冰涼。女人的唇足以撫慰男人靈魂。

她今天話不少。

「我的一位國中死黨，跟我一樣愛聽風鈴。她在風鈴上，還會編織一個小中國結，貼上心中偶像的照片，說午夜若被風鈴聲鬧醒，想到那一陣陣風，會捎來偶像的消息，作夢都快樂呢，你說神不神經？」

她興致很好。我靜靜聽，難得她話多，我耐著慾想，只在指尖摩擦她的肌膚，生我心底的熱。

「我常跟她一塊上學，下學。一起到鎮上書店翻雜誌。她發育得很好，才國一呢，就長到一百六十七八，長手長腳，皮膚紅嫩，走在路上，高中男生都吹口哨。我身高比她矮，體型更差了一截，我削瘦，她豐腴，感情卻好得像姊妹。可能是她真有姊姊的緣故，她懂的男女間事多很多。總是多愁善感，幽幽怨怨的。」

我翻過她的背。光滑的背，一張平鋪無瑕的緞面。若人憐愛，意圖撥弄，觸著就不捨離開的柔滑親暱。我親她的背，如點水般，親，碰，彈起，又貼上。她雙臂盤疊，如置身最佳女主角廣告片裡的模特兒，側臉享受我的撫愛。

「那時我們算早熟。會跟男孩子約約小會，牽牽手之類的。剩下的，只能靠想像。我們一起想像過，跟男生親吻時，擁抱時，會怎樣緊張。如果男生反應得很激烈，我們該怎樣拒絕進一步呢。想想眞傻，我們常常說要一起讀書，沒想到，一聊這些，往往就大半晚上過去了。」

她的腰身極美。弧度簡潔，宛如沙漠被長年固定風向吹拂出的一彎新月稜角。我游走其間，每每願意迷途。她怕癢，她側過身，再度背我。但這次，是側躺，彷彿，沙地矗立起一列長城，前進受阻，退路無著，我迎著城腳狠狠撞上，用我的唇，繼而我的掌我的指。這時她的側面軀體，蜿蜒如定格的沙浪了，我愛極了向臀部漸趨漸隆起的弧形，那是致命吸引的極地，豐饒而野性，席捲我一切的理性。我的手掌，凝固於她的臀間。

「你知道嗎？小女生也愛談男女情事的。她就跟我討論過，怎麼跟一個心愛的男生做愛，而不至於懷孕。我們還在 7-ELEVEN 趁著買報紙買雜誌買衛生棉的混亂，夾雜一盒保險套，美國進口的那種，帶顆粒狀的。晚上我們躺在床上，取出一片，把黑簽字筆包上幾圈衛生紙，然後套上保險套，用手握住它，她說男生自慰就是這樣。換我伸手握住時，她接著說，女生要自慰，也可以這樣把保險套套在包住衛生紙的筆上，才不會弄痛自己。」她講完這一大段我從未聽她提過的國中時期。

我告訴她，男生絕大多數青春期都會手淫，我們叫「打手槍」、「五個打一個」。高中時，哪個同學隔天來上學臉色發青嘴唇帶紫，我們就集體嘲笑他，昨晚一定「打手槍」了，很奇怪，那年歲，熬夜一整晚，睡眠不足，偏偏焦慮輾轉，難入睡，打個手槍，人就安然睡去。我跟她說，我高三的班導師，就勸我們，若睡不著想太多，不妨翻翻PLAYBOY，「慰勞」一下自己，一定睡得著，還罵那些中藥小廣告，成天胡說八道，嚇我們這些青春期本來性慾動輒便溢出水庫的小男生。所以，我高中時，便坦然的接受了手淫與道不道德無關的信念。我跟幾個高中死黨，還在校刊上製作「自慰合理、手淫無罪」專題，既採訪專家，也自己動手寫動手畫，現在很有名的那位性學專家，當年剛剛執業，就被我們幾個北上的高中小鬼糾纏了大半天。爲了那專題，連訓導主任、主任教官都出馬督陣，東刪西改我們做出來長達十幾頁的報導。好在我們那總編輯的老爸，是位名醫，又身兼家長會副會長，幫我們擋了不少壓力。不過，最後壓軸的，開放給女校男校同學的演講座談，硬是被取消了，不然當年一堆高中生，擠在大禮堂談自慰的場面，肯定是我們畢生難忘的傑作。

「我想女生不會像你們男生那樣，那麼大剌剌談這種事吧，在國中高中，會跟我講這些事的，也不過就是兩三人。就算我那死黨跟我一起把玩了保險套，對心儀的男生不時也會放電，可是女生跟男生眞的很不一樣，再怎麼親熱，我們都會想到『後果』，不小心懷孕，萬一被臭男生拿來當成炫耀，都讓我們女生要小心翼翼。我跟死黨已經算是同學當中，常常跟男生約約會的，可是高中畢業以前，我們都沒有跟男生眞正親密過。我要到升大四那年暑假，跟男朋友一塊旅行，才有了這輩子『第一次』，當時沒帶保險套，嚇都嚇死了。」她輕輕撥弄我的肚臍眼，又加了一句，「哪像你們男生，『開竅』得早。」

我拉起她的細指，青蔥一般細嫩，我用牙齒試著啃它。再用整張嘴包住它。我說也不是每個男生都有機會那麼早開竅。我的同學，早熟的，膽子大的，常常自誇怎麼跟我們所謂的太妹級開放女生約會，還繪聲繪影描述她們的乳房、大腿特徵，但我長大後想想，有太多是憑空揑造的，不過是要在我們這群半大不大，又自以爲是的男生面前，爭取他們不容忽視的地位罷了。

我還跟她說，上了高中後，一個出身空軍家庭的同學，高高帥帥，口才便給，遠比我們這些鄉下男孩有更多條件接觸漂亮女生，每次他都把約會的過程描述得活靈活現，有一次講完後還大方的分送幾片保險套給我們，上面印著 U.S. Air Force，望著我們疑惑羨慕的目光，他得意洋洋，這可是美國貨哦，美國空軍專用的。可是那男生最後還是穿幫了。他根本沒膽子跟女生做。

有一天他告訴我，星期天爸媽到教堂，他利用沒人在家，躲在房裡偷看 Penhouse，突然隔壁念女中的鄰居，平常對他不時顯露好感，跑來找他，他說他就那樣尷尬的「挺著」才剛剛看過美國金髮金毛美女的「弟弟」，心不在焉的有一句沒一句聊著。那女生似乎有意無意的靠近他，身上傳遞出一陣陣剛剛洗過頭髮洗過澡的幽香，他說他連她V字領運動衫裡發育還不算成熟的乳房都看得到，但直到那女生離開，他連手都沒伸出去摸她。他尷尬的跟我小聲講，他繃緊的牛仔褲裡其實早就撐不住，那女生一走，他衝進浴室，脫下褲子，就聞到褲襠間一股濕漉腥味。

這就是我們那年代，青春期男生普遍的壓抑，講的比做的多，想像的比親身經歷的，更勇敢。

她問我，現在還自慰嗎？

我扳開她的兩腿，說這就是答案，捨不得自慰。而且這年紀，體力也不容許浪費在自慰上了。

通往天堂的兩根柱子

我說完國一時在街上看到一具大腿白皙的女體被殺事件後，把頭埋進她的乳房裡，柔軟，搖晃，幽幽清香，一如浮盪於夏日黃昏五星級飯店游泳池的輕鬆與搖曳。

我緊緊抱住她，體溫在兩人之間流盪。我不覺得熱。

我鼻子抵住她額頭，光潔、緊繃、平滑，她流了一點點汗。汗珠，這玩意眞玄，打球時看旁人看自己一身臭汗，絲毫不能忍受。貼在她身上，汗珠粘著汗珠，兩副軀體彷彿要融化了，卻從不覺得汗味難聞。我們像極了兩座乾渴的沙漠，因爲對愛的焦渴，不惜要挖空深埋於身體底處的源泉，讓它奔流而出，直噴進對方的內裡。汗珠的涔涔而下，不過是這場飢渴的開幕式罷了。

那是你迷戀女人長腿的開始嗎？

她突然問我。我抬起頭，很自然順著她軀體的稜線向她一雙勻稱的大腿看去。

我不確定耶。

我試著回憶，好像怎麼想都很難在那事件之前聯想到任何跟女人的腿相關的記憶。或者說，至少沒那麼搶眼的記憶吧。從那以後，我倒是對女人的腿的美，有了比較多的接近成人審美觀的認識。

腿不一定長就美，我看過身材不高，一雙腿卻均勻剔透到讓人神思搖動的地步。我揉揉她的膝蓋，瘦而有肉。我說過很多次了，我喜歡她的一雙腿，長而勻稱。是通往天堂的兩根柱子，我一攀爬，死也不肯放鬆。

我自高中起就愛欣賞女孩的腿。那年代，國高中女生都穿制服，長裙長到膝蓋以下，沒多少機會看到女孩的腿。我跟我的死黨意外中發現，搭火車通勤時，女生坐在車座上露出的小腿比例很迷人，走過月台時足登台階呈現的小腿弧度很迷人，偶爾哪個愛漂亮又不怕糾察隊找麻煩的女生特意把裙子剪裁短一截露出膝蓋以上部位的美腿尤其很迷人。

高中階段青春期荷爾蒙分泌特別猖狂，一絲絲挑逗，或我們自以爲是暗示的任何挑逗，都足以讓我們跟著身體的突張而陷入尷尬。我在高一，就曾經極其困窘過。

有一次回家路上，我坐靠窗的位子一邊背片語一邊不時眺望窗外景物，不知不覺間才注意到原先坐在我旁邊靠走道的位子，不知哪一站起，換成一個時髦打扮的女人，以我那年紀來說，看起來不像高中生的較成熟的女性應該可稱作女人吧。我所以注意到換了人，完全由於她的一雙裸露於深色短裙外，平放於坐椅前沿的白嫩多肉的腿。我這才突然聞到一股淡淡的幽香。我這才留意到她的胸部聳起，一襲淡色襯衫貼在胸前高低起伏。

我緊張起來。莫名其妙的緊張起來。

我背的片語，瞬間像蝴蝶，飄飄浮浮，穿梭花間，難以捉摸。我低頭注視橫放於雙膝上的狄克森片語，眼角則不時被坐於一旁的美腿吸引。她好像在看雜誌，大概是關於流行時尚的那種吧。她靠我這一邊的手指，塗上了指甲油，粉色的。

怕她發現我偷看，我把目光轉向窗外，心裡清楚得很，窗外根本不吸引我了。

我佯裝往車廂內隨意看看，幾次試下來，我直覺到那女人會把臉側向我這邊，還帶著笑意。我的臉發起熱來，趕忙把頭低下。我翻閱片語的速度，變得凌亂失序，簡直是狂蝶亂舞。最難過的還在後頭。她平放的雙腿，突然交疊宛如平地矗立的山丘，本來就算短的裙子，更是拉近到大腿最動人心魄的部位。我感到壓迫感了。呼吸急速。心頭緊繃。座椅上被卡其褲綳住的下半身，耐不住焦慮，我小心移動椅墊上的屁股，卻越移越難受。我把原先置放椅下的書包拎上膝蓋，想掩飾自己的慌亂。沒想到，越想掩飾，體內那股熱力反倒越難壓制。而那女人，悠閒自在的看雜誌，不時交替她的雙腿。豐腴、白嫩，我第一次從眼裡體察到女人大腿的魅力，成熟女人的大腿散發出難以抵擋的魅力，我褲襠裡持續不退的張力，告訴我生命裡這第一堂課。

她突然伸手抓住我的 Calvin Klein 內褲，那你怎麼站起來從她身邊下車呢？問得好。我抓住她的手，貼在我早已膨脹的褲襠，她沒掙扎。

那時我眞很擔心，怕我下車時下半身依然挺立，而她仍舊坐在那裡。我不能想像，自己熱騰騰的下半身，在狹窄過道裡與她裸露的雙膝小腿摩擦時的折騰，雖然那時血脈僨張的我，早在夢裡奢想過這場景很多次了。還好，她在我下車的前兩站便起身離開了。還好。趁她離座時，我大膽的看了她，腿修長，臉孔則始終看不眞切。也許這樣，我對那回的記憶特別深吧。

還有嗎？她仰著鼻尖問我。關於女人的腿？我用鼻尖磨蹭她的鼻尖。

大學時，我到新店山區一座別墅區當家教，兩個國中女孩的爸媽，典型富豪之家的家長模樣，我在那裡教了一年半，她們爸爸我見過的次數不超過一隻手掌。她們媽媽我每週兩次家教都遇得上，年輕結婚生小孩，三十五六歲保養得宜，待在家裡的時間多半學畫學插花。我見過她的幾個姊妹淘，物以類聚準沒錯，都是那種由於生活優渥，精於保養，看起來比實際年齡低，舉手頭足之間既優雅也深信會吸引旁人的貴婦人型。多年以後，我自己累積了財富，參加了扶輪社，並出錢支持過幾場義賣會，因而認識了台北不少這類型的貴婦人，很清楚她們內心與表面的落差。可是當年我一個大二學生，一頭長髮垂落頸背，牛仔褲休閒鞋，一部二手 YAMAHA 機車，馳進別墅區有警衛室的大道後，心頭原有的一點左翼意識，便被這些富商巨室依山盤旋而上錯落林間的一棟棟別墅給打敗。更不要說，像她那樣，明艷，嫵媚的少婦了，比我在校園裡約會的年輕女生，多了幾分總能喚起性衝動的氣息。

兩個富有但同樣被聯考壓得喘不過氣的小女孩，對我唸的那所大學名聲很服貼，很聽我的話，功課自然不錯，她們的媽媽感謝我，又加了一筆可觀的數目，要我每個週末下午增加三小時，等於是陪兩個小女孩度週末，免得她們成天想往山下跑。接近的次數一多，我了解她的機會也多了。

我對少婦的成熟美，跟那一年半的家教經驗很有關。她個子不高，骨肉勻亭，居家的關係吧，我去她家，常見她穿短裙短褲，一雙腿，兩隻腳掌，赤足踏在光亮地板上，女人足部的媚惑，年輕的我算見識到了。一個午後，我到她家，她告訴我，兩個小孩臨時留在學校，要我多等一會。我們於是在客廳裡閒聊。那是夏天，室內吹冷氣，我手中還握有一杯新鮮柳橙，我沒道理感覺熱。但我渾身是熱的，從裡到外，從五官內臟熱到皮膚外層。

我們隨意聊。聊到後來，我的緊張大概使話題急速縮減，她沉默了。我假意翻翻桌旁的雜誌。她要我到書房坐坐，我跟著她，不到一公尺的距離，她的兩條腿很直，腳踝弧度圓潤，休閒衫裡隱約可見胸罩的環扣，我發現她的頸背冒汗。我莫名其妙的感覺口渴。

她領我進書房後，便出去了。我坐在偌大書房比我住的八人宿舍還寬敞，她說她在這練畫。牆上掛著一幅女人倚窗眺望。我四處看看，在牆邊不經意看到兩三雙精緻的高跟鞋，我回頭望望，至今仍搞不清楚怎麼回事，我竟然蹲下去，拿起一雙銀色細跟型式簡單的高跟鞋，放近鼻尖聞聞，沒有想像中的味道。可是我腦子都想到她一雙細緻的腳。我坐回沙發後，心臟還猛猛的跳。

後來呢？哪有後來。後來兩個小孩回家，我繼續上課。後來我又教了一年左右。什麼事也沒發生。我那時二十歲不到，又剛從鄉下到台北，全身充滿慾望是眞的，但一直不敢，或找不到慾望宣洩的出口也是眞的。

我脫下她的 Christine Dior 內褲。故事講完了。

輯三

歐菲斯先生

表演的第一步，是無形的，
要在不期然之間，給人莫測高深的想像。
服裝，是的，服裝儀容絕對能讓人先尊敬你，
至於內涵，你放心，
真正的歐菲斯先生們，
是不會在內涵上遜色的。
他們注定是辦公室的精英，
是都市叢林法則最適應的生存者。

職場就是秀場

歐菲斯先生走進來了。

一如往常，西裝革履，皮鞋擦得精亮，從進電梯起，他就提醒自己，在公司裡，沒有所謂個人空間，隨時隨地，要把自己最亮眼的特色釋放出來。電梯若沒有旁人，他會調一調領帶的鬆緊，順一下胸口襯衫的紋路，然後聳聳肩，協調一下臉部的肌肉線條。當電梯門敞開後，他就微笑走出來，給每個迎面走來的同事，看到一張笑容燦爛的臉。上班的一天開始了，發條要緊緊扭上。

當然，上班時間，電梯沒旁人的機率並不大。有人的時候，歐菲斯會優雅的示意問候，有時，不一定要用語言，肢體的展示遠比詞彙更有彈性。你向對方問候，若對方很敷衍，反倒讓你尷尬；但肢體語言完全不同，你笑一笑，不須多言，對方就可依據他自己跟你的關係做出回應，關係夠好，自然態度親切，關係普通，雙方點點頭即可。若根本就是敵我矛盾，肢體語言上的簡單示意，就很夠了，讓雙方保持基本的進退禮儀。要殺伐，要鬥爭，等開會等折衝時再說吧。

這很符合歐菲斯先生的職場哲學，你總是要給旁人深刻的第一印象，不是嗎？歐菲斯他太清楚這道理的微妙了。還沒爬到最高層，他的西裝不能考究到讓老闆感受壓力，可是較諸同儕，特別是有競爭關係的假想對手，他的服裝定位就太重要了。

那是一個象徵，從進一家公司的第一天起，旁人還不熟悉你的出身便可以經由穿著，對你做出起碼的判斷。「生存就是競爭」，「文明競爭就是不停的表演秀」，歐菲斯最服膺這道理，單單服膺是不夠的，每家公司都要有人來實踐這道理，也就是說，有人來示範這道理。競爭，既然免不了，要競爭，就須一開始便壓制住所有假想敵的氣勢；要表演，就非得從起點表演起不可，否則前後矛盾，反而讓人感覺你不夠誠懇。

表演的第一步，是無形的，要在不期然之間，給人莫測高深的想像。服裝，是的，服裝儀容絕對能讓人先尊敬你，至於內涵，你放心，眞正的歐菲斯先生們，是不會在內涵上遜色的。他們注定是辦公室的精英，是都市叢林法則最適應的生存者。

歐菲斯很早就注意到，會議室裡，男主管們清一色偏愛深色西服，不是黑或灰，就是深藍；樣式更是變化不大，坐在會議桌前，若是一時恍惚，彷彿還以爲大家穿的是公司制服呢。歐菲斯爲他們取了個綽號「黑灰色男人團」。

女性主管顯得亮麗多了，雖然有幾位堅持端莊形貌，總以深色套裝出現，可是年紀稍輕，愛漂亮的女性，還是能在看似專業的服裝裡，展露出女人的嬌媚感，她們對顏色、樣式的挑剔，相對讓男主管變得色盲，變得呆滯。她們像什麼呢，歐菲斯說，像成排枯萎的荒木林中，偶爾穿梭其間，點綴出光彩生機的花蝴蝶。尤其在會議進行冗長，爭論了無新意的荒蕪時候，歐菲斯特別有這樣的感受。

歐菲斯一開始便抗拒自己被「黑灰色男人團」吃掉的危機，又不能完全不顧已經成為領導圈子默契一環的服裝文化，他只好選擇妥協，穩重裡帶一些年輕款式；必備的深黑深灰之外，挑幾件色澤大膽的亮色系休閒西服，偶爾搭配交替的穿，歐菲斯發現效果極好，不時常有些主管會讚美，而且還把他當成服裝選購的顧問。年輕女主管女同事經常飄來的眼神，流露的自然更多是意在言外的味道了。歐菲斯每每想到這，就會伸手調一調領帶打結處，即使忘了穿的是休閒西服，根本沒打領帶，他也會暗暗的自得。

職場就是最大的秀場，一點沒錯。我們只是選擇不同的方式秀自己罷了。

會議室裡，有人口才便給，有人沉著冷靜，有人挺帥嬌美，有人企劃踏實，有人專擅折衝；走出會議室，有人關係玲瓏，有人穩重可靠，有人是萬人迷，有人則固守崗位。職場就是大社會的縮影，職場就是人性的伸展台，每個人都該有一塊角落，都應該有一個位置。但秀場就是秀場，不能秀，不敢秀，秀不好的人，就只能退居第二線。沒錯，這就是職場法則。服裝秀，不過是最貼身最表象的戰場而已。

歐菲斯即便疲憊，他也懂得這表象的一戰，不能鬆懈對待。再怎麼疲倦，他也僅僅讓領帶鬆弛出一塊缺口，藉以顯現他們永不鬆散的優雅意志。必要的時候，他會脫下外套，罩在因會議室冷氣太強而顯得哆嗦的女主管身上，他會捲起衣袖、把領帶塞進襯衫釦裡，彎腰幫同事檢查中毒的電腦，甚至拆開主機板。必要的時候，他會這麼做，服裝穿在身上，是秀，脫下來的時機，場合，難道不是秀嗎？他看過老總在地下停車場，脫下外套，幫一位年輕同事查看發動不了的汽車引擎，從自己的朋馳車上取下工具箱，遞給誠惶誠恐的同事時，還不忘說，自己喜歡動手修車，那感覺很好。歐菲斯從年輕同事汗涔涔的臉上，很確信一點，隔天公司裡的網站上，必然會流傳著這麼一則關於老總親切，老總修車，老總關懷同仁的訊息。公司裡人人皆知，老總愛車成迷，車的知識一把罩，可是爲同事拋錨汽車脫衣、彎腰、捲衣袖、拿工具箱的那一幕幕，難道不是最佳的「老闆秀」！歐菲斯提醒自己永遠記住這畫面。

歐菲斯穿過秘書小姐問好的笑靨，跨向辦公間，一天要開始了。晨間的會報，接著與中部業務專員的討論，午餐跟公關公司女經理的專案計劃，下午他自己部門的動腦會議，還有下班後要趕去的經理人聯誼會演講，這一連串活動，他知道自己一進場，就要是全場的焦點。他精心搭配的蓮藕色雙排釦西服，他依然炯炯有神的目光，成熟中帶點慧黠孩子氣的笑容，傳達了他對這商業世界無可替代的了解和自在。他樂於表演這一切。

——本輯作品曾於一九九八年在《聯合報》家庭版以專欄形式發表，後幾經修改、增添，於二〇〇二年在「夢想家網站」發表

小心容易洩密的地方

走進洗手間，游 sir，依舊怒氣沖沖。

砰，一聲，他把門重重關上，嘴巴上很不爽的說了句，「什麼嘛，媽的，他以爲他紅，他就可以這樣欺負人嗎！」

歐菲斯沒回答他。靜靜的走到小便池，游 sir 跟上來，氣嘟嘟，連小便聲量都比往常大，歐菲斯心想，腎上腺素往上衝時，不知道對小便的量，有沒有影響啊。心頭這樣想，反倒突然有點擔心，游 sir 不要一心只顧得生氣，忘了正在小便，不小心氣憤之餘，會把尿液濺灑到歐菲斯身上。

歐菲斯小心翼翼的尿著，嘴裡還直安慰游 sir，輕鬆點輕鬆點，尿尿嘛，不就是排泄廢物，乾脆一把尿，把剛剛受的鳥氣一把給它尿光！

歐菲斯想開開玩笑，化解游 sir 的情緒，讓他專心尿尿。不料，這話反倒引起游 sir 更大的不爽，他激動的側過臉，毫不在乎尿才尿到一半，歐菲斯感覺到自己眼角餘光好像看到游sir的那話兒，趕緊把臉正對牆壁，心裡眞是覺得「有夠衰」，連尿尿都不得舒暢，但耳旁依舊聽到游sir的憤憤不平，「你說我怎麼嚥得下這口氣，換做是你，你嚥得下，你嚥得下？」連口水都噴到歐菲斯臉頰上。喔，歐菲斯連忙想，算了，還好是口水。

歐菲斯走向洗手台，開了一下午的會，臉色顯得蒼白，時局不景氣，各單位業績直直落，老總心情凝重，每個主管自然都不好過，大家檢討起來，除了一再爲自己的責任辯解外，有不少人也放手批評其他單位，一個人開了頭，其他人就紛紛跟上，整場會議的下半段，竟然淪爲批鬥大會，一發不可收拾。

游sir向來跟企劃部主管不合，但沒想到這回企劃部會跟研發部聯手K他，始料未及，好一陣子他措手不及，硬是無言以對，讓他尷尬不已，等到回過神，大家的話題又已轉到另一單位了，游sir硬生生把一肚子窩囊氣吞下去。歐菲斯很能體會，這種被突擊的挫敗感很不好受，所以跟他走進洗手間後，一直以和善的笑容回應。

游sir顯然越想越氣。洗手時，突然把臉埋在雙掌之間，大吼一聲，濺得水花亂飛。歐菲斯嚇了一跳，有點意外，游sir已是沙場老將了，何以還這麼情緒化呢？

游sir突然快步想往外走，歐菲斯一把拉住他，勸他不如在這裡歇歇氣，平靜一下心情。游sir停下腳步，不過才一會，又破口大罵起來，這回更兇，連名帶姓，罵起企劃部的主管。

歐菲斯有點尷尬了。走進洗手間時，歐菲斯就擔心，游 sir 不管有人沒人，情緒化的臭罵態度，根本就忘記這是洗手間，隨時可能「隔牆有耳」。歐菲斯始終沒有正面回應，也是顧慮到萬一有人在上大號，偏偏「他暗我明」，對方是敵是友搞不清楚，自己安慰游 sir 的話，大有可能被曲解或誤傳，會替自己惹出什麼麻煩都不知道，還是謹愼些的好。但游 sir 氣到頂點了，根本不在乎有人沒人。

歐菲斯轉身向大號間走去，佯裝要取一些衛生紙擦手，實則是要探探到底有沒有人上大號，聽到了他跟游 sir 的談話。還好，四座馬桶都是空的。游 sir 似乎看出了歐菲斯的心思，大聲的說，「怕什麼，我ㄎㄠˋ，我就要讓他知道我會對付他的！」

歐菲斯確定沒人，這才回頭跟游 sir 說，「還是小心點，你就這副脾氣壞事，話說這麼多，還沒動手就先打草驚蛇了，怎麼跟人鬥啊！」游 sir 沉默下來，不說話了。

歐菲斯擦擦手，心裡其實蠻同情他的。游 sir 是那種神經大條的人，只知道衝業績，對人際往來，對辦公室政治白痴得可以，就像下午的會議，他應該知道自己負責的單位，最近表現不佳，遲早要成爲被檢討的「祭品」，他卻遲鈍到被人突擊了，還不知道該怎麼當場還擊，「活該倒楣！」歐菲斯同情之餘，不免還是要在心裡暗罵他。

「辦公室政治」本來就沒有章法可循，小心謹愼、看人說話、看場所說不同調性的話，是保護自己最好的方式。歐菲斯就聽過一位老友說，有一回他莫名其妙被一位公司主管盯上，把他當敵人一般看待，時時找麻煩。他始終不解，後來終於明白，原來有一次在一家餐廳用餐，他對朋友狠狠批評了這位主管是渾蛋，那朋友跟他屬兩個領域的人，八竿子打不著，他有把握不會出賣他。可是，他千算萬算，算不到的是，他用餐那晚，隔壁桌竟然坐了一位認識那主管的人，「你說，我是不是夠衰的，連下了班，罵罵渾蛋，宣洩一下，都碰到那渾蛋的觸角！」老友搖搖頭，直嘆氣。

是啊，再怎麼會防人，也難防到這地步呀。

但話又講回來，「外賊」難防，至少「內賊」還是不能掉以輕心的，歐菲斯還記得在安慰老友的同時，他也不忘這樣退一步想，既是提醒老友，也在提醒自己。

歐菲斯曾經列下一張明細表：在辦公室講電話，要小心音量；講手機時，要注意身邊走過的同事；在洗手間跟同事哈啦，要留意有沒有人上大號；碰到同事跟你訴苦，除非是自己好友或心腹，否則不輕易表態；對那些很容易扯八卦的人，尤其要小心，免得自己的話被他們隨意「quote」；甚至啊，歐菲斯後來還加上一條，有些伊眉兒該delete就要delete掉，因為歐菲斯就聽過一位朋友說，她的電腦被旁人使用後，伊眉兒裡的信也被看過了，裡面除了私人信函，還有不少同事之間抱怨主管偏私的意見交換，她說，不知是不是心虛，那之後，反正她就覺得主管對她越來越不假詞色了。

歐菲斯拍拍游 sir 肩膀，要他息息怒，晚餐過後還要繼續開會呢，「很像打職棒職籃，要看一個球季的成績，輸一兩場球算什麼，對不對？」游 sir 沒講話。這時，洗手間門打開，走進兩位同事，歐菲斯趕忙望望鏡子，調整領帶結，一邊跟游 sir 擠了擠眉頭，一邊跟兩位同事 say hi。然後快步走出洗手間，留下游 sir。

職場就是叢林。你總要有相互扶持的同伴，卻絕不能放鬆對旁人的提防，對不？歐菲斯對自己這樣說。

開會時能沉默也是一種福分呢

歐菲斯沉默了一會。

這不是該沉默的時候。應該講，這時沉默，不免要讓「副座」多所猜疑。

歐菲斯趕忙開口，講了一些無關痛癢的話。可是嘴裡才講到一半，腦袋裡的思索卻已經跑到前頭，而且站在那，兩手扠腰，氣嘟嘟指天畫地，無非是警告言不及義的歐菲斯，別再講蠢話了，你以爲，精明的「副座」不知道你講的是屁話！你以爲，講了屁話，就算交心就算表態咯，別蠢了！

當然，歐菲斯也不是眞蠢。他嘴上一邊吐出非關重點的句子，一邊已經感受到發自內心的警惕，力圖把自己講出來的「廢話」扭出一點意義。歐菲斯聽到自己繼續以抑揚頓挫、鏗鏘有力的音調，努力在起了頭的連篇廢話中轉向，轉得連自己都有點感動呢。

「其實，整體來說，我剛剛所講的，有一個基本態度，那就是不管我們的角度，或者各單位的立場怎樣，我們呢，終歸是命運共同體，可以這樣說吧，所以，我的看法是，基於這前提，我們不妨開誠布公，讓不同觀點有機會對話，然後再匯聚成一些共識，我的意思是，『副座』的方案是有它創意的一面，很大膽，一大膽自然會跟我們熟悉的規則或默契產生衝突，喔，應該不能說衝突，而是一些不熟悉的困惑感吧，但我們總要試試新思維，對吧，尤其，時機ㄇㄞ　ㄇㄞ的今天，總要試著突破嘛。不過，大家盡量還是要勇於表達不同意見，這對公司才有利啊，我想，『副座』也是能接受不同意見的，對吧。呵呵。」

歐菲斯草草結尾便坐下來，把桌上的卷宗攤開，假裝想更了解整個案子的來龍去脈。

歐菲斯聽到有人乾乾咳了幾聲。多數人卻是沉默的。沉默最好，歐菲斯知道自己剛才那段話，轉了好幾彎，勉強得很，大家沉默反而可以讓他講的意見像船划過湖面一樣，一會兒就恢復平靜，只要沒人故意攪和。老總接了歐菲斯剛剛的談話，還好，老總顯然對「副座」的案子還未定奪，才會連他自己的講話都聽不出個所以然，還好。

開會，是職場最有趣的權力展示場。權力越高，越有講話的自由；而沉默，則是金字塔中下階層最好的選擇。長官當然可以說話、訓話兼罵人，做部屬的，除非想走人，多數只能選擇聽話、聽訓兼沉默。反正你訓得爽，我呢，眼神呆滯，臉色嚴肅，擺出聽得凝重的樣子就好，至於我的心靈內在呢，抱歉，那裡是自由的，我只需沉默，你一點辦法都沒有。歐菲斯聽過一位年輕辣妹型的同事，這樣對他說。歐菲斯笑笑，心裡則想，那又怎樣，我能這樣一路開會一路走過來，靠的是啥？不就是「表裡不一」的哲學嗎？

說歸說，隨著人在職場，身不由己的邏輯，歐菲斯越來越體認到，主管級的人，想沉默，都很難啊。

有些老闆喜歡點名叫部屬發表意見。那眞是痛苦，是折磨。歐菲斯年輕氣盛時，愛在會議裡發言。也難怪，憑著一股膽識和勇氣，那些發言替歐菲斯打出了一條條通往權力金字塔的大道。老總還是副總時，就很欣賞歐菲斯不少見解，這是老總扶正以後，一次偶然的閒談裡主動跟歐菲斯談到的過往。說來慚愧，當歐菲斯聽到老總這樣說起往事時，心裡反倒一陣尷尬，因爲，歐菲斯早已不復當年愛發言的輕狂了，老總重提往事，他反而心生疑慮，難道是老總覺得他變得沉默，沉默得不再像對自己一貫效忠的那個「歐菲斯」了嗎？

當時，歐菲斯還認眞的看了看老總，在老總微笑的臉龐上，歐菲斯不再有把握準確判斷老總的意思。他是眞珍惜我跟他那一段並肩作戰的年輕歲月呢，還是，嫌我越來越沉默，越來越言不由衷呢？好可惜，歐菲斯一點都抓不準老總笑意中的詭異。是自己眞老了，是老總眞嫌棄自己了？歐菲斯沒辦法，又直覺以爲此刻若沉默以對，恐怕更糟。於是，他也笑了笑，對老總說，是啊，那時眞年輕，不懂事，還好老總當年夠寬容啊。呵呵呵，歐菲斯講完連笑了幾聲。呵呵呵，老總也跟著笑了，沒再說話。老總的沉默，又代表什麼呢。歐菲斯甚至連揣摩的勇氣都不如當年了。

現在的歐菲斯，能不講話，盡量不講話。他多少有點不多說話的小小特權了。每回坐在會議室，只要他不是主導者，他會盡量少說話。看著勇於表現的年輕同事，他會想起自己的過去，適時給一些幫忙，但多數時候，多數時候他是沉默的。像許多資深主管的面無表情，維持著老僧入定式的高深莫測。像許多年輕同事抱著少說少錯心態，一副事不關己的無所謂神情。像那些經常跟自己惡鬥、找碴的對手們，在沉默中冷冷的觀察他。

但現在的歐菲斯，有時又哪裡眞有沉默的權利呢。老總會在一堆毫無新意的提案過後，把眼神飄向歐菲斯，示意他講講話，或者教訓教訓這些了無新意的發言者，或者示範示範什麼叫有建設性的觀點。每一次，歐菲斯都覺得壓力沉重。

被迫要扮演這種角色的，當然不僅僅歐菲斯一人，幾個跟著老總一塊打天下的資深主管，經常也被點名發表意見。偶爾，有一些意見很講了些不中聽的想法，老總多半避重就輕，那也是做資方的他顯示的「厚道」吧。有些時候，老總則會硬碰硬，以批評的姿態回應這些意見。這往往才是歐菲斯最擔心的。很多流言蜚語，會從老總對資深主管意見的回應態度上，揣摩這個人在老總心目中的「分量」。那些小鼻子小眼睛的對手，他們很可能就拿老總的回應態度作爲下次「攻擊」你的業績，你的案子時的參考坐標。企劃部的主管，不就在老總狠狠K他一頓後，接連幾次主管會報都淪爲箭靶嗎？老總讓他發言表態時，他哪有沉默不語的選擇呢？他犯的唯一的錯，話講得太沒彈性了，根本抵觸老總的意圖。

歐菲斯呢，他給自己良心的建議，既然沒有沉默的權利，至少也不要哪壺不開提哪壺呀。偶爾講些不著邊際的話，未必是眞糊塗呀。

唯有老闆能決定誰該紅

業務部的老戰友余 sir 突然跑來歐菲斯的辦公室，臉色很沉，歐菲斯讓秘書倒了杯咖啡後，輕輕把門帶上，心想八成有什麼悶氣要找他宣洩一番吧。

果然，余 sir 開門見山的問他，知不知道這次老闆帶幾個人去海南島考察市場，人是怎麼挑的？歐菲斯乾乾咳了幾聲，有點尷尬，因爲連自己也有點生氣，這次竟然不在名單裡！

老闆今年去海南島，不是第一次了，前兩次雖然任務不同，歐菲斯都曾參與，其中一次還特別跟著老闆在海南島待了一星期，忙得要死。這次從頭到尾，歐菲斯都未聞其事，連老闆要出發了，才在前幾天把歐菲斯找去，要他多多幫忙執行副總分擔公司大小事。

老練的歐菲斯當然沉住氣，沒主動問這回公司選了哪些人跟著去。老闆顯然聰明過人，隨便閒談一會後，有意無意的交代了一些訊息，原來這回是要看看在海南島開發休閒俱樂部的可行性，順便考慮在那兒設一個屬於公司自己的員工休閒中心。「任務很單純，所以隨便帶些人去看看，這次就不麻煩『軍師』你囉，哈哈！」老闆笑得很暢快，眉宇間卻閃著幾絲詭異。

歐菲斯不想讓老闆看出自己的情緒，跟著乾笑幾聲，說執行副總一向幹練，其實自己幫不了太多忙，不過是分些勞務罷了。聊了十幾分鐘，歐菲斯挑了個老闆接電話的時機，做了個回辦公室的手勢後輕聲走出來。

回辦公室的路上，歐菲斯心裡感覺複雜。老闆主動告訴他，這次去海南島不帶他去的理由，固然是一種善意，也等於向歐菲斯表明他的器重。可是終究是事後通知他，跟以往的情況不一樣，實在很難抓住老闆的心思。

沒想到，余 sir 的反應竟比他還強烈，倒是出乎歐菲斯的意料。

說起來余 sir 在公司上下都吃得開，他是老闆多年看重的業務主管，能力強，善體「上意」，他那一批進公司的人，若沒離開的，多數都還卡在中級主管的位置上掙扎，唯獨他脫穎而出，跑在最前面，除了工作績效外，應付老闆有一手，無疑是殺出重圍的訣竅。

歐菲斯有段時間業務跟他重疊，常常要一起開會，有時呢，當然也不免要一塊應酬，續去ㄨㄚ什麼的，對余 sir 喜歡玩手腕雖不以為然，倒也蠻欣賞他成天一股活力，就是想在老闆面前受重視，在同事跟前能洋洋自得。

有一次，跟幾個客戶續去ㄨㄚ，喝著喝著，余 sir 突然湊近身，滿口酒味對歐菲斯說，

「老歐啊，我們同事這麼多年啦，你說，我這麼爲公司作牛作馬的，值不值得？」歐菲斯被他嚇一跳，加上那口酒氣實在熏人，只好半敷衍半有所感的把他扶倒在椅背上，邊說「怎不值得，你那棟豪宅不就是從公司賺來的？」

「操，我哪天不是從早到晚，都爲業績盤算？我要是自己出去闖，兩三棟別墅也有啦！」余 sir 說急了，猛地打了個酒嗝，旁邊的公關美眉以爲他要吐，連忙遞上垃圾桶。余 sir 推開美眉，一把抓住歐菲斯的手臂，「你說，我們不離開公司，圖的是什麼？薪水再高，他媽的，能高到自己當老闆賺的？說句噁心的，待這麼久，總有點感情吧，不就是要老闆把我們當自己人看嗎！」余 sir 拿起美眉送上的熱毛巾，嘩啦一把抹上面孔，赭紅的臉色稍稍清爽一些。

余 sir 丟給送熱毛巾的小弟一張百元鈔票，閉眼躺靠在沙發背上，深吸一口氣，再大大吐出。

歐菲斯也給小弟一百元，要他送幾杯熱茶進來。隨著來的幾個客戶，兩個醉醺醺，摟著公關美眉猛吃豆腐，一個眼茫茫的望著余 sir，好像不知道他在呼攏什麼。歐菲斯不好意思的舉杯，對那位客戶說，醉啦，發點酒瘋。那客戶八成也醉啦，痴呆呆的笑笑，舉杯，喝酒，繼續眼茫茫的望著。

那晚以後的事，歐菲斯也記得不多，總之，是醉得「賓主盡歡」。可是余 sir 喃喃嘟囔的

「要老闆把我們當自己人」，卻是歐菲斯酒醒以後始終記得真切的句子。

白天的余 sir 恢復正常，也沒再跟歐菲斯提過類似的話，只是求表現、爭出頭的那股勁道，卻是一天持續一天。

歐菲斯想想，說起來，余 sir 當然也是老闆心目中的「自己人」了。老闆喜歡搞「禮賢下士」那套，不時請請主管去他陽明山的別墅晚餐，或者興致更高時，就弄個烤肉聚會。歐菲斯常常受邀，余 sir 也算常客。不過歐菲斯的次數，確實要比余 sir 多些。也由於這樣吧，歐菲斯的心情反而跟余 sir 很不一樣。

老闆一定要培養「自己人」，讓「自己人」替他分勞解憂，替他創無限商機。「自己人」是要有的，只是不見得是一批太固定的名單罷了。歐菲斯想清楚這點後，心情變得比較篤定，余 sir 想不清這點，自然鑽牛角尖。

公司這幾年觸角伸向網路，老闆身邊多了些網路專家，常常言聽計從。多角化經營的老闆，在海南島投資一大筆土地後，公司裡也多了幾位大賣場的企劃高手，跟著老闆進進出出海南島。歐菲斯常常安慰自己，既然不可能是全才，就別妄想什麼投資開發案老闆都會讓自己參一ㄎㄚ。想歸想，有時看到一兩位資深老主管總是比自己更多機會被納入專案小組，心頭依然不免有點悶氣。所以，余 sir 的哀怨之情，歐菲斯多少能體會得到。「可能是我們總在乎公司裡其他人怎麼看『我』的分量吧。」歐菲斯曾經在日記裡記下自己的反省。那是在老闆把一項投資金額很大的案子，交給另一位副總時，歐菲斯從其他幾位開會主管的眼神裡，看到跟自己同樣遺憾、加一點生氣的情緒後，突然的有感而發。「我們在乎受不受重視，更在乎別人認爲我們有沒有受到重視。」歐菲斯這樣記著。

同樣的心情，現在正反應在余 sir 的臉上，疲憊、委屈的情緒，整個縮進一個年華漸老的臭皮囊裡，歐菲斯由衷的同情起余 sir，又不知怎麼安慰，只好聽聽點點頭，趁著機會轉移話題。能說什麼呢？我們只是老闆心目中不同需要下的「自己人」罷了，不是嗎？這樣已經不錯了，總比有些人根本就淪爲必要的零件好多了。歐菲斯輕輕安慰余 sir。但歐菲斯決不會告訴他，老闆出去前曾經對自己解釋何以這回不帶他一塊去。歐菲斯不敢也不願意告訴余 sir，畢竟，余 sir 還把他當一個可吐苦水的朋友。

女人即使外遇也認眞得讓男人驚懼

阿度，坐在歐菲斯對面，忙著講電話，刻意壓抑低沉，仍掩不住語氣上的無奈。歐菲斯刻意側過臉，向吧檯望望，伸手招來 waitress，問了問 menu 上的小菜，隨便點了兩樣。回過頭，阿度還在講，臉色愈發鬱卒。

已經第三通電話了。歐菲斯跟阿度走進這家小 pub，聊到現在，不過才一個半鐘頭，阿度花在這三通電話上的時間，恐怕就超過半小時之多。接第三通電話前，阿度看到手機上的來電顯示，苦著臉對歐菲斯說，都是自找的，只有認了。

歐菲斯也認識電話裡的女主角，跟阿度出來吃飯，他帶過她兩三次，很親密，她毫不掩飾跟阿度的關係，完全一副親密伴侶的模樣。

人家親親密密，是人家的事，歐菲斯本來就不愛管這檔子事。但阿度的作風，多少讓他爲阿度擔心。阿度是個已婚男人。那女人，聽阿度說，也結婚了。兩個已婚的大人，大玩

「台北外遇遊戲」。歐菲斯就曾警告阿度，千萬別玩成台灣版的「失樂園」。每次阿度都半敷衍的回應他，不會啦不會啦。歐菲斯說多了也嫌自己煩，近來已經很少主動問這些事了。

阿度是那種很有女人緣的男人，說他花心，倒未必，就是喜歡這裡碰碰那裡碰碰，碰上女人主動些，很容易就碰出個火花，過去早有幾次記錄了。阿度跟他戀了幾年的女友結婚後，好像也沒改掉過這毛病。只是零星的感情外遇，火勢不大，一直都還算平順。歐菲斯跟幾位阿度的老朋友一樣，都曾勸他不要招惹女人了，他卻喜歡開玩笑擺出一副受害者苦臉，「是她們，愛招惹我呀，直接拒絕，多殘忍。」

是啊，是她們愛招惹你呀，歐菲斯有一次就擰著阿度的臉，半調侃半嚴肅的罵他，遲早要出事，到時看對你老婆殘不殘忍。阿度總說，再說啦再說啦。

這回，恐怕是要出事了。

這個女人，不但標緻，而且精明，對阿度的感情看來很認眞，絲毫不避諱她對阿度的關懷。阿度這回也像著了魔，這段時間，除了回家，在外頭晃蕩，多半會帶著她。問他，不擔心老婆知道；他說，應該不會啦；問他，這樣公開的晃，豈不很囂張；他說，越公開反而越安全，比較有理由解釋。問他，會不會太認眞，認眞到有一天出問題；他想了想，低頭說，唉，我也不知道，到時再說吧！

大半年下來，歐菲斯沒聽到阿度想出什麼辦法解決外遇困境，反倒是看他享受外遇快樂的同時，臉上不時顯現出陰霾，次數好像越來越多了。

到歐菲斯這把年紀，談不上有錢有勢，卻總比年輕人有些閒有些錢有些成熟有些體貼，沒有一點外遇機會的，還眞是不多呢。差別只在，有些男人克制功夫好，輕輕沾一下，即時就脫身，絕不讓外遇破壞了現有的家庭生活。罵他們自私，很容易，但周邊男人感情出軌的比例高到見怪不怪後，歐菲斯也會疑惑，這是人生感情的宿命嗎？還是男人幾千年來仍揮之不去的濫情基因在作祟呢？

歐菲斯不敢自認是純情派，人生的閱歷也不容許他在中年之際還以純情男人自居。然而歐菲斯也沒法接受，人到某一階段，就變得毫無原則，順著慾望法則一路墜落。

外遇，很像瓜藤，一給它機會攀沿，它就毫不猶豫往人心最深處的慾望去叩關。歐菲斯每每聽到阿度那樣不置可否的處理外遇感情時，就會聯想到他曾看過的一座典雅住宅，瓜藤一層樓一層樓垂直向上攀沿橫向四周蔓生，終至於把一座樓嚴密的包裹起來。阿度啊阿度，你再不下決心，你就會被外遇的瓜藤密密實實的給困起來，無法自拔。歐菲斯對阿度表達過殷切的憂慮。

你放心，該斷時我就會斷。阿度說。

但這一次，面對那主動而積極的女人，阿度一而再、再而三的喪失了該斷未斷的時機。

阿度坐在歐菲斯對面，再開了一瓶紅酒。他爲歐菲斯倒了一杯，示意了舉杯的動作後，仰頭一口喝乾。然後把一張苦臉深深埋進雙掌中，歐菲斯聽到一聲嘆息自指縫間溢出。阿度，張著一雙疲憊雙眼，望了望歐菲斯。

你知道嗎，歐 sir，她說她不想破壞我們各自的婚姻，她只想我在家庭之外，就以她爲另一個中心。她說，她愛我，雖然已經不可能像年輕戀人那樣，有本錢拋棄一切，追求愛情的極致，但我們依然可以把彼此的互愛，當成秘密，存在屬於兩人的存摺裡。只供兩人秘密存取，秘密花用。

那你呢？你怎麼想。歐菲斯問阿度。阿度長長嘆了口氣，沉默，傳達了一定程度的無奈。我是愛她的，可是，啊，可是我沒法像她那樣，一股腦鑽進愛情裡，就什麼都不在乎都不怕了。有時候，我甚至不確定，自己是怕太認眞的她，還是怕不夠認眞的自己。阿度像是喃喃自語，又像對歐菲斯告解一般的，低頭說了一大段話。

歐菲斯跟著沉默起來。女人一戀愛，就比男人認眞，往往認眞到讓男人惶恐讓男人驚喜。不敢認眞，或承受不起對方認眞的男人，其實是沒有條件玩感情遊戲的。歐菲斯很多年以前，跟一位結了婚的女人，極短暫發生過一段戀情，分手的原因，竟然就是怕她的認眞，怕她一無反顧，連婚外情都想認眞談的那股執著勁。

這段感情很短，卻讓歐菲斯見識到，女人在感情上遠比男人堅毅的勇氣。「像我們這類性格猶豫、懦弱的男人，玩不起外遇啊。」歐菲斯用這例子，勸解過阿度，和阿度以外其他的男性朋友。好像沒幾人聽得下去。

　阿度坐在那，電話裡的交談應該沒有結論，電話又響了一次，阿度任由它響了十幾聲，然後安靜躺著。不用問還是她，阿度緊盯著酒杯裡的紅色光澤發呆。歐菲斯轉弄著酒杯，抿抿嘴，對阿度說，你玩不起外遇的，你不是那種夠狠夠硬的男人，現在斷就算晚，也一定來得及。

輯四

女人花園

這世界流轉若意志仍有意義，
那是要跟著變化而變化的。
在流水一樣川逝的曲折裡，
妳只要一個男人真心懂得跟妳一起在河水中徜徉，
即使一起漂流，
老去，
都無妨。

妳終於決定去旅行了

妳終於決定要去旅行了。嗯，這一次，沒人可以阻止妳，當然妳也不該找藉口不去旅行了。

很好，妳先坐下來，沖杯咖啡，電視廣告上常見的那種隨身包也無妨，一個人做自己想做的事，意義再簡單都是很有意義的。因爲很久以來，妳幾乎忘掉了，爲自己做一些什麼的感覺，哪怕僅僅是坐下來，歇口氣，喝杯茶，聞聞咖啡香，翻翻雜誌，甚或發發呆，都很好，都讓妳彷彿觸碰到某些遺忘了的、陌生了的，妳的「內在」。

這麼說並不意味，妳一如好萊塢通俗女性意識電影慣常描述的那樣，從小就由於「女性」的身分，而從未體會過被尊重的感覺。事實上，不是這樣。

妳蠻懷念妳父親，以他那一代的成長背景，他無疑是個不錯的男人了，在跟母親漸漸疏離之前，他愛家，體貼妻子，疼惜小孩，懂得教導妳這小女孩如何爭取自己的尊嚴。妳還記得，青春期的妳常鬧情緒，母親每每調笑妳，說長大後看哪個男人敢娶蠻橫似妳的小姐，妳噘起嘴不講話，總是爸爸充當老好人，摟著妳，親親妳額頭，解圍的說，不要怕喔小寶貝，找不到疼妳的男人，爸爸就養妳一輩子，別怕呀。

妳當然還不太能理解爸爸的意思，但妳知道，以後要找男人，就找爸爸這類型。

當然那時妳還太小。妳不可能懂，即使像爸爸這類型老好人，最終也跟妳母親步上了婚姻的絕境。

妳上了大學交起男朋友，妳的確一心依照爸爸的形象，打造心愛的男人。妳以爲妳找到了，卻失望收場。妳以爲歷經愛戀挫折，妳會變得精明些，結果又錯了不只一次。妳以爲這輩子不會再愛了，那年妳始料未及的，再度深深陷落其中。像爬山一樣，往上一路顚躓，除非妳停下來，不然有朝一日妳終究要爬到山頂，妳終究也會結婚的，不是嗎？妳會結婚的，在經歷了幾次認眞而始終沒有結局的戀愛後，妳將選擇一個男人，結婚，生子，吵架，復合，或結局甜美或結局滄桑，都說不定。但誰能都盤算好了，再決定呢。他不好嗎？不至於，已經體會過人生艱辛的妳，不會拿自己的幸福開玩笑。他很好嗎？妳也不太確定，只能說，到結婚前，都還不錯。小時候，旁人說邊走邊看囉，妳不信，這多消極。現在想想，不邊走邊看，哪還敢走下去呢。

妳的愛情故事，注定既平凡，又帶點戲劇感。開始一兩次，妳總挑眞正喜歡的人才去戀愛，不想認眞交往的，妳連應付邀約，打發寂寞的興致都沒有。幾度失戀後，妳對原先的堅持，多少感到疑惑，等到遇上他，沉穩、踏實、要定妳的眼神，讓妳覺得過去的航程夠久夠遠了，是該停下來，守望另一段人生風景。

於是妳就停下了，像許多女人停泊的心情，認眞愛他，生個寶寶，在職場與母職，在事業陞遷與子女功課，在種種關乎現代女性和母親天職的高空鋼索間，努力踩著腳下的風火輪，試圖維持平衡。妳很辛苦，但妳跟自己說，生命從此有了重心。

是啊，妳就有了重心。妳不像妳的第一個男友，在多年以後，跟妳重逢時，依然懊悔不已，說他多後悔，多痛苦，說他再也不能找到一位，跟妳一樣，或者差不多的女人。而妳呢，大出妳意料的，妳竟然笑笑的，喝下杯中最後一口咖啡，拍拍他的肩膀，像老朋友那般安慰他，妳過得很好，老公愛妳，孩子窩心，妳沒有不快樂的理由。妳要他好好過日子，年齡不小，該找個愛他的女人結婚了。然後，妳跟他說再見。妳輕盈的起身，跟他握手，轉身，妳走出他的視線，妳走出人聲喧嘩的咖啡廳，妳當然也就走出那些狂喜狂悲的過往。妳有了新的生活重心，在愛戀過那麼些次以後。

走在路上的妳，伸開輕拍過他肩膀的手掌，這麼多年以後，妳的手掌再次觸及他的身軀，妳年輕時初嘗愛戀甘澀的異性身軀，妳不能否認心底浮泛的異樣滋味，但妳跟他畢竟不一樣，妳是女人，軟弱中帶堅強，而他呢，剛毅表象下，掩飾的是永遠以爲過去比現在好。

妳還懷念過往，那是妳用全部感情換來的體驗，妳不會忘記。但妳不想耽溺。妳輕輕捲握手掌，妳可以讓它再溫熱得久一點。

晚間臨睡前的梳洗，妳跟鏡子裡的自己說，這就叫成長，再苦澀，都要成長吧。

女人的生命多麼微妙。當初何等在意那男人的一切，在意自己對他的反應能否時時跟上節拍，總不能想像，沒有了他，妳，活得下去嗎！眞正跟了他，事實卻是，妳逐漸逼自己往路的另一端去想像，沒有他，妳會不會活得更好？

妳終於觸碰到了，女人的心，千轉百折，永遠比男人自以爲知道的，多那許多，深那幾許。妳像站在起跑線上反覆猶豫的選手，堅持跑下去，或有成功之一日，若不跑呢？不要了那些場邊吶喊助陣的喧嘩，不再在意他像教練一樣大聲督導的關愛後，妳可以選擇不再跑下去。妳一回頭，看大家拚命向前，妳卻置身事外，往起跑線的相反方向緩步走去，眾聲喧嘩裡，妳放開了自己，拋開了生命中一切不源自女人自發意願的掌聲，妳欣賞自己輕盈的腳步，昂首向前的身姿。妳何必一意前奔，向後轉的抉擇，向後走的優雅，難道不屬於女人的勇氣嗎！

女人的嬌柔身軀，多麼深奧。妳爲他，不計一切代價；妳一旦決定爲自己，連他都可以放下。那尤其是，不計代價吧。妳輕啜一口咖啡，眞好，這樣的日子早該開始了。

妳決定要去旅行，在風風雨雨之後，妳要用一次毅然決然的旅行，把女人一生的宿命，用個隱喻把它說透把它看破。這次，妳決定要一個人去旅行，一個人在陌生異域，放鬆的遊走，重新讓心靈與身體嘗試在久已塵封的框架裡活動起來，嘰嘰嘎嘎的聲響，儘管刺耳，卻能勾起妳久違的生命意志。

——二〇〇一年十月・選自時報版《妳，這樣寂寞》

（本輯作品均選自《妳，這樣寂寞》）

妳心中自有一番天地

妳說，妳漸漸懂得了快樂，原來快樂是可以學習的。在看似平靜單調重複的生活步調裡，妳尋索出讓自己快樂的方式。

那天下午，妳匆匆與客戶談完一件案子。大功告成，步出餐廳，天色暗下來，妳嘴裡嘟囔著不知會不會下雨，腳步則不由自主的走動起來，妳其實是想散一段步，不過一條街的距離，搭計程車連起跳里程都坐不完就要下車了，反正時間不趕，工作剛好有空檔，就走走吧。只要不下雨就好。

妳向緩緩滑靠妳身邊的計程車，搖搖頭，笑笑，司機先生會了意，跟妳輕按一聲喇叭，向前面一位客人駛去。妳轉進巷子，妳盤算著，穿過這條巷子，再向右轉，逆向走過那條單行道長弄，拐出大街，公司便到了。眞不算遠呵，散步吧。

妳穿了一雙高跟鞋，銀色的，走在街上，襯托妳的小腿，妳相信一定吸引不少目光。而現在，走的是小巷，有沒有人看妳無所謂，有時候，自己喜歡就好。

「自己喜歡就好」。好熟悉的一句話啊，妳皺皺眉，想起來了，應該說是好熟悉的一段記憶啊。那男人已經分手好些年了，他很愛說這句話，尤其，當妳買一雙新鞋，試一件新衣服時，你像所有的女人那樣，問他，好看嗎？他經常這樣回答妳，妳喜歡就好呀，妳穿什麼我都愛妳。妳們感情還很好的時候，妳嫌他敷衍，總逼他給實際一點的建議。他老一副很客觀的模樣，杵在原地，歪頭斜腦的，眞那麼品頭論足起來，有些話妳一聽就火了。可他說的沒錯啊，是妳要他給一點實際的建議嘛。妳若不想吵架，妳會選擇算了。但這個模式，妳問他答，他答了你又不滿意的模式，在妳們交往互愛的那些年，百試不爽。妳也覺得蠻無聊的，不過呢，當情境重複時，同樣的互動不免再重演一次。終至於，你們都倦了。

這就是愛情，沒辦法，不這樣叫什麼戀愛，一直要到兩人磨出個雙方都願意接受的印子後，才不會再爲這些事心煩意亂吧。幾年後，妳這樣安慰自己，這不就是有人說的，叫什麼「磨合期」的，經過了它，兩人性格間的稜稜角角，總算能咬合起來。聽起來眞可怕，好像意味了兩人陷落枯井深潭，百般掙扎後的輕嘆，風風雨雨都無所謂了，認命吧。欸，妳輕吐一口氣，妳和他並沒有度過「磨合期」，幾年後你們分手了。

妳仍然記得他說的，「妳自己喜歡就好」。說也奇怪，當時，常常爲了這句話，跟他吵，嫌他不愛妳才這樣敷衍妳，好些年過去了，他在做什麼，妳一無所悉，卻忘不了這句話，而且變成了妳的口頭禪，跟自己說，也常對身旁的女性說。妳自己喜歡就好呀，別在乎男人的眼光，妳是妳，妳才應該是自己的主宰呀。妳一再的，說這些話，鼓勵自己，鼓勵女人。每每說這句話，每每就想到那男人。人眞奇怪，抽離了兩人的愛恨糾纏戀人關係，有些記憶，竟然憑空甜美起來。不著痕跡似的。

妳聽到銀色高跟鞋，敲在午後巷弄的柏油路面上，聲音跟踏在水泥路面、大理石面很不一樣。音質沒有大理石面那麼脆，卻比水泥地上的刺耳聲好聽多了。這樣也好，午後的巷子，人聲不鼎沸，車聲也被稀釋了，妳不想妳的高跟鞋聲相對顯得聒噪，否則，妳盡可以走在大街上，更招搖一些。妳就是不想啊，才忙裡偷閒，挑這巷弄裡穿梭，像穿梭在生命記憶的長巷短弄裡一般，一般的悠閒，一般的無所謂。

也是到了這年紀，妳才體會到，人實在是有趣的動物吧。妳越來越愛自己，疼惜自己為一個男人失去那麼多自由與時間的不智。但越愛自己的同時，妳卻深深為那些與妳擦身走過的男人感到惋惜起來，如果當時，妳更成熟的面對愛情，你們會不會就有段很好的婚姻呢？如果當時，他們面對的是此刻的妳，一個很清楚自己要什麼，又很清楚知道應該跟對方要什麼的女人，你們會不會即使風風雨雨，也能走得下去呢？

妳當然不確定。因為，他會怎麼想，他會不會一路有風有雨依然愛妳，妳實在不知道。現在的妳，只是很清楚，「自己喜歡就好」這句話，絕對是超時空的格言，愛情再濃，妳再怎麼愛他，他再怎麼順應妳，妳都不該忘記，最終妳自己喜歡最重要，不然，妳就給他太多壓力，他也會給妳太多壓力。

妳走在長長的，午後的巷子裡，一個著深色西服的中年男子迎面走來，個頭不高，他在看妳，他不是妳會注意的那款男人，妳連眼神都不想跟他打照面，妳經過他，女人的直覺，妳感覺到他還在瞄妳，妳無所謂，憑直覺妳知道，他是那種典型上班族，他不敢跟妳這樣衣著入時，看起來就氣勢逼人的摩登女性搭訕聊天，妳不必怕他。妳讓他欣賞妳一身的美麗就夠了。

妳繼續往前走，這條巷子要到盡頭了，妳即將往右轉。待會就要出現妳公司前面那條繁華熱鬧的大街。

生命裡盡多這樣的長巷。有人陪，沒人陪，妳都無所謂了。妳心中自有一番天地，妳相信從今而後，這樣的妳，一定懂得跟男人相處，讓他們也感受到妳怡然自得的美麗溫柔。

妳挺起肩膀，彎腰揉揉小腿，妳要走出長巷了。

妳等他，等他下一次再犯錯

妳多少有點困惑，這麼聰明的男人，偏偏就心不在焉這毛病，抵消了那麼多優點。

他不是個壞男人。細心時，很貼心。比起很多男人在感情穩定下來後，對親密女人掛一漏萬的疏忽，他記得的關於你的事，多了很多。妳的生日，你們定情的那一晚，妳的小嗜好，妳那說起來還不免乖戾的脾氣，他大致都摸索得很透徹。妳何嘗不是看上這一點，才在幾個可選擇的男友中，挑出他的。

大家都說，你們很配。妳還記得，兩人剛剛定下來不久，一塊去餐廳吃飯，年輕害羞的 waiter，每次趨前為你們服務時，臉上總帶些啓人疑竇的笑容，妳不解，卻無從得知答案。終於，當他上洗手間的空檔，那 waiter 送上甜點之際，羞澀的對妳說，妳跟他真像一對從瓊瑤小說裡走出來的情侶。

從瓊瑤小說裡走出來的情侶？妳開心的笑了。

誰聽到這等讚美，不會從心底笑出來呢。妳看著他從洗手間方向走回來，高大、優雅，孩子氣的臉龐掩不住對生命洋溢的自信。當他坐下來，正狐疑妳望著他的眼神時，妳給了他更大的一個驚嘆號，妳當著滿室紳士與淑女，屈前往他臉頰上親了一下，跟他說我愛你。他驚訝，但他很開心，妳知道他很開心。妳的美麗，妳的愛，讓他感到十足的虛榮。

當時，妳應該也有點虛榮吧，不然不會忘記問自己，到底除了外表像瓊瑤筆下的情侶外，兩人間的交往，會不會也像那些八點檔連續劇，一路充斥著戲劇化張力。妳忘了問自己。不過，兩人相處的點點滴滴，卻不忘以嚴峻的事實提醒妳。

怎麼看，他都不能說是個壞人。可好人一個的他，給妳的折磨痛苦，就一定少於一個壞男人嗎。妳發覺這殘酷的現實後，跟妳的閨中死黨說。她似懂非懂。也難怪，除非她碰上。可爲什麼她非要等遇上後才能覺悟呢？妳若跟這樣的男人走下去，多年以後，妳同樣會對自己的女兒解釋，何以跟她的父親，那麼一個好人，越走越遠，終於是一條路上兩樣光景的人生，她勢將疑惑的看妳，妳何以這樣說她的父親，她不懂。妳會嘆口氣。妳不怪她，女人路上的寂寞，即使女人，即使親如母女的女兒，亦不能感同身受，除非有朝一日，啊，妳實在不願意這樣說，妳何必自己的女兒也「有朝一日」呢！

壞男人的壞，妳說了，女人都懂。他們眞壞，壞到每個人都堅定鼓勵妳，離開他。壞男人的壞，是由衷的使壞，他們注定下地獄，妳不必同情他們。

好人一個的男人，他們的壞，就複雜多了。他們的壞，是跟妳在互動過程中，永不放棄內心的隱祕世界，又偏偏不讓妳眞正的進入。好人一個的男人，是長不大的彼德潘，他們天眞似的孩子氣，拒絕了妳的加入，他們只在需要妳時，愛妳；不需要妳時，妳的愛就應該乖乖站在窗邊，等他回來。他回來後，將異常愛妳，他不回來的時間，妳只能等待。

對一個妳衷心摯愛的男人，妳最不能忍受的，是他時而專注，時而飄忽的愛。壞的男人，很快讓女人憤而遠去。好的男人的壞，則讓女人焦慮、痛苦，最終絕望。

妳並不天眞的以爲，人可以靠意志堅持不變，那是三流暢銷作家用來騙錢的伎倆。妳很清楚，生命是川流變化的，大一上哲學概論課，教授提到希臘早期一位哲學家，指著川流不息的河水，說一個人站在河裡不可能經驗同樣的河水。班上同學們一陣訕笑，好像那是一個很冷場的笑話似的，獨獨妳，突然醒悟到那其中確乎存在某些道理。變化是必然的，多半人不願意承認罷了，也難怪，假如接受了世間幻化無常的流變，甚至相信連自己都不斷的在變易中，那身邊擁有的一切，豈不枉然！內心認眞的投入，豈不虛幻呢！

年輕的妳，畢竟還是年輕，那年歲的妳，在哲學課堂上，可以體會到生命的道理，在現實的生活裡，卻做不到對人間流變的釋懷。初戀男友跟妳分手的那段時日，妳撕掉日記，扯破照片的憤怒，還伴隨了揚言不再戀愛的重誓。那年，妳二十一歲，要大學畢業了，生命中，妳第一次感覺「老」。

之後妳漸漸明瞭了，妳由於女性天生的細緻和直覺，感知到了哲學家極其動人的一種生命體悟，我們確能感知週邊世界的變化，問題只在於，我們承不承認罷了。承不承認，不靠妳有多少知識，而在勇氣。妳的勇氣，是在又一次感情的挫敗上，建立起來的。

後來妳又戀愛了。出國回來，妳以爲妳認識了今生將駐足停留的男人，妳在越洋電話裡興奮地對死黨說，找到想嫁的人了。大家都說你們很相稱，他是道道地地善良的人，聰明，熱愛知識，在知性上妳別無挑剔。這麼好的男人，偏偏就在妳最在乎的窩心與體貼上，犯下最致命的心不在焉這毛病。妳不怨他是一個長不大的彼德潘，妳不怕他時時飛出窗外，妳僅僅希望，在妳需要他的時候，他懂得留下來就好。當妳想輕輕叩他心門時，他要願意帶妳進去，哪怕稍稍進到門檻也罷。

這世界流轉若意志仍有意義，那是要跟著變化而變化的。在流水一樣川逝的曲折裡，妳只要一個男人眞心懂得跟妳一起在河水中徜徉，即使一起漂流，老去，都無妨。好人一個的他，似乎聽懂了，不久又忘了。他總是先記住，之後再用「忘記」，來提醒妳不忘他的心不在焉。妳發覺這太像一場不知何時才有結局的躲貓貓，妳感覺累了。

累了，又還不至於到分手的地步，妳唯有選擇沉默，每到爭執，或溝通了無意義時，妳就沉默下來。他以爲那是紛爭的平息，錯了，妳是在等他的警覺。等他一再犯錯後，妳終於下決心不再等待的時機。

妳很清楚身爲女人一輩子的烙印

本來那是一個夢。夢裡，妳陷落在無邊無際的漩渦裡，一層疊一層，一圈套一圈。妳以爲走到了盡頭，不一會，就發現前頭還有一座高牆，一波巨浪，一環樹籬笆。妳累了，想坐下來，卻停不下腳步，一逕的往前走，彷彿腳步不再是妳的腳步，妳想哭，竟哭不出眼淚。妳終於高喊媽媽，而媽媽始終沒出現。妳累出一身冷汗。

本來那是一個夢，現在不是了。妳醒過來，眞的一身冷汗，因爲小腹一波波襲來的疼痛。妳明白何以夢到無邊無際的漩渦了，那是從小腹底部一陣接一陣，滾滾而來的劇痛。

妳醒來後，幽黯的微光中，妳看到他安靜地望著妳，問妳，怎麼了？妳嘆口氣，沒說話。他又問，很痛嗎？妳沒好氣的回答，嗯。心想還用問嗎，但妳實在沒力氣張嘴講。妳閉上眼，忍著又一波捲上來的疼，無邊無際的海灘上，一浪翻滾著一浪的規律，只有沙灘知道默默承受的意義。

妳張開眼時，他起身出去。妳聽到他在客廳開燈，翻抽屜，到廚房輕壓熱水壺，接著注入半杯礦泉水，妳看他走進房間，哆嗦著身軀，爲妳拿了杯溫水，手掌中放了一粒普拿疼。妳一口氣喝下半杯開水，要他先睡，自己把杯子帶回廚房。他在妳的額頭輕輕親了一下，眼神帶著關切與焦慮，好像在說他能做的也就是這樣了。妳不怪他，他能做的，的確也只能是這樣了。誰教他是，男人吧。

妳披了件薄外套，坐在客廳，發呆。夜很深了，深到極致，很快的曙光就會接手，展開另一白晝的開始。妳靜靜坐著，至少要等藥效發作，妳才能確知還能不能再睡著，此刻就不妨安安靜靜，坐著吧。

妳隨手拿了本書，擱在電腦桌旁，應該是他睡前翻看的一本書，網際網路年代的客戶服務，眞難爲他，一個搞資訊軟體的專家，剛被公司調到客戶服務單位，美其名是要栽培他，讓他有機會站在第一線獨當一面，偏偏他就是典型關在研究室作研究的人，接這份工作吃足苦頭，這陣子幾乎每天都在開夜車啃書本。想著想著，妳不免疼惜起來，心裡則想眞是書呆子一個，搞 service 能靠書本一條條照做嗎。難爲他剛剛還起身爲妳倒水拿藥，顯然他才上床不久就被妳翻來覆去的疼給吵醒了。

妳感覺得到，腹部深處漸漸溫暖起來，疼的感覺比剛才在床上輾轉反側時舒緩多了。溫開水來得正是時候，藥效正在擴散中，而他適時的窩心，是惡夢乍醒後最溫暖的核心，妳放心的笑了。雖然他能做的，也僅僅是這樣。

妳想到了媽媽。如果在家裡，此刻她多半會爲妳煮一碗肉絲冬粉湯，加一個荷包蛋。每個月陣痛該來的時候，她會買一些豬肝煮湯，妳喜歡依在廚房邊，看她洗豬肝，切成薄片，加一疊薑絲，蔥末，打一碗蛋花，一邊忙碌還一邊告訴妳關於女人月經來時的種種知識。

念高中時，妳每每聽到媽媽重複講那些老掉牙的傳統女人應付經期的方式，總感到不耐。唯獨喝那一碗碗豬肝湯、肉絲蛋花湯，妳絕不嫌傳統。不但在家時喝，等妳上了大學，畢業上了班，妳也會爲自己煮上一碗。只是口味似乎很難那麼道地。媽媽疼妳，偶爾會在妳經期來時，大老遠上台北爲妳煮一碗豬肝湯，已經顯老的她，還是一樣，邊做湯邊嘀咕，老愛說妳書讀得再多錢賺得再多，就是不懂照顧自己。當然更多時候，嘀咕更多的，是嫌妳始終不肯找個愛妳的男人安定下來。

安定下來幹嘛！妳故意回嘴撒嬌。安定下來才有人照顧妳啊。媽媽端上豬肝湯，遞上一副筷子，自己坐在一旁看妳吃，從妳國中開始來第一次月經起，她就是這副關心模樣。妳習慣了，從不跟她客氣，大口呼嚕喝起湯來。好的不學，吃東西沒教養，逕跟妳老爸學。老媽又在一旁嘀咕。

妳逮到機會，妳說，安定下來，男人就會照顧妳嗎，那可是下大賭注喔，老爸有照顧過妳嗎？妳了無分寸的問她。媽媽沒說話，一小段沉默後，轉提起別的事。妳暗暗罵了頓自己，神經病沒事提老爸幹嘛。妳趕緊喝湯，連忙回應著媽媽提起的其他瑣瑣碎碎的雜事。

長大以後妳逐漸明瞭老爸跟老媽之間情愛褪色的婚姻後，妳能不在老媽面前提老爸，妳就盡量不提。反倒是老媽，雖然對爸爸很多不滿，偏偏對妳的婚姻盲目有信心，總以爲妳該找個愛妳的男人，結個婚，生個寶寶，男女則無所謂。大概是妳的緣故吧，觀念頗爲傳統的老媽，倒不見得偏好外孫。可是找個愛自己的男人哪有這麼容易，就算找到，誰又能保證以後沒問題呢。妳跟媽媽解釋過很多次，不知她是眞不懂還是不願意聽進去，她始終要妳別再拖下去，拖成老小姐一個。沒辦法的時候，妳會大膽的刺她：妳跟老爸結婚時，他不愛妳嗎，後來呢，還不是一樣！媽媽總不正面回答妳，她只一逕的說，妳會找到愛妳疼妳的男人的。妳會找到愛妳疼妳的男人的。

是嗎，是這樣嗎。妳想過，妳是遇到過愛妳的男人，卻未必疼妳。疼妳的妳也遇過，不多久，妳就感覺無趣了。愛妳疼妳的，也不保證他們同時不能愛另一個疼另一個。不過這些太複雜，說了媽媽也未必懂。說多了，反而怕她擔憂掛心，妳只能像小時候那樣，撒嬌的依偎在她身上，連聲說，好啦好啦人家知道了嘛。然後聽到她輕聲的喟嘆，很輕很深的那種喟嘆。

肚子漸漸不疼了。一夜的翻滾，現在才感覺到肚皮上經過猛烈抽痛後微微的痙攣。說不眞切那感覺，有點像歷經海面上風暴肆虐的討海人，終於在風平浪靜下癱在殘破甲板上的無所謂感覺。是累了，也是倦了，海上闖過風暴的故事，說再多遍，旁人聽來也多半像傳奇像故事，唯獨妳知道，那是熬過來的掙扎。

天就快亮了。妳走回房間，想再躺一會。他睡得很沉。妳躺下來鑽進被窩，他握住妳的手。妳嘴饞，妳想喝一碗豬肝湯。

妳站在認命與不認命的關卡前

妳，站在燭光前，心裡頭猶豫著。

大夥都在等妳。等妳吹熄蠟燭，等妳說出心中三個願望中的兩個，然後大夥一股腦起鬨，今晚的生日派對，將進入高潮，妳可以預見，一堆人勢必擁上來，親妳抱妳摟妳，有人還會抹妳一臉蛋糕，大家都會跟妳說，Happy Birthday。今晚妳最大。明天呢，明天妳將年長一歲，妳就要三十了。

妳沒有想過妳會三十歲。精確一點講，妳從不承認妳也會三十歲。雖然，每個順利活著的人，都有機會三十歲，但在妳更年輕以前，妳壓根不肯面對自己有一天會三十歲。現在呢，妳想都不用想了，妳就站在三十歲的門檻上，由不得妳，要或不要，妳都是一個不折不扣的三十女人了。

妳大聲問朋友，我還年輕嗎？朋友說，當然，妳年輕得像盛開的花。

妳繼續問，我還美麗嗎？朋友說，Of course，Certainly，妳美得像一朵怒放的花。

妳笑了，眞好。不完全開心於朋友說貼心的話，是開心於有這群陪妳過生日的朋友。

妳放肆的，大聲問，幾乎失控，我會美麗一輩子嗎。朋友們安靜下來。妳愣著頭，望向他們突然的靜默。一位死黨起身攤開雙手，面帶委屈，跟妳說，對不起喔，我們必須告訴妳實話，妳呢，不會美麗一輩子，才怪！

嘩，房間裡一陣狂笑與叫囂。妳很得意，朋友給了妳放肆的一晚，畢竟這是妳的生日，妳就要跨向三十歲了，朋友們必須縱容妳。

三十以後的女人，會是怎樣的女人呢。妳望著燭光擺曳的光影默想。像個有足夠條件當媽媽的女人，像個買起東西很能殺價的女人，像個整天關切身材是否變形的女人，像個講起話來不再扭捏作態的女人，像個可以隔街高聲大喊老公名字的女人，像個辦公室裡聽男人講黃色笑話樂得前翻後仰的女人，像個逐漸減少逛書店但血拚起來毫不手軟的女人，像個爲了趕公車飛奔過街根本不在乎裙角飛揚的女人，像個一再把頭髮染黃漂綠就是想證明還很年輕的女人，像個看到年輕女生在愛情苦海裡遲疑時眼帶不屑的女人。啊，妳可以坐下來，數落一堆妳不願意像她們的女人形象，就是妳跟妳的死黨們，曾經一塊奚落的過了三十以後的女人。妳就要落進那堆女人的世界了，妳怎麼不惶恐，不感覺失落。

妳唯一還感覺安慰的是，妳那自戀成癖的男性好友，年輕時每每說，不能忍受活到三十以後的折磨，而他已經活過了三十逼近四十，還活得挺愜意的，他保證妳過了三十歲，一定美得比現在喧嘩。妳喜歡這字眼，美得比現在喧嘩，聽起來很有質感。女人過了三十，是不是有質感，好像突然重要起來。

妳回到現實，朋友們一團擠近桌前，室內黯淡下來，妳就要閉目，許願了。妳有三個願望，兩個說出來，一個留在心中。闔上眼皮前，妳想再看看妳的朋友，女性的朋友，過了三十的朋友。妳有一點點慌張，妳發現擠在這間KTV大包廂裡的二十幾人，過半數的女性朋友裡，竟然過半數的都超過了三十歲。這說明了妳的朋友圈，妳信得過，談得來，常常聚在一起漫天閒扯的女性朋友，泰半是過了三十歲的成熟女人，平常妳們太熟絡，唯有到了某人過生日，才會提醒妳們，注意各自的年齡，嘴上不說，心頭也有底，自己究竟多大了。即使心照不宣，也擋不住大家暗自警覺彼此年齡趨近的事實，嗯，果然交朋友冥冥中自有定數，輩分越接近越容易交朋友。妳心頭暗暗一緊。

妳閉上眼，天哪，自己就要三十了耶。一個三十，成熟，而後依然堅持要美麗的女人。妳就要許願了。大家又是一陣譁然，雜七雜八的起鬨聲，要妳許這願許那願的。妳要大家安靜，妳說，妳要許願了。

一願，國泰民安，公司賺大錢。大家轟一聲，說妳好無聊喔。妳慧黠的笑笑，沒有國哪有家，沒有公司賺大錢哪來年終分紅啊。

二願，我愛的人個個平安，心想事成。大家這回說妳太貪心了，想搞社會福利嗎？妳笑笑，說妳一向胸懷大愛。

三願呢，他們眞起鬨了，有的要妳嫁個金龜婿，有的要妳很快坐上協理寶座，有的要妳投資理財一路發。妳不理他們，妳閉上眼，妳的第三個心願是，是過了三十歲的妳，不僅美麗，還要不庸俗，絕不可以像一個認了命，漸漸不再堅持什麼的老女人。

當然妳不會告訴大家，這第三個願望。妳不想公開承認，女人過了三十就已經老了。朋友們繼續歡笑繼續唱歌，繼續揣測妳沒說出口的願望。妳繼續享受生日女人備受寵愛的恭維。

燈光再度亮起，大夥一塊一塊傳遞精緻的巧克力蛋糕。幾位愛漂亮的朋友，有男有女，推來推去，搶著要分量小的蛋糕。妳注意到了，每個都超過了三十歲。妳只好站起來，擺出生日女人的嬌嗔，每個人都得公平分配妳的喜悅，能多不能少。大家佯裝一片無奈狀。妳就要老去了，今天妳最大。

女人什麼時候算踏上老去的轉角口，妳不確定。說妳老，除非老到一眼看出來的地步，不然恐怕很難像中古汽車市場那樣，憑確切的年份、公里數來計算吧。女人三十，也許就僅僅是個象徵數字，意味了妳不再能跟剛剛步出校園的美眉們爭年輕搶青春，再難擺出一副純靠撒嬌什麼也不懂的天眞模樣。妳不一定非要在三十歲這關卡上一夕幻化蛻變不可，妳天生看來年輕，或許還可能熬到近四十才顯出年齡逼人；妳若不幸生來一張早熟臉，芳齡未過三十，男人就常把妳當成大姐稱呼來稱呼去的。這都表示三十不過是數字，心底的年輕，表面的樣貌，最最緊要。

但多少女人，撐得住心底的年輕，樣貌的堅持，不讓自己被別人的眼光輕易擊倒呢。

妳輕輕嚐了一小口蛋糕。苦苦，而香甜。妳就要三十了。

妳相親妳吃飯妳再相親妳再狠狠吃飯

妳低頭嚐了一口煙燻鯧魚。味道稍稍遜了些，應該出在煎燒的火候沒拿捏準，焦味重了點。不過，如果能再加些檸檬汁，會好一些。妳眼角瞄了一下，盤裡的檸檬片都已被擠壓得像一團團皺紙了，如果再要，肯定得向服務生要，那妳就得抬頭，招手，叫人，全桌客人勢必又把焦點集中於妳身上，妳實在不想那樣。算了，就繼續吃一道很遜的煙燻鯧魚吧。

妳低頭吃菜。突然間，一小碗魚翅遞到妳面前，妳看到身旁的他，堆滿笑意，建議妳趁熱喝。妳看到坐在對面的阿姨跟姨丈，滿眼期待，認真的盯著妳，妳無所逃避，再低下頭，一碗熱騰騰的魚翅，無辜的魚翅，該說無辜的鯊魚吧，橫行四海，終究無言地獻身於妳的碗內。他再度靠過身來，示意妳一小瓶紅醋，妳看到他彷彿園丁澆花，如同抽象畫家運筆那般，倒出一束束紅醋水柱，盤捲於濃稠的魚翅湯之上，向湯的四面溢去。妳不知道怎麼辦，妳說了聲謝謝，然後低頭默默吃碗裡的菜飯。

妳察覺到他有點尷尬。妳於心不忍，妳又很猶豫，徬徨之間，似乎低頭專注吃飯，是暫時最好的回應。

妳聽到阿姨跟他那妳實在搞不清楚是何等親戚關係的長輩客氣攀談著。她說妳很優秀。他們則說，看得出來呀。她說，這外甥女喔，就是太專心事業，老是不關心自己。他們回應著，年輕人嘛，不都這樣，我們家的「嘉俊」，一回國鑽進竹科，就從來不知自己幾歲啦。妳聽到，滿桌人一團和氣開朗的笑了。他們這麼快就成了一家人？而他，也跟著笑幾聲，聽來蠻羞澀的。

他看來還不錯。很像妳高中、大學時候看過的某種男孩典型，書讀得很好，喜歡打打籃球，爲了參加生平第一次舞會，可能還在宿舍裡跟學長琢磨一整晚舞步，推敲看到中意的女生時該如何邀舞如何要電話如何約出來下次看電影吃飯等種種修辭。他肯定托福、GRE是很高分的那種人，不然不會長春藤名校拿到學位，在矽谷工作了數年，又被高薪挖角回竹科園區。這些關乎他的資料，都是今晚吃飯前與飯桌上林林總總聽來的。一個年過三十典型優秀的高學歷高收入男人，僅僅因爲太用功太羞澀，始終沒有交到心儀的女朋友，拖到最後，唯有靠眾家親戚眾家老友幫忙了。想想也怪可憐的，這麼聰明優秀的男人，自己的感情事，卻只能靠眾人之力，唉。

那妳自己呢？妳突然更想嘲笑自己。

妳自認不急。妳自認美麗依舊。妳自認交往的男人中有帥有優秀的。妳自認還是很多男人心底理想的對象。但爲什麼，漸漸地，妳也無法抗拒親人安排的相親，死黨好友推到妳面前一個接一個被介紹的男士呢。妳想過爲什麼，妳不願意忤逆親友好意，妳不想讓好友死黨認爲妳孤僻，然而妳卻發乎內心的、根深柢固的不相信透過相親能認識到妳衷心喜愛的男人。這矛盾，這糾結，每每在相親進行的那時刻嚴重衝撞妳的情緒，就像此刻，妳是來吃這餐相親飯了，妳爲自己費了番勁打扮，也可以說，爲妳的阿姨姨丈做了些打扮吧。妳無所謂滿意與否，妳對自己的外貌從來不擔心，他，今天相親的男主角，對妳應該也算滿意，他羞赧的笑容裡，藏不住一絲興奮的壓抑，妳早在過去幾次相親跟介紹裡看過類似的神情，妳一點都不意外。只不過，這些男人越是堆起滿意笑臉，妳越感到荒蕪寂寥，妳沒辦法像精心裝飾過的禮品，就等出得起價錢的客人帶走，妳反而像夏日蓊鬱的相思林裡，等不到知心也無所謂的寧可嗚叫一季寂寞死去的那群知了。但年復一年，陪妳一塊熬過每年苦夏的知了群，好像越來越少了。

大概這形勢人盡皆知吧，妳的好友親人，越發替妳焦急起來，他們催促妳注意年齡的語調，漸漸高亢；他們幫你物色他們認定適當之男人的動作，明顯加快起來。妳甚至，甚至在自己最疼愛的小表妹嘴裡，親耳聽到她說，阿姨，就是妳媽媽，跟她媽媽，就是妳的阿姨，在她們家聊到妳始終沒有固定男朋友時，妳媽媽跟她媽媽一塊嘆氣落淚的場景。妳能說什麼呢。妳想到媽媽近來看到妳欲言又止的猶豫，妳就不忍。但妳能說什麼呢。妳想到阿姨，在妳高中階段父母親面臨婚姻危機時，對妳的照顧，對媽媽的幫忙，妳幾乎就把她視爲另一位家長的代名詞，妳怎麼能拂逆她的安排。妳知道她不僅是幫你，她也是在幫妳那始終焦慮卻使不上力的可憐老媽的忙。

妳抬起頭，阿姨繼續跟對方親人聊天，笑聲粲然，很讓一桌的氣氛和樂宜人。妳實在很謝謝她，她無疑是眞心愛妳的，像妳媽媽。她眼角飄過來，看看妳，眼中帶滿關切，妳對她笑笑，盡量讓笑意充滿感謝，但也盡量不讓這笑意暗示出任何跟相親結果有關的意思。妳要讓這頓相親飯，至少有個不錯的歡樂氛圍。至少不讓妳阿姨，在餐桌上感覺窘困。她是愛妳的，妳何嘗不愛她呢。妳的小表妹跟妳擠擠眼睛，端起酸梅汁，仰頭喝下。妳眞羨慕她，沒有相親壓力，卻能一頓接一頓的吃相親飯。

他看妳沒動那碗魚翅，小聲的，關心的問妳，是因爲生態保育嗎？妳驚訝他會這樣問，還在猶豫怎麼回答，他自己倒先說了，在Discovery channel上看過，眞的蠻殘忍的，下次一定不讓點這道菜。妳誠心的對他笑，不是啦，妳只是沒胃口而已。他喔一聲，要妳吃吃別的菜。妳謝謝他，妳覺得他是個好人，但也僅僅是個好人而已。

妳低頭繼續吃菜時前，瞄到對面牆上掛的壁鐘，這餐飯吃了一個多鐘頭了，再認眞吃一會，大概就要近尾聲了。妳可以預期，妳會跟他交換手機號碼，禮貌性約約下次的聚會，他應該也會打幾次電話給妳，直到實在不知怎麼應付妳始終很忙碌的推託爲止。而阿姨呢，有毅力的她，肯定不會死心。

妳母親只是放不開妳能放開的感情罷了

擱上話筒，媽媽嘮叨的聲音，依然飄盪在妳耳際。

空空盪盪的房間，媽媽剛才的電話聲，顯得刺耳。她的電話，來得恰好，正好是妳百無聊賴的時刻。一個人，草草吃完冷凍的義大利麵，洗完碗，懶得看電視，翻出卡爾維諾的小說，正發愁上次不知道翻到哪一頁之際，電話就響了。

慣常的模式，先是東扯扯西聊聊，妳聽她提起幾位阿姨想去日本，立刻主動對她說，去玩玩吧，難得跟阿姨們一起玩，錢妳出。仍然像她慣有的反應，不正面謝妳，繼續拉拉雜雜的，訴些家裡的瑣碎，妳知道她聽到妳的話了，待會談話結束前，她會簡短說謝謝。這之前，她還會再拉一些話題閒扯。

果然，她問起他的事。

妳在電話這頭，聳聳肩，沒什麼啦，我要他搬走了。既然都沒感情了，拖下去總不是辦法啊。妳夾著話筒，像在回答媽媽，更像回答自己。妳媽媽肯定一提起他離開的事，就要借題發揮，勸妳脾氣別那麼大，勸妳兩人在一塊多少要忍讓些，很多事磨久了就會習慣的。妳若有心把她勸妳的話羅列下來，絕對是一堆又臭又長的裹腳布，好在妳漸漸有了耐性，要說就隨她去說，反正她總有講累講疲的時候。妳只須小心翼翼，別讓她聽出妳拖字訣的伎倆，否則她聲音一哽眼淚一淌，妳可就要花更多時間哄她了。

妳倒杯可樂，坐在床頭燈下，繼續看卡爾維諾。

媽媽大概很難體會，妳能這樣跟一位交往一年多，好得不得了的男友說分就分吧。他算是媽媽難得喜歡的男孩子，不論回妳家或媽媽上台北來，他陪妳媽媽吃飯聊天逛街的本事可眞不小，總能逗得妳媽媽很開心。這是天賦，沒辦法。妳看著他認眞哄妳媽媽的神情，心底卻不一定相信你們能走下去。那感覺十分怪異，妳曾在日記上分析過，很像妳在寺廟教堂裡看到那些虔誠的信徒必然打心底浮起的感動一般，但感動歸感動，妳終歸是無法接受宗教的。妳知道他是個不錯的男人，也許還可以說算夠好的男人了，可是又怎樣，當妳逐漸發現兩人在生活的路向上出現分歧後，妳就有了準備，分手，遲早的事。

媽媽卻不這麼以爲。她喜歡這男人，喜歡他貼心，喜歡他有份相當理想的工作，喜歡他深深的愛妳。媽媽尤其在乎這一點，她總愛說，男人認眞最重要。妳望著媽媽，嘴裡不講，心頭總有點不忍，媽媽是藉著稱讚他，順便感傷一下自己的感情經歷呢，還是由於他，想到了自己因而不願意女兒也跟自己一樣呢？妳沒跟媽媽爭口舌，她是愛妳的，妳很清楚她的感情世界，何必去戳破她已然不美好的生命呢。

比較起來，爸爸的玩世不恭，很有女人緣，的確讓媽媽產生杯弓蛇影的驚怕。她看妳選男友，一個換一個，知道妳不至於受制於男人，可是，婚姻並不快樂的她，偏偏又深信，一個女人有個愛她的男人總比一生漂蕩好，要塡補她的矛盾，最好辦法莫過於找一個「可靠的」男人。多少次，妳跟她兩人相處，找到機會，她就不厭其煩的講，用她一生的際遇當背景，以她困蹇的感情網羅當證明，要妳找對男人，抓住幸福，她始終沒遇上的幸福。

妳想想剛才掛電話前媽媽聲音裡流露的失望，突然有點不忍，拿起話筒，卻猶豫了。算了，跟她怎麼講也講不通，等她情緒退了，再說吧。妳關掉床頭燈，一室幽暗，窗口拂進微微涼風，緊貼著窗口的鄰居窗口，飄過來電視機裡連續劇的主題曲。妳捲起手臂，枕在頭下，疊起雙腳，瞪著暗暗的天花板發呆。

妳常跟朋友說妳的一個觀點。我們的感情觀，都是在自小到大的感情土壤裡發芽成長，我們越以爲自己能超越深埋於那些土壤內的基因遺傳，就越發現自己的無助，每個人都差不多，差別僅僅在每個人抗拒的形式吧。

妳看過妳的朋友，努力想走出自小就陷入的家庭變故，她告訴妳，她會多麼重視家庭，她會多麼珍惜戀人溝通的可貴，她會犧牲一切也要保住婚姻的完整，只因爲自小她的父母離異，跟著大伯一家長大，她太渴望有一個自己的家的那種美好，她暗暗發誓，自小時候起，幾乎天天都祈禱發願，她要經營出屬於完美的家庭。從妳認識她起，妳就了解她的渴望，妳是她最好的朋友，妳一直在祝福她。可惜，妳太卑微了吧，妳的祝福，老天都沒聽進去，這麼多年下來，妳看著她越努力，就注定要失敗，她摯愛的一位男友離開她時，曾痛苦對妳說，沒辦法，他再也受不了她把感情綁在木樁上，像圈著一頭羊似的緊緊守望的黏膩感，她越強調珍惜，越想讓他知道她有多愛他，他就越擔心自己一不留神就碰破她玻璃一般明亮但脆弱的心靈。那男人走的那晚，妳陪著她，一夜閒聊，靜默，或聽她啜泣，或任她囂鬧。她望著妳，說她已經這麼在意感情了，爲什麼老天就是不疼她，爲什麼，爲什麼。

妳說了很多話，就是說不出口是她的錯，錯在愛太多，錯在她越想扭轉命運曾經給她的傷害，命運反而以另一種方式暗暗報復她。妳說不出口啊，妳怎能說，一個人那麼珍惜所愛，竟然也是罪過呢！妳只能輕輕拍她的背，聽她一夜不知疲憊的懊惱，妳只能心裡暗暗慶幸，還好，妳比她現實多了。所以妳不會再像她那樣，屢屢摔得那樣重。

妳的心情，她不會懂的。妳媽媽也一樣，不會懂的。妳媽媽愛妳，不要妳重蹈她的婚姻感情惡夢，但她又偏偏相信妳跟她會不一樣，妳會遇上比妳爸爸好一點的男人，像才剛剛從妳住處搬走不久的他，妳媽媽蠻欣賞的他。但妳憑什麼該比媽媽幸運呢，憑學識憑經歷還是憑運氣！媽媽其實也說不上什麼道理，她僅僅以爲憑妳是她女兒，憑她爲妳一路祈福，憑她自己吃過的苦不該再轉嫁到她女兒身上，憑這些，妳就該跟她不一樣。唉，妳嘆口氣，可憐的媽媽，敬愛的媽媽，妳愛她，只好聽她連珠炮似的疼愛轟炸，維持沉默。

妳不能讓她有所理解的，恰恰是她跟妳最大的不同處，她放不開投注過的感情，唯有在感情的迷宮裡找出路；妳，知道她吃過的苦，也有了自己一段段感情的波折，妳選擇的是放開，勇敢的放開。

妳耽溺於這樣淡淡的出軌

他送妳回來的時候，在巷口很是猶豫了一會。

妳也猶豫。請他上來坐坐，喝杯茶，看起來很平常，可是妳深深知道，要眞發生些什麼，並不意外。

他呢，妳無法確切探知他的心意，不過，他應該想上來坐坐吧。喝杯茶，上個洗手間，都是很妥當的藉口，不至於算逾越。他大約是想的，不然，他在巷口磨蹭老半天不肯走，爲的是什麼？

偏偏妳跟他，都像悶葫蘆，閒扯了老半天，沒人肯先開口，最後他還是禮貌性的說太晚了，不打擾妳睡眠，妳竟然回答他，是啊，要睡美容覺呢。妳覺得妳眞是天殺的，言不由衷。而他，憑妳直覺，一定也違反著本意上了他的車，妳看著他消逝於遠方路口後，才若有所失的走回家。要是，人眞有探知他人心意的本領，那今晚妳跟他從巷口踱步至公寓大門口的這段「有色無膽」的猶豫與倉皇，絕對極其可笑。

卸妝時，妳瞪著鏡子，想著妳用的句子，「有色無膽」，欸，要是，要是他眞上來，會發生些什麼嗎？

妳突然心頭一緊，臉頰似乎熱起來。

妳應該會泡杯茶。調杯咖啡，用酒精燈煮的。隨意喝杯溫開水，如果他擔心夜裡不好睡。你們會繼續晚餐時的話題，聊公司聊彼此同事聊今天的新聞。妳會要他輕鬆點，把西裝外套脫下來。他會逗妳開心，像今晚他表現得很好的那些小花招。妳安靜的聽他講話，他默默的看妳說話。妳會乍然驚覺，室內的氛圍變得有點詭異，很像所有的羅曼史都必經的轉折點那樣，男女主角在一瞬間即將決定他們之間的關係該不該向前躍進一大步。

想到這，妳又略感慶幸，還好他沒上來，否則那一瞬間，「該不該」的關鍵時刻來臨時，萬一妳猶豫了，或他過分急切了，遲疑了，妳們豈不是備感尷尬嗎？就如同很無厘頭式的搞笑港片裡常見的俗套畫面，表錯情的男女主角，寬衣解帶裸裎相視之後才發現，全不是以爲的那回事，只好一邊狼狽穿衣一邊自我解嘲，不好意思不好意思。你們不能那樣，明天進了公司，還有公事要辦還有同事情誼要維持，妳跟他，沒有表錯情、會錯意的權利。甚至，連眞發生些什麼之後，兩人是否該「小小戀愛」一下，恐怕都未必有空間，因爲他跟老婆僅僅是分居還沒離婚，法律上不算眞正的單身漢。

妳，瞪鏡子裡的妳一眼，眞無聊，人又沒上來，幹嘛像編寫劇本那樣，假設這假設那的，無聊。

洗過澡，妳看看掛鐘，他應該到家了吧。獨居的他，沒理由不能打個電話給妳。何況他對妳有意思，不需要理由也能打給妳。說他安全到家了（這是裝可愛），說他長路漫漫了無心思（這是婉轉挑逗），說他謝謝妳給他最愉快的一晚（這是最安全的表達），說他可能一整晚都無法好睡了（這是暗示他對妳的某種情愫），說他很久很久沒感受到這股心境的波動（這是資深男女要陷入愛戀的必要用語）。啊，他有太多話可以講，一旦他打來的話。妳盤算著，他該打來的時間。

對你們之間，會發生什麼，不會進一步發生什麼，妳沒有太大的把握。

這不是說妳不果斷沒主見。恰恰相反，妳早就過了爲感情踟躕困蹇的年紀，敢跟男人說不，勇於說再見，是妳逐漸爲自己營造出剛強女性形象的最好注腳。妳對陷入感情流沙，一籌莫展這種事，很有把握說NO。妳沒把握的是，妳心儀的男人向妳流露愛意時妳無意抗拒的耽溺。那近乎一點點的得意，妳看著他們爲妳癡迷。那也類似一點點的沉淪，妳沉淪在備受寵愛的呵護中。那更像一點點的不捨與留戀吧，妳明白再過幾年，妳就得把這份特權讓渡給比妳年輕貌美的女孩了。想到這些，妳就愈發耽溺於男人們，妳感興趣的男人們，對妳的迷戀了。

想想這些念頭，妳這幾年變得眞不少。年輕時，大概不會這樣吧。這也不叫壞女人吧，妳從來不破壞人家家庭，事先若知道男人有戀人，妳多半就沒了興趣。事後若發現對方瞞騙妳，妳都能果斷的離開，毫不猶疑。這些都不是年輕時的妳，能夠想像的。歲月，教了妳很多，當然，苦頭妳也嚐了不少。現在的妳，不想再一如年少，爲情愛作繭自縛；也不願像很多飽經歷練的女人，對情愛故作疏離狀。妳只想圈起一道隱隱的界線，在保護自己的範圍內，細細品嚐妳感興趣的男人對妳的阿諛與討好。妳不讓他們踰越太多，少數能踰越界限的男人，妳總讓他們慢慢察覺妳的保留，免得彼此都傷到對方。偶爾，越來越少的偶爾，妳對妳愛上的人，絕對出乎眞心，全心全意，完全不輸妳年輕時對愛的執著，不過，妳不會再像年輕時那樣，對永不永恆，那麼挑剔堅持了，妳擁有的妳就眞心，妳注定要失去的妳就放手讓它流逝。妳不認爲自己「變壞」了，妳僅僅是隨著歲月爲妳增添的風華，搖曳出適合妳此刻心境，適合隨風擺盪逍遙自處的姿態而已。

電話鈴聲悠悠響起。妳看看來電顯示，沒錯，是他的電話。妳讓它空響了好幾聲，臨時起意，不接它。不想讓他以爲妳在等他的電話，不爲什麼，就是不想讓他有太多聯想吧，既然妳都沒讓他上來妳家裡坐坐了，幹嘛急這接電話的時間呢。妳看著電話鈴聲停住。他沒留話。他在盤算什麼呢，怕留話洩了他的底嗎？妳靠回床頭。靜靜的等，等他在電話那端的推敲與決定。

電話鈴又響了。隔了十幾分鐘。妳拿起電話，他說不好意思，剛剛打過來妳沒接，不知是不是睡了。妳給他一點綺想空間，說妳剛剛在浴室沒聽見，等聽見後跑出浴室，電話又掛了。妳說妳不會這麼早睡，晚上吃得太豐盛，聊天聊得太愉快，這都讓妳不容易睡著呢。妳聽出他在那端語氣上的興奮，他雖然不是年輕人了，但碰上感興趣的女人，沉穩中依然洩漏了他的焦慮和不安。妳就喜歡他這一點，還有孩子氣。

他跟妳道晚安。妳謝謝他，說妳會睡得很甜。他開心的約妳下次吃飯。妳給他不確定但沒拒絕的答案。聽得出他並不失望。這很好，妳就是要這剛剛好的曖昧。妳耽溺於這樣的出軌，淡淡的。不至於傷人。

妳漸漸摸索出情慾之間糾葛的花間小路

他貼著妳耳朵，濕黏滑膩說愛妳。

妳閉著眼，輕輕一聲嗯。他或許以爲妳沒聽到，再重複一次，我愛妳。

妳睜開眼，幽暗裡，他的臉型輪廓，如一座冰山浮在妳面前。妳小聲回答，我知道你愛我呀。他把嘴壓過來，妳聞到一絲清幽的牙膏味，竟然甜甜的。妳觸覺到他刮得過於乾淨的鬍髭，滑過妳臉際，向妳的下巴脖子陷落，泛起水波蕩過湖心的漣漪。他知道妳怕癢，每次他都故意搔搔這裡，在妳掙扎討饒之際，回應他的要求。

果然，妳全身緊繃起來，雞皮疙瘩漫起整個上半身，這時候妳既愉悅又難過，無法具體描述那感覺，妳常常想起有個死黨比擬過的場景，好像妳被緊緊綁住，動彈不得時，身上突然癢起來，妳渴望有人幫妳搔搔止癢，當那人眞在妳身上以指尖輕拂過肌膚時，妳又湧出另一股難言的蕩漾，想停住，卻衷心捨不得停住。

是呀，想停住偏偏捨不得停住。妳呑下盤旋於口中的唾液，壓低喉嚨，對他說好癢。他沒搭腔，繼續試探妳的忍耐極限。妳抬起下巴，整個身子似乎都彈起來。妳記起來，第一次，一個女人生平第一次被一個男人這樣輕輕撫弄時，都不免要彈起全身如一彎弓弦，如一張盾牌，緊張的迎接即將到來的運命。那時候，妳多年輕啊，躲在村子後頭小山丘的茶園裡，初戀男孩犯罪一般硬梆梆的試探妳嘴唇，已經夠緊張的妳還能察覺到他的喉結不斷作響，他不停的呑口水，還滲出一層層汗粒。當時妳多喜歡他的緊張啊，證明了他跟妳一樣，都在艱苦而興奮的迎向身爲男人與女人必經的過程。妳跟他，悄悄約會了一年多，他高三，妳高二，大人都當你們是小孩，你們則很自然的漸漸墜入年輕男女發乎本能的愛戀。那暑假，你們第一次親吻，第一次相互愛撫，第一次緊緊抱在一起感受對方的心跳，傾聽彼此的喉間口水不斷呑落再湧出的焦躁與浮動。那年暑假，成了妳離開小女孩階段重要的暑假。雖然你們躲開大人視線的機會還不少，但除了擁抱除了親吻除了撫碰，你們沒有再進一步。

但妳依然把那暑假當成妳生命裡一道關卡，妳懂得了愛一個男生，聽他講疼愛的話，聽他對妳描述他怎麼在分別後的夜裡想妳而睡不著，聽他邊說邊用指尖輕觸妳的臉龐身體，讓妳周身泛起一陣陣難言的愉悅。那暑假在象徵意義上，妳已經脫離了不知男女分野的少女心境，妳感覺到了，妳愛一個男人對妳的愛。妳尤其想念他，各自上大學後你們分手，到美國唸書時，妳在舊金山見過他，像老朋友那樣相遇，他陪妳逛他唸的學校校園，還介紹他當時的女友跟妳認識。妳滿意的回到東岸，很開心他還像個單純的大男孩，像當年在小山丘上張皇吻妳的大男孩。

他貼緊妳的耳沿，整張嘴含住妳的耳朵，妳輕輕笑出聲來，他深知妳怕癢，怕這種緊貼得令人騷動難耐的癢，他輕輕壓住妳耳際不肯輕易離開，妳推不開他，就任由他折磨妳。輕輕浮盪的癢，宛如泛舟江水面上，波浪即使不大，人仍舊擺脫不了盪於波心的搖晃感，一波波連綿不絕，妳不能停也不願意停，晃吧，晃到天涯海角，晃到世紀荒蕪，都無所謂。

他察覺到妳的陷落了，再一次問你，愛我嗎？

妳睜開眼，迷離搖盪間，他的臉像緊逼河岸的峻嶺，妳無從逃避。妳緊緊抱住他，加強語氣，我愛你呀，當然愛你。他感激的把臉貼在妳的頸項間，妳聽到他的喘息聲，很實在，很感人，妳抱住他，黑暗中，透過窗簾射進來的鄰家燈光，微微閃爍著，那是風的效應吧，一點點的風，透進來，在房裡窺視妳的激情。

曾經在一棟小閣樓裡，妳看過不少次類似的光影和風動的交錯。那是妳眞正的初戀吧，跟很多北上唸書的男男女女一樣，在租賃的小空間裡，初次體驗兩性無從抗拒的愛的坐標點。很多死黨娓娓談起自己的第一次，竟發現場景都好像，不是在自己的小房間就是在對方的小房間，堆著書，敞著汗味，慌亂不知所措中往往盯著牆面上的偶像明星海報來解圍。妳注意到光影與風動的糾纏，是在妳自己租來的小樓裡，不過不是妳的房間，妳住便宜的一樓，臨河的二樓住的是學姊，那暑假她把二樓借給妳，順便要妳打掃清潔，就在那暑假他先是常來妳房間，接著你們在二樓隔窗眺望夜晚的河景，接著就常常整夜不下樓。

妳愛他嗎？那個陪妳在二樓學姊房裡度過暑假的男孩。學姊沒畢業前，常問妳。當然，當時妳毫不猶豫。就算後來妳搬離開那，妳認識了另一位妳更愛的男孩，妳仍然感謝那些打工回來後的夜裡兩人臉貼臉纏綿一夕的日子。

妳回過神。妳愛他嗎？現在的這位，總想把妳攬在懷裡，成天說沒妳在身邊眞沒意思的男人。應該算愛吧，妳跟死黨說，至少這段時間妳很認眞的愛他。是啊，「至少這段時間」是認眞的。死黨重複這一句，沒多說什麼。妳們不再是當年愛得死去活來的女孩了，能珍惜愛一個人的此刻與當下，已經算是很有誠意了，不是嗎？

妳咬他耳朵，說妳愛他。他抱妳更緊了。若是以前，若是那個為愛可以瘋狂不要性命的女孩階段，妳肯定要感動得流下眼淚吧。妳是流過那些眼淚的，不僅一次，不僅兩次，甚且不僅三次吧。又怎樣呢，該走的人，流再多淚也留不住；該結束的戀情，淌再多心血，也要揮手告別。先是一個男人負妳，再是妳負一個男人，再來另一個男人又負妳，妳於是又負另外一個男人，感情的漩渦一波波襲來，捲到最後誰對誰錯，唯有靠自己的直覺去感受了。

妳當然還會愛一個男人，妳還會有所期待，只是愛的純度愛的比例滲入更多歲月生命的烙印了。妳發現，妳的情慾漸漸能跟感情脫鉤，妳依然學不來一夜情式的享樂，妳無法冒那種不清楚對方便輕易上床的風險。可是妳能接受妳願意跟他走一段的男人，夜裡來到妳住處，或者妳到他的窩裡，兩人共擁一段相愛的時光。妳不會給他鑰匙，也不要他的鑰匙，這樣的妳是自由的，來去之間，由妳選擇。但妳絕對認認眞眞愛他，在愛的時間裡。

妳輕喘一口氣。不忙，這夜才剛開始，妳跟他的汗水浸透才剛剛彼此蔓延，相互漫漶。誰說妳不愛他，妳不會把妳的慾望種在妳沒有感情的花圃裡，這是妳沒改變過的個性。至於花團錦簇能維持多久，妳不那麼在乎了。花樣年華的珍惜，認眞擁抱相愛的此際，對妳才眞實。

妳輕輕咬他耳朵。這夜，必然浪漫。

妳的女人之旅一旦前行就永不後悔

導遊拿著旗幟走在前頭，妳們一行人魚貫尾隨，這畫面有點好笑，若是過去，若不是妳也跟在隊伍之中，妳一定會大聲調侃。

妳看到好幾股人群向導遊走的方向集中，走在前頭的都是導遊，人手一旗，觀光客也差不多一副模樣，衣著輕便，胸前掛著相機，背著小包包，溫度太高，每個人頂著款式不同的帽子、涼鞋，猶喘著從內心發出的燠熱感。妳身旁有人抱怨，又來看神廟，都看了三四座了，不都一個樣。沒人搭理他，氣溫太高，大家都懶得浪費唇舌吧。

妳踏進陰涼處，一陣舒坦。這是乾燥氣候的好處，再熱，只消覓得沒太陽的角落，立刻涼爽宜人，不像台灣，溽暑最難過的，是那股濕答答的黏膩，渾身不對勁。導遊認眞的講解這座神廟在新世紀王朝的歷史，妳一邊聽一邊仰望高大的石柱。

說要來埃及，講了一年多。從當初兩人講好一塊來，到現在妳一個人連看了好幾天的神廟，這趟埃及行，竟走了這麼長，眞是浪費青春。

妳仰起頭，陽光辣辣刺眼。天空湛藍得出奇，一朵雲都看不見。幾位同團旅客起了抱怨，坐這麼久車，逕看破破的廟。妳感到尷尬，但自己確實也走得累了，心底竟隱隱同意起來。妳又想到他了，再不濟，有他在，一個很喜歡懂很多東西的男朋友在，妳大概就不用費那麼多心思去記導遊講的歷史典故什麼的，他都會記下來，晚上吃飯時，回到台灣後，妳要他講給妳聽，他就會娓娓道來，講得比導遊還生動。妳想起來一些畫面，妳賴在他懷裡，一邊看他放幻燈片，一邊聽他講解追憶鏡頭下你們走過的旅行。妳的心，微微浮動起來。海市蜃樓一般，心底有一陣沙塵湧動。

妳驚醒過來。導遊依然扯著嗓子賣力介紹，三千多年前，古埃及人是如何懂得外科醫療的手術，妳順著他的手，望向一面牆壁上雕刻出的壁畫，果然有幾樣近似手術用的小刀器皿。唉，妳幹嘛在遠隔重洋之外，還爲那些妳出門前就立誓要忘掉的人與事，出神呢。妳幽幽的視線，轉向神廟外，一望無際的沙漠。

昨晚，沒睡好。妳早早醒過來，撥開房間的窗簾一角，靜靜坐在窗邊，看著船緩緩滑過尼羅河，河岸的景致，風景明信片一般，一張張移動著。天將明未明之際，一切安寧而美好。即使妳是在埃及，一個妳毫無淵源，根本沒一人熟識的陌生國度，妳依然很感動生命是如此婉約而美好。妳相信，這份單純的感動，應該不分性別，不分年紀的。妳想起來，高中時，妳迷戀過的地理老師，曾經說過一段迷離夢境一樣的感情。他說，在一次實習旅行裡，他跟班上一位從來不可能會扯上感情關聯的出色女同學，竟然在荒涼的山上，好幾個清冷的夜裡，極單純極柏拉圖的相互擁抱長夜漫談直到天亮。那女孩，發現他很體貼，他則感受那女孩純眞的一面。但，也就那幾夜，回到台北，兩人再也無法重溫山上的畫面。

當時妳還太年輕，年輕到只顧惋惜那不知名的女人怎能那樣對待妳心儀的地理老師呢。直到很久以後，或許直到今晨吧，妳靜靜坐在窗口望著尼羅河沿岸風景一片片飄過，在那寂靜極單純的氛圍當中，妳才能摸索出當年兩個年輕男女在荒冷的山夜裡相互傾吐心緒的線索。我們總是脆弱的，脆弱時，需要擁抱。然而，生活卻不是永遠脆弱的，白日一到，光彩亮眼的自己一旦表現出來，我們往往要忘記自己曾經有過的脆弱，甚至浪漫。妳彷彿了解了當年那女人回到台北，重回眾人簇擁的世界時恢復的面貌。她不一定是錯的，錯的，說不定還是妳的地理老師，他只是沒能從山上的浪漫回過神而已。

妳不僅僅能了解那女人。妳也了解了遠在台北，被妳斷然拋下的那男人。妳跟他，何嘗沒有類似的浪漫、感性與眞誠互愛呢。你們確曾在長途旅行中，相互以對方的肩膀爲靠枕；在漫漫的夜裡，低聲細語說遍心底絕不掩飾的愛語；但妳注意到了，那些場景，都屬相愛的前半段，都發生在極其單純的氣氛中。而愛情，是很難一直悠遊在這種簡單土壤內的。他不能，妳又何獨能保證呢。妳突然憐惜起他了。雖然這都將成爲過去，想清楚了，無缺無憾的，也不錯。

導遊帶著大家朝停車場走去。要再去看一座神廟。妳聽到團員一陣聒噪。妳的室友，走過來，指指腳跟，腳都磨破了。妳掏了片ＯＫ繃給她，在一旁陪她貼上。妳們落在隊伍的後邊了。

她也一人出來旅行。離了婚，小孩給爸爸帶，她說賺的錢不多，讓小孩跟爸爸過得比較好，她固定去看小孩，前夫很快就再婚了。她對妳幽幽的說，這就是男女有別，大家都中年離異，男人就比女人容易再婚。妳沒反駁她，她說的部分是事實。那是妳們入境埃及的第一晚，妳們被分配到一間房，兩人聊著聊著投起緣來，聊了很多。她畢竟結過婚，起落比妳大，說得也比妳激動。妳多半是了解的。妳是女人，妳知道她說的都是女人的故事，跟妳一直以來經歷過的，聽過的，看過的，都很像，情節出入有別罷了。妳倒佩服她，放得乾脆，連小孩都讓對方扶養，自己樂得一人過單身中年。

她聽妳這樣稱讚她，笑了笑，豪爽的說，老夫老妻了，就算感情冷了，至少很確定他愛孩子，孩子跟他，生活條件好很多，而且放個孩子在那邊，每次陪孩子聚聚，還可趁便探探他過得怎樣，哈哈。她大聲的笑了，妳總感覺，笑意裡還露點什麼，或許是一點點殘存的愛吧。

妳們趕上隊伍。一行人排隊等上車。一對老夫婦，相互攙扶。幾個年輕男女，嘩啦啦笑著。一個看來沉默的三十左右的男人，掛著昂貴拍攝幻燈片的一組相機，獨自站在稍遠處。五六位來自一個家族姊妹成員的五六十歲婦女，彼此爲對方額頭抹拭薄荷油白花油之類的。未來一個多星期，妳要跟著他們，走過這塊歷史悠久，充滿神祕傳說的古老國度。妳相信妳們會快樂相處的。

是啊，爲什麼不呢？妳的青春所剩不多，妳愛過的男人，愛過妳的男人，排起來怕不比一個旅行團的人數少，而妳希冀的，不過就是最終能走得平穩，夜裡能傾心仰靠的一段感情罷了。妳知道，那不算容易，但一定有這樣的男人，這樣的愛情，妳只是還在找尋。

那一定是存在的。妳很篤定。在等待的時刻裡，妳只要把自己照顧好，讓自己在一輩子的女人之旅中，篤定的前行。妳越來越快樂了，即使一個人，在尼羅河上觀看風景。

輯五

愛戀情書

當愛意化成文字，
摺疊捲臥在信封裡送至戀人手中時，
戀人如何不開懷的從心底笑出來。
戀人虔誠的讀信，
像捧讀一顆靈魂一般，
感謝著。

情書當然是一種挑逗

我們緊盯一個豐腴肉體的雙眼，
肯定充滿慾望，
但我們凝視最愛的眼神，
往往飽滿著生命期待。

誰敢說不是！

愛情的簾幕一旦掀開，情與慾，就成爲一體兩面。情，搭著慾望的翅膀更加攀入兩人世界；慾，沿著感情的血脈愈發擴張兩人密不可分的國度。情書，在情與慾的糾結中彷若催情素般，穿針引線，逗人遐思，支撐起戀人離別後猶似黏成一團的虛擬空間。

「知道我有多想你嗎？昨夜的記憶讓我陷入狂亂般的歡愉與渴望。在你甜蜜的氣息中，我如痴如醉迷失掉自己，你的熱吻尤其使我萬般喜悅。」茱麗葉特在雨果離去後，隔了一夜仍不能擺脫她的思念，於是寫下這封信。

別以爲跟文學家交往，一定都文縐縐。這封信就證明了那一夜的纏綿悱惻，不純粹是「柏拉圖式」的，身體的親密交纏，語言的華麗互動，絕對是那晚耗盡兩人心神的私密遊戲。

這就是愛情的喜樂，跟純感官的性愛之歡不同，純粹的肉體接觸，會讓人去比較每個身體引發快感的程度，愛情的喜悅則不然，身體之外，還多了一些難以描述的「什麼」。那可能是關聯著肉體的感官歡愉，可能是肉體之外你從來沒想到會在乎的那種純粹「精神之愛」。從未經歷過的人，很難用言詞讓他們理解，但只要談過戀愛，你跟他們說愛情包括性愛的歡愉，也可以不包括；而性愛卻只是性愛，常常與愛情是無關的。說得雖複雜，他們則一定懂。

這就說明了，兩人無論從感情或慾望出發，最後都要靠一些雙方培養出的「感覺」來鞏固基礎。我常舉這樣的例子，就算你是夜夜瘋狂的 one night lover，如果某夜你遇上一個人，清晨離去前，你想留下對方電話，你想再遇上對方，你會莫名其妙想念對方，根本不在乎對方經歷過多少一夜情，那時候愛情就在毫不可能的土壤上鑽出一條出路了。就算純粹的肉體慾望，我也深信萬分之一的愛苗會找到生路。

既然無論是情或慾，都能培養出愛情感覺，所以愛情是需要一些醞釀空間的，我是指挑逗的空間。

這樣比喻吧，愛情絕對像玫瑰，生長的土壤固然質地要肥美，種植者經常的撫拭、剪裁與凝視，卻更重要。

我曾在一位深居山裡，以培植花草爲業的朋友家裡，看到他「凝視」花草一如凝視最愛的眼神。我們緊盯一個豐腴肉體的雙眼，肯定充滿慾望，但我們凝視最愛的眼神，往往飽滿著生命期待。我那朋友「凝視」花草時眼神流露的，是穿透飲食男女人之大慾的灑脫，是了然於人間情愛最終緊緊繫住彼此的仍是默契。「默契」可以在慾望中發芽，也可以在純情中胎生，但默契之所以爲默契，靠的是兩人不斷撫拭彼此，撥弄彼此，挑逗彼此；以言語，以肢體，以神態。唯當兩人離別之際，這一切就要靠文字了。情書，當然是一種挑逗，它牽繫了戀人的過往，延展了戀人的未來，而現在雖然暫時分開，卻因爲我們相互寫情書，相互讀情書，擁有了「不曾分別」的想像空間。

戀人都是期待下次約會的。等待，使人焦慮，想念，逼人瘋狂。所以戀人慣常交換照片，饋贈禮物，用這個戀人的化身物，支撐自己思念時的脆弱。可是它們遠不如情書啊，情書是動態思念的結晶，是靜態思念的活化石，戀人透過每封情書字裡行間的形跡，能準確嗅出對方的心跳與氣息。

男人在這方面也很細緻敏感，艾本・柏格(Alban Berg)，這位二十世紀初奧地利知名作曲家，用文字寫下宛如音符般的書信，「我親過妳了！我讓我的唇貼上妳的，我毫無抵抗能力，我被某種內在趨力所駕馭。一瞬間，這麼多的驚喜湧現，淚眼盈眶，我的身軀與靈魂全陷入感動的洪流中。我是多麼愛妳呀！甜蜜令我昏眩，在回家的路上，我步履蹣跚，只能感觸到妳甜美的雙手撫拭我的靈魂。」親吻，在專談性愛的人眼裡，不過只占親密接觸的一小部分，甚或只是催化情慾的一個起點罷了，沒什麼大驚小怪的。

可是在愛情裡，親吻，占據著多麼扣人心弦的位置啊。

在作曲家的情書裡，親吻令他昏眩，唇跟唇的觸碰，激發他內心深處最撼動的情愫。我們大有理由相信那晚戀人雙手輕撫的不僅是作曲家的靈魂而已，沒有最私密地帶的輕觸和擁抱，靈魂是不會被感動的，你說對吧？

愛情是需要挑逗的。挑逗慾望，不難；要挑逗靈魂，就要多用心了。

——二〇〇〇年五月・選自聯合文學版《你給我天堂，也給我地獄》

（本輯作品均選自《你給我天堂，也給我地獄》）

那樣虔誠的捧讀戀人情書

戀人如何不開懷的從心底笑出來。
戀人虔誠的讀信，
像捧讀一顆靈魂一般，
感謝著。

幾近虔誠的，戀人坐在燈下，輕輕捧著信封，反反覆覆瞧著信上的名字，沒錯，寫給自己的。是對方的筆跡，一筆一畫，都是自己摯愛的那人，從遠處捎來的心情。

戀人不急著看，不急著拆開悶了許久的信箋，想先讓自己醞釀一些讀信的情緒，想先讓自己遙想一會上一次跟對方碰面，是多久以前，說過什麼，分開時彼此講了哪些話。

戀人不急著拆信，是要讓「此刻」連結上之前碰面的「那時」，是要讓上次約會的「我們」，重新出現在獨自一人讀信的此際。那樣，讀信的人就不覺得寂寞了。在虔誠的讀信儀式裡，「我們」彷彿又在一起，戀人於是不覺得孤單。

我在一封來自捷克作家卡佩克(Karel Capek)的情書裡，發現讀信的人，眞的都有近乎感謝上帝一般虔誠的寧靜態度。「當你接到一封信，你首先會坐下來，拆信的動作緩慢卻堅定，就好像小心翼翼掀開令人迷醉的寶盒蓋子那樣。」我喜歡「令人迷醉的寶盒」這句形容。情書，眞像一個寶盒，藏著戀人的祕密，藏著戀人的心事。情書，是一個看來不大，卻足可供戀人暢談一輩子，傾聽一輩子的寶盒。情書，是一個你放進去多少我就能聽多少的寶盒；情書，尤其是一個你願意打開多少回我就願意放進多少心聲的寶盒。

見信，如見人，當然是情書最直接的訊息；單單如此，那情書的意義未免太單薄了。我覺得情書的往返，信箋裡字裡行間隻字片語，都是兩人感情過程的一次次註腳。每封信都有它單獨存在的價值，可是每封信的眞正生命，卻在於它們連結著戀人一路走來的意義。對，就是「意義」這兩個字吧！別跟我說，談意義，太沉重。要不是在愛情中，戀人找到意義，生命的意義，生活的意義，自我的意義，愛情憑什麼值得他們笑逐顏開，又憑什麼使讓他們摧心扯肝呢？還是因爲戀人在愛情裡，體悟了從來不曾發覺的意義感。

「我願意花時間跟你寫信，願意跟你分享我所有的心思，所有的關切，所有靈魂渴慕的養分。藝術的魅影，夢想的魅影，如果都能成真的話，將是多麼的美好。」二十世紀上半葉，義大利劇作家魯吉・皮瑞迪洛(Luigi Pirandello)，用生動的文字，交代了「寫情書」對一位戀人的意義感。分享，是戀人互愛時，最讓戀人感覺到溫暖的動作，透過分享，我們讓戀人進入自己的城堡，引領對方認識自己。分享，是最好的示愛訊息，當你願意跟對方分享心靈感受、分享智慧所見、分享成長歷程，分享生活苦樂時，對方已然知曉，愛苗在破土發芽了。他怎麼會不感動於你的分享示愛呢？

「寫情書」對戀人有如此意義，那「讀情書」的意義必然要更深，更虔誠，否則不足以彰顯對方給我的意義。現代主義意識流大家普魯斯特(Marcel Proust)，爲「讀情書」的虔誠感，做了一段註解，他對愛戀一輩子的史特勞斯夫人(Madame Straus)說，「接到一封始終不曾忘記的人寫的信，讓我感覺到既是理所當然，又近乎奇蹟。我曾經在前往水都威尼斯時，體會過這種感覺，也曾在我的夢想進入我的地址時，深深感受過。」寫情書，若是戀人要對方分享自己的一切，那讀情書，就是一種參與，一種設身處地，進入對方世界的認眞投入了。普魯斯特說得多好，我們接獲戀人的情書，根本是理所當然，但是愛戀既久，雙方都已互許愛情的承諾後，不一定都還有繼續寫情書的衝勁，所以當戀人願意繼續寫、繼續談時，對另一方，何嘗不像奇蹟式的喜悅，不像上帝的恩賜呢？普魯斯特說得眞好，接到戀人的情書，既理所當然又近乎奇蹟。理所當然，讓我們確知彼此的愛戀仍在；近乎奇蹟，讓我們感動對方仍願告知一切所思所念。這樣的書信，怎不讓我們眷戀再三，不讓我們忍住立即拆封的衝動呢！因爲我們需要醞釀一點氣氛，一點重溫上次約會情境的心理，這樣，雖然此際你不在我身邊，但「我們」就始終未曾分離過。

你注意到了嗎？普魯斯特說，當夢想進入地址時，他覺得既理所當然又近乎奇蹟。所夢所想，是對方的愛；當愛意化成文字，摺疊捲臥在信封裡送至戀人手中時，戀人如何不開懷的從心底笑出來。戀人虔誠的讀信，像捧讀一顆靈魂一般，感謝著。

勇敢說「我愛你」五十年不變

五十年不足以永恆，
所以要用每天戀愛的心情，
一天天築起仰望天國的城堡，
不能懈怠。

此刻，你一定自認是最快樂的人。

你愛的人，就在你前面，打開你送的禮物，詫異的驚喜，讓你開心，突如其來貼在你額頭上的吻，讓你一時間知道鬆脫地心引力原來會昏眩。

你說「我愛你」，對方也在你耳畔輕吐「我愛你」。愛情詞典中最簡單的三個字，道盡了全天下最快樂情侶心中最複雜的化學變化。

我眞心希望你們是快樂的。當人與人之間的承諾逐漸像商品廣告一般，一波比一波花稍；當貧乏單調的日常生活，永遠不能像日本偶像劇似的高潮起伏時，唯有愛情，眞的，唯有愛情還能讓我們期待，或等待，你們當然應該感到快樂。

你說你是很快樂，卻快樂得很憂慮，因爲哪個分手以前的戀人不曾快樂過呢？你說你不要愛情永恆，那太假太不眞實，可你又不願太短，太短就像夢幻，一點意義都沒有。

你揚起頭，憂鬱的望向星空。星空最永恆，看盡人間癡情，可惜，它們總是無言。

是的，「永恆」在戀人詞彙裡，最常用，也最充滿歧異性。就算一起直到終老，兩人間的愛情不見得就可用「永恆」來形容。反倒是一些戀人在分手後，能眞切體悟什麼叫「永恆」。生命如果很弔詭，那愛情絕對最能詮釋這種弔詭。我們彼此相愛，理該異中求同、同中存異，但我們既然那麼深愛彼此，相互融爲一體，又哪裡應該還有「相異」的部分呢？那些不能改變的相異處，一定是因爲你還不那麼愛我，對不對？

戀人以各種方式，試探對方，激怒對方，刺痛對方，他們相信愛情的國度裡「你我」就是一體。

所以愛情多難哪！在一起，很美，如果短暫就像夢，太虛幻；在一起太久呢，往往又變得很不美好，太眞實，眞實得擠不進一絲夢幻。愛情多難哪。

來，我告訴你，那就不要永恆吧，五十年就夠了，讓上帝給你們五十年，從年輕到老年，從狂愛到摯愛，從摩擦到擁抱，五十年足足夠了。

五十年不足以永恆，所以要用每天戀愛的心情，一天天築起仰望天國的城堡，不能懈怠。五十年橫跨生命的精華，假若眞能日復一日牽手相愛，五十週年那天就等於永恆了。

雨果跟他的戀人茱麗葉特，就是五十年風雨戀情最佳的寫照。

「妳越來越美麗，越來越賢慧。流逝的時光非但沒減少妳的姿色，反而增加了妳的風韻。在我眼裡，時間只能使妳更迷人，在我的思念中，時間也只能使妳更可愛。」相戀十年後，雨果寫下如是動人的讚美。

「我愛妳，我崇拜妳，妳充溢著我的生命，妳是我的靈魂。願上帝再給我們二十年，讓我們活在這世上。」相戀二十年後，雨果這般深情期盼著。上帝回應了他的祈禱，給了另一個二十年，而且不止。

「我的命運裡有陰暗的一面，是妳以美妙的光輝照亮它們。跟妳在一起，我無所不能；沒有妳，我甚至沒有存活的勇氣。」雨果在第三個十年，更謙卑的訴說他的愛。

「妳已七十歲，我則快七十五歲了。四十四年以來，我們彼此相愛，矢志不渝，牢不可破，順利通過了充滿風暴、動盪不安的人生，順利穿過了一切烏雲和陰影。……願妳是我永恆的伴侶，讓我們比翼雙飛！這就是我向上帝的祈求。」七十多歲的戀人，還如此深情款款的期待愛情，不是永恆又是什麼呢？

「『我愛你』是一句無所不包的話。上帝向祂的創造物說了這句話，創造物又向祂重述了這句話。親愛的天使，我愛妳。讓我們以這句神聖的話開始神聖的第五十年吧：我愛妳！」五十週年相戀的前夕，雨果留下這些句子。

你閉上眼想想吧。八十歲的老人，顫抖持筆按紙，以一貫筆跡刻下一路走來始終沒變的愛戀宣言，而那句說了五十年的「我愛妳」，經他親身見證，從兩性本能的激情，昇華成漫漫永恆的愛情。雨果很幸運，上帝又給了他的祈禱一次靈驗，女主角茱麗葉特活過了五十週年紀念，三個月後先他而去。雨果多活了兩年。我不能想像那兩年他有多寂寞！

或許他並不寂寞吧，任誰有了五十年不變的愛情，就算僅餘的日子要一個人過，也會比尋常人要更勇敢吧。

別擔心永不永恆，你要勇敢去愛，持續寫情書給你的戀人，五十年不變。

你幾幾乎無法喘過氣來

你願意是針，你願意是熱，你願意是燙，
因爲，他同樣願意你是針，是熱，是燙。

你屏住氣，死命壓住心跳，你眼皮下垂，卻以眼角盯住走過來的他，看他走近，看他錯身，看他走過，看他遠去，你的呼吸逐漸平復，心跳恢復規律，視線回到眼前，心思呢？唉，飄到很遠很遠了。

你幾幾乎無法喘過氣來。你在圖書館，碰過這情景；你在火車站月台，遇上這窘境；你在社團活動裡，沒法迴避這巧遇；你在辦公室，不能拒絕這機會；有時候更尷尬，你竟在巷口等垃圾車這樣絕不浪漫的短暫交會裡，深深期待難得的相遇。你幾幾乎無法喘過氣來，無論在哪裡，當他朝你這方向近近靠過來，你，注定要喘不過氣。

無法呼吸，幾乎喘不過氣，情書裡多的是這類描述。你若沒有類似經驗，就會覺得太誇張了。而你若經歷過，可能又覺得，那體驗，筆墨所能形容的，不過皮毛罷了。在誇張，在不足之間，幾幾乎無法喘過氣來，應該是很好的表述了。無法呼吸，人會死亡；幾幾乎無法呼吸，人不會死，但會活著很難受；你一看見他，他一貼近你，你的呼吸便加速，便急促，便亂了規律，你幾幾乎無法喘過氣來。很好，你還不至於死亡，但你活著很紊亂，你要靠他來救贖你。你要靠他平靜你亂了秩序的生命。

一位優雅男士，這樣形容戀人逼近的慌亂感，「妳貼近我，好像一根炙熱灼燙的針，不斷戳刺我。」不用擔心，戀人當然不會這樣就害怕熱燙的愛戀之針，同樣，對方也不會就那樣停下了貼燙的熱愛。相反的，包括你在內，一定會因爲戀人如此急切慌亂的表白，而更加要逼近對方，逼他失措，逼他亂了頭緒，逼他天荒地老時，一看見你，仍然是少男少女般的緊繃，初戀男女似的震撼。你願意是針，你願意是熱，你願意是燙，因爲，他同樣願意你是針，是熱，是燙。

我說少男少女般的緊繃，初戀男女似的震撼，意在描述愛戀男女發乎心底的召喚。那應該無分年齡的，我看過歷經人生風雨的中年之人，老年之人，一樣在親密戀人逼近時，流露出心底的渴慕，情愛的呼喚，他們已然成熟的心智，照樣承受不起戀人逼近的衝撞。熱燙之針，一樣穿透年齡的城堡，智慧的高牆，蕩漾出情愛的風捲浪襲，宛如少年男女迎向初春愛戀的惶惑。

我喜愛的作家，蕭伯納(George Bernard Shaw)，爲我這觀察做了見證，他說，對他愛戀的女人說，「我的平靜被打亂了，我幾乎喘不過氣，站不穩腳，宛若置身迷眩高處，我跌入錯亂囈語和撲向毀滅的狂喜中。然而我很快樂，像瘋子那般快樂極了。」要記住，蕭伯納寫這情書時，已經五十六歲了，卻是瘋狂得像少年，像撲火的飛蛾。誰說人老了，感覺遲鈍了，閱歷豐厚了，碰上喜愛的戀人，就不會，就不該，就不能震撼得屏住氣息，幾幾乎無法喘過氣來呢？那無關乎年齡，也無涉生活經驗的多寡，而是，你碰到過這樣的戀人嗎？

蕭伯納碰過，波蘭作曲家蕭邦(Frederic Chopin)也碰過，而且說了更誇張的話。蕭邦說，「我興奮得渾身戰慄，好像一群螞蟻，沿我背脊蜿蜒而上直入頭殼。」夠刺激吧！你試過類似感覺嗎？渾身緊緊綳住，卻興奮異常，那感覺你肯定要記住一輩子的，如果，常常有，經常體會得到，你根本就不會在乎了。這一生，你會遇見很多人，跟很多人貼近。當然身體的貼近，遠多於心靈的貼近。僅有極少人，或許一人，或許還沒碰過，能既貼近你身體又緊逼你靈魂。那人出現時，你最清楚，是不是他。因爲無人能那樣，遠遠走來，你便震懾住，呼吸自然急促，他擦身走過時，你幾乎無法喘息，直到走過以後，你還久久失了魂似的，慌張無神的坐著，或站著。站坐都無所謂，你終於遇上了，讓你無法喘過氣來的人。

來，我們再聽聽女人怎麼想。小說家喬治桑，輕輕的說，像風拂柳絮般輕柔，「你曾見我時的熱情，擁抱我時的猛烈緊扣，你渴望我時的灼燙，如此誘惑我震撼我。我不知道該抗拒，還是分享你的感情？在我的國家，人們不會如此相愛。但是除了你，沒有人能讓我像一座蒼白雕像般，帶著慾望，憂慮和震驚，專注的看著你！」

像「蒼白的雕像」般，多準確的意象啊！把你幾幾乎無法喘過氣來的神情，如定格般定在世人面前。每個戀人都共有的姿態吧，當他出現時，你知道你就是蒼白雕像，你幾幾乎無法喘過氣來。直到，你不再愛爲止。

你在身上心上寫滿串串問號

在沒有答案的問號前，
戀人需要的是一點點浪漫，
一點點眞誠，
一點點不逃避現實的承諾和勇氣。

問號。問號。問號。問號。
愛情世界最完美的互動，不就是你給我問號，我給你答案；我不斷好奇的問，你不停不厭的給答案嗎？哪對戀人，不曾在這樣的問答與答問下，開啓戀情！哪對怨偶，不是在那樣的答非所問，甚至連問都不想問的困境下，走向盡頭？
別小看戀人的大小問號，你若不當一回事，時間一久，對方不再發問時，八成你要準備聽再見了。戀人發出的一連串，大大小小問號，每一個都值得你細細聽。

你聽，「我是你的朋友還是奴隸呢？你對我是真愛，或純粹慾望？你的激情滿足後，你會感謝我嗎？當我讓你快樂時，你會怎麼跟我說呢？你真的了解我嗎？要求你了解我，會不會使你厭煩？我對你，屬於夢寐以求的典型，還是像一般肥嘟嘟的家庭主婦？你那閃著聖潔光輝的雙眸，是否對其他女人散發誘惑呢？你知道嗎，靈魂的慾望沒有終止的時間，也不會被阻擋，更不知疲憊？當情婦躺臥在你懷中時，你曾清醒的注視過她嗎？你為她祈禱過，流淚過嗎？愛的喜悅，是逼得你喘不過氣，變得更殘忍？還是讓你體會到聖潔的歡愉呢？」你聽，這是不是一段用連串問號，串聯起來的懇切愛語呢？

我在作家喬治・桑(George Sand)的情書裡，看到這段文字。男性化的筆名，包裹不住一顆等待愛情的火熱、顫抖的靈魂。喬治・桑的年代，女性備受歧視，文采粲然的她，終其一生用男性化筆名，在文壇上大放異彩。我一直提醒自己，別忘記喬治・桑的眞名姓，阿嫚婷・奧若薇・杜蒂凡(Amantine Aurore Dudevant)，一位眞正敢表達愛恨情緒的女人。

她的忐忑不安，她的焦慮徬徨，她在愛恨交集地帶，不放棄尋求摯愛的認眞，超越了一個女人的等待，化身成天下認眞對待愛情的男女，心中最誠摯的期盼。你若愛我，就要用心聽聽我所有的問號。

我算過了，這段情書中，用了十三個問號，提出的質疑，遠遠超過十三個憂心與掛慮。

戀人一生中，向對方發出的問號，豈止十三個？百個、千個，都不爲過，又有多少戀人，能持續、耐性的聽，願意和顏悅色與對方不斷對話呢？

我們必須承認，戀人的問號，往往盤旋於幾個最在乎，最難有解答的問題沼澤上，戀人間的爭執經常在這些沼澤、泥淖中沉沒。他們久經爭吵的折磨，終將失去耐性，以沉默作爲回應。你看過戀人之間無言的僵持嗎？沒有激烈言詞，不見情緒飛亢，他們只是用關上窗口門扉的靈魂，默默注視對方，直到天荒直到地老，直到兩人無力氣無意願再對抗爲止。那是句點對句點的頑抗，沒有誰贏沒有誰輸，他們只等心中一股怨氣慢慢消退而已。不再期待對方，不再想從對方身上追索答案，他們寧可在沉默中沉沒，他們寧可看著靈魂在閉鎖中枯萎。那是情愛最可怕的折磨。

你怎麼能不認眞聽聽戀人發出的詢問，不認眞回答戀人的每一道問題！

別怕，不僅僅是你害怕無法給戀人最完美的答案，連那不可一世、恃才傲物的大英雄拿破崙，一樣如履薄冰，緊張兮兮盯著戀人，深怕無法盡如戀人心意。他打從心底喊著，「約瑟芬啊，約瑟芬，請記住我曾對你說過，老天賦予我過人的精力，專斷的性格，這常使你感到焦慮不安。你不會再愛我了嗎？原諒我吧，我生命和靈魂裡的愛，經常被相互衝撞的力道所撕扯。」

約瑟芬要的答案，拿破崙一輩子都無法給個滿意說法，可是拿破崙在戀人的問號裡，省視了自己性格中最困惑的部分，他沒有逃避戀人的問號。

戀人之間的問答，不一定要答案的。戀人怕的，不是有無答案，而是對方逃避、閃躲。有多少戀人，相守一生，是因爲他們解答了兩人之間的所有困惑呢？不是，更多戀人，所以能扶持一生，是他們懂得接受問號，誠實說出感受。

在沒有答案的問號前，戀人需要的是一點點浪漫，一點點眞誠，一點點不逃避現實的承諾和勇氣。「你要的不就是一個簡單的『Yes』？是個小小單字，卻是重要的單字。但是對一顆充滿愛意無法言表的心靈來說，這樣一個簡單的字眼，難道不該使盡全力去發聲嗎？我這樣做了，我內心深處也永遠向你低語這個單字。」

你說，這戀人到底給了什麼具體答案？好像沒有。可是，這戀人是對的，他知道，要永遠認眞對待戀人一連串問號。Yes。Yes。Yes。Yes。

我的生命因你而豐富

但等過的人知道，
爲所愛的人悲喜，
雖然代價可能極大，
我們的生命卻由此而豐富起來。

愛情對話裡，常見一種感人告白。

因爲你，我的人生顯出意義；因爲你，我灰暗的生命，亮出色彩；因爲你，繁瑣的生活，變得可親可愛；因爲你，單調的日夜交遞，讓我期待；因爲你，我先前的孤獨，是值得的；因爲你，無聊的人際互動，現出他們各自溫煦的內在。因爲你，一切的一切，有了重估的新面貌。

因爲你，我原來並不是過去那樣，或現在這樣的自己，我可以有「新」生命。

這些表白，費了半天勁，要說的不過是簡潔有力一句話：我的生命因你而豐富。

「你」，本來就存在，只是我們從未相遇，或相遇後情愛種子發不了芽，「你」對我就不會有任何牽連。我們各自生活，各自在原有的脈絡裡喜怒哀樂，你是你，我是我。在誠品書店，在台北東區街頭，在選舉的人潮，在夜市小吃攤，在一本書的感動，在一部電影的歡笑與淚水，在交錯的公車火車捷運自用車，在林林總總各式生活場景裡，我們很可能已經「一起」分享過相近的情緒和感受。但仍不相識的我們，僅能憑信念堅持著，深信這世界總有一個「你」會跟我投緣，跟我一樣爲日本偶像劇起伏跌宕的劇情著迷，爲米蘭・昆德拉夾敘夾議的小說沉醉，爲長島冰茶誘發的微醺陶然迷惑，爲及時搶購到的六折精品自得，爲阿莫多瓦電影裡的人性流露落淚。我堅信，就算我再怎麼渺小再怎麼潔癖，總會有個人，在某個角落跟我一樣，等一個對的人出現。「我」等「你」，「你」等「我」。

每個人都在等一個人。有時候，我們以爲等到了，等對了，過一段時日，才發現，錯了，錯得離譜。有時候，我們以爲世間大概沒這個人了，猛回頭，竟驚醒到，待在身邊許久的那人，就是全心要等的人，然而這時多半已悲劇收場。更有時候，我們一開始就不讓自己相信愛情裡有「等一個人」這回事，可就有那麼一天，那麼不湊巧，那個人出現了，你或許抱著遺憾過下半生，也或許飛蛾撲火，犧牲一切要跟那人在一起。

每個人都在等一個人，等得到等不到，都有幸或不幸的發展。你若沒有「等一個人」的堅持，愛情的魅惑程度就像進速食店，快則快矣，簡則簡矣，卻用不著大腦，當然也用不著激情。

你若癡心等過一個人，就會明白這段情書的動人了。「在愛爾蘭，要描述一張美麗臉龐何其美好，我們會稱呼她像『一位修女的臉』(a nun's face)。妳就有如此甜美動人的臉，比這世界任何美麗的臉都更好的是，妳那甜美、素淨、可愛、天使般的性格，如此奔放而不做作，我永遠相信我們能穿透彼此的靈魂。」二十世紀初，愛爾蘭民族主義政治家威廉・歐布萊恩(William O'Brien)，談戀愛不忘民族大義。他的女友，蘇菲・拉法洛薇琪(Sophie Raffalovich)，十足勇敢的女性，發願把獄中男友寫的小說翻譯成法文出版。她的美，能得到多少男人認同，歐布萊恩根本不在乎。歐布萊恩一邊爭取愛爾蘭民族獨立，一邊摯愛著那張如同聖潔修女般的美麗臉龐，他等過她，他因爲等到她，使自己的牢獄之苦愈發甘之如飴。

等到一個人，等到一個「對的人」，我們忘卻了所受的現實之苦，也平添了應付日常生活之單調與乏味的勇氣。等一個人，因而是値得的。戀人相互說：我的生命因你而豐富。

你問，等到了，又失去；跟乾脆不等，哪個好？

我，寧可選擇「等」。

不等，是安全的，你只須爲自己的悲喜負責。但等過的人知道，爲所愛的人悲喜，雖然代價可能極大，我們的生命卻由此而豐富起來，我們眼底不再只看見自己。十九世紀英國小說家薩克雷(W. M. Thackeray)，可以爲我作證。他著迷的女人儘管也喜歡他，卻終究只是喜歡而已，你知道的，在愛情的語彙裡，「喜歡」跟「愛」差得十萬八千里，當一個人「愛」，而另一個人僅僅「喜歡」時，那是足以逼瘋戀人的。「當妳看我時，當妳想我時，我就在天堂。」薩克雷大聲的對她說。可惜這是單戀。單戀的結局，往往通向地獄。薩克雷比我們想像還慘，他在愛情地獄裡掙扎了很多年。

即使這樣，他未必不快樂，至少他知道被看、被想時，天堂在哪裡！他終於能體會些微的戀人心情，「我的生命因你而豐富」。

你給我天堂，也給我地獄

愛情，能把戀人從天堂打落到地獄，
當然也能從地獄一下子把人拉拔到天堂。

通往天堂最短的距離，是戀愛；通往地獄最短的距離，還是戀愛。怎樣，這話有智慧吧。你慧黠的笑笑，說，恐怕是悲情多過智慧呢！也對。沒被愛情那扇多變窗口迎進屋內或擋在門外的人，確實很難理解，到天堂與地獄的距離，竟然都這麼短這麼近。

我天生是無神論者，實在沒辦法相信天堂地獄之說。可是我從來不否認，愛情的領地上，戀人會深信自己被上帝眷顧或遺棄。戀愛的人，必然陷入複雜的矛盾情結，既堅定又脆弱，既理智又迷信，既自信滿滿又狐疑滿腹，既雀躍異常又時陷憂愁，既心胸寬闊又猜忌連連；所有存在於人性中的對立矛盾，你放心，要找證據，在戀人關係裡要多少有多少，比找恐龍蛋容易多了。

有無天堂，有無地獄，爭論起來太費神，那是宗教家的事業。有沒有，是一回事；天堂與地獄，象徵極樂與極苦之境，無論古今中外，應該都無爭議。宗教的世界，上天堂下地獄，自有一套哲學觀或修行規範。愛情的世界，上天堂下地獄，完全是主觀感受，判斷依據來自於戀人之間的互動，你對我好，我就快樂一如置身天堂，你對我不好，我就悲苦彷若墜落地獄。宗教的邏輯，上了天堂下了地獄，好像只能等待來世再翻身；愛情的邏輯不然，天堂地獄之間，可在一夕拔高與驟墜，來來去去起起落落，戀人也就體會了入天堂下地獄進天堂落地獄極苦極樂的悲喜。難怪戀人常發癲，難怪戀人如瘋子。

匈牙利作曲家李斯特(Franz Liszt)在一封情書裡，同時提到了天堂與地獄的感受，他說，「天堂，地獄，一切事物，都跟妳息息相關，而且效果加倍。……灰暗，無趣，處處受限的現實生活，不再能滿足我。我們必須活在最極致的完滿、愛意與痛苦中。」戀人擁有對方，嚐到了愛情甜美的汁液，對原來的生活軌道漸漸失去耐性，戀愛的人無法再回到過去自己獨處的狀態，他們變得焦慮、不安，深恐現在的戀情不能持久。他們深知戀愛的天堂與地獄，相隔不過一步之遙，對方一旦猶豫，一旦卻步，一旦蹙眉鎖顏，自己就將被打落無底的深淵，那就是地獄。從愛，到不愛，就是從天堂墜到地獄。

但愛情的主宰者，總算留下一點期待的空間。愛情，能把戀人從天堂打落到地獄，當然也能從地獄一下子把人拉拔到天堂。墜落過愛情地獄的人，稍稍有機會翻身，哪怕僅是戀人回眸時一道淺笑，馬上就快樂宛如天堂神仙。

愛情的主宰者，為愛情留下這可高可低可起可落的空間，究竟是慈悲，還是殘忍呢？我不知道，我只能說，在大起大落的愛情擺盪裡，戀人至少還有機會掙扎，努力，永不放棄希望。

戀人之間最緊密的互動，最貼心的依賴，奧地利作曲家艾爾本・柏格(Alban Berg)詮釋得眞貼切，「我所有的一切，甚至思想，無不取之於妳。」戀人既然是自己存活的養分，自己既然寄養於這塊土壤之上，得之失之，都關涉到生命的興榮或枯萎，戀人怎不有天壤之別的悲喜感慨呢？

戀人的天堂之境，說起來很玄，實則再簡單不過，戀情仍在，我仍是你念茲在茲的唯一，你就給我置身天堂的幸福感；戀人的地獄之劫，說起來更誇張，激情不再，我已不是你訴說衷情的對象，你就把我掃進地獄一般的幽閉感。戀人的天堂與地獄說，完全不需要什麼神學解釋，對方集上帝、撒旦的慈愛與殘酷於一身；愛情的路上，每個戀人都交錯著上帝與撒旦的面孔，在愛與不愛之間，在有時愛有時不愛的策略運用間，我們既讓別人快樂，也讓別人痛苦；同樣，別人也讓我們狂喜，讓我們狂悲。除非你不戀愛，一戀愛，天堂與地獄，就離你的靈魂窗口，不過一步之遙。

地獄之苦，不足以逼戀人退卻。因爲，愛情的地獄劫難，常常被戀人拿來當成段考月考或期考，認爲是通往愛情天堂的坎坷之路。於是談過戀愛的人，多少都經歷過被當，重修，乃至退學的際遇，體驗過卑賤如流浪狗，低下似寒夜孤星，委屈像被奸人陷害之忠臣，等等的受劫心情。他們不屈不撓，始終等待黎明，他們會用埋在積雪下只剩頭顱還露出來的那張嘴說，「這般折磨都熬過了，天堂還會遠嗎？」悲壯則悲壯矣，可惜，對有些戀人，天堂的黎明，他們一輩子都等不到。

思念的姿勢依然如是

人有了記憶，有了人與人之間曾經糾纏，
曾經相互撕扯靈魂的過往後，
就注定要在記憶迷宮裡，不時走失，不時駐足。

你坐在那兒，沉默喝茶。難得空閒，竟讓忙慣了的你，感到失措起來。並非你不懂忙裡偷閒的樂趣，只是，這一下午，你突然陷落記憶的泥淖，久久不能自拔。

這很常見。人有了記憶，有了人與人之間曾經糾纏，曾經相互撕扯靈魂的過往後，就注定要在記憶迷宮裡，不時走失，不時駐足，這是我們眞眞實實活過的人生地圖。

你想起了大學時期的女友，想起她跟你交往後第一個生日，你把蛋糕抹在她臉上，想起你們趁午夜十二點一到，爬上校鐘塔架狠狠敲了幾聲，趕在校警追來前再急奔而去；想起她終於與你有了第一次吵架，漸漸的，越吵越兇；想起你在她家門口笨拙親她的那晚；想起她閉上眼睛緊繃全身，讓你輕輕吻過她的耳際她的頸背，滑向不再防你的每一片城池。甜蜜的，酸苦的，麻辣的，癲痴的，都成了過往。分手以後，畢了業，當兵出國留學就業，一切就都剩下記憶。你於是明白了，為什麼記憶唯屬永恆，而真實擁有的「當下」，總是虛幻無常。

這時你才感到些許慶幸，還好留了一些信。那些你們有一堆話想講的熱戀情書，那些你們吵架後彼此去信向對方道歉解釋的情書，那些在分手邊緣掙扎之際她寫來要你別再想她的道別情書，雖然保存的不多，你還是慶幸，還好留下了十幾封，在度過最難熬的失戀日子後，你依照時間先後，把它們紮成一捆，放在床頭櫃子裡，偶爾想到翻出來看看，心頭一抽一緊時眼淚照樣不爭氣的流，可那些過往記憶也成了你在現實生活裡，抗拒一切無聊瑣碎的最好憑靠。還好，你對我說，還好你們曾經寫過情書，而你保留了情書。

你捧讀她情書的姿勢，我極其眼熟。千百年來，一定有很多失去戀人的往事追憶者，像你一樣，多年以後細細翻閱過往情書，留下此生可能最彌足珍貴的眼淚。

人，生而就有與生俱來的鄉愁感，就算你一輩子留在出生地，一輩子沒經歷過大風大浪，我都相信你會不時興起濃濃的鄉愁感。因為我們的一生，就是單行道，「只能向前」的簡單譬喻，暗示著我們要與童年訣別，要與青澀分手，要與年輕擦身而過，要與中年在掙扎矛盾中說再見，最後在老年之際回首過往，風雨皆息，世間繁華與榮耀都將無所謂，眞正能扣住我們心弦的，是曾認眞愛過認眞恨過認眞笑過認眞哭過的愛戀情事。一位朋友告訴我，他爺爺八十多歲時，去參加年輕交往過的女友喪禮，一整天都沉默著，看不出情緒的起落，但他知道，爺爺唯有極度壓抑情緒時，才會有這麼明顯的平靜。「年齡越大，就越像深沉的海域吧。」我回答他，「那些陷落的沉船，默寫著風風雨雨的歷史。」

他爺爺是幸運的，至少年輕時愛過。我想我們多少也是幸運的吧，我們不但知道自己愛過，甚且還留下了曾經愛過的證據，不曾因爲時光煙塵的跌落，而減退我們疼惜感的一封封情書。改編成電影的暢銷小說《麥迪遜之橋》裡，最動人的一幕，是男攝影師保留了一張女主角當年釘在橋頭的便條，「當白蛾飛動時，如果你還想用晚餐，可以今晚在工作完成時過來。任何時候皆可。」

攝影師來了。一段邂逅的外遇之情，發生了。女主角不忍離開先生孩子，攝影師又走了。那張定情便條在泛黃、褪色了二十二年後，重回女主角身邊。多麼寂寞的便條，孤獨陪過攝影師，然後再寂寥的躺平於另一雙蒼老手掌裡。它不也很幸運嗎，在如此荒蕪不確定的人寰裡，它確定了自己在兩個摯愛的靈魂間牽引的角色。

攝影師捧讀便條的神情，你很熟悉，女主角多年後戴上老花眼鏡，指尖顫抖拭過便條紙面的動作，我也很熟悉，千百年來所有情人在隻字片語間想念愛侶的節奏，從來都是一樣的。

情愛是兩個身體和許多言談的親密接觸。身體會分開，會老去，會腐朽；言談會消散，會變形，會褪色。唯有寫在各式信紙上的情書，永遠倔強高喊：「再怎樣，你們都曾愛過！」

你坐在那兒，時而仰頭輕歎，時而抿嘴默笑；沒關係，千百年後；戀人思索過往的姿勢，將依然如是。

孤獨，尤其讓我愛戀你

你們怎會不感到孤獨呢？
但這孤獨很好，給了你悲壯的勇氣，
給了你們持續愛戀的支撐。

愛情，使人歡愉，這是一定的，不然男男女女，沒事幹嘛自找麻煩！愛情卻不免有自找麻煩之傾向。我覺得，因愛而深感孤獨，自覺遺棄周遭，或被周遭遺棄的孤獨感，往往伴隨著愛戀腳步而來。有些人走過這孤獨，懂得了愛情，懂得了生命；有些人，走不過去，連自己都被自己給遺棄了。

愛情讓人萌生孤獨的感受，可每個戀愛的人都喜歡。少年維特爲什麼突然感到煩惱？沒錯，他愛上了一個女人。這種愛上一個人的微妙情愫，漸漸發酵，從內心深處的某一點開始滲透，擴大，最後蔓至全身，從而改變了整個生命視野。起初，他是有些疑惑，有些膽怯的，他並不確定這感覺是對是錯，並沒有把握該不該就這樣墜入其中，爲什麼這愛情旋風來得既粗暴又溫柔。他向四周求援，有人理解他，有人當他是瘋子，漸漸的，越墜越深，他終於感覺到自己是孤獨無依的，沒人能眞正體會他的心思。沒錯，他是孤獨的，但很好，這孤獨讓他觸摸到愛情，觸摸到靈魂。這種孤獨，很好。

我們愛一個人，必然感到孤獨，那是過程，也是一種洗滌。

不管你原先什麼樣性格，在等待愛情萌芽之際，在享受愛情芬芳之際，在驚懼愛情張力之際，在狐疑愛情本質之際，或多或少你都要陷入一種孤獨的處境。你會變得寂寞，你會變得敏感，你會變得心思細密，你會變得溫柔可人。你會發現自己沉默多了，只想跟戀人說話；你會發現自己孤僻多了，只想與戀人在一起；你會發現自己詭異多了，只想對戀人癡癡笑笑。

我們愛上一個人，總要感到孤獨，那是命定的際遇，在愛中我們看到自我，看到自我原來可以那樣愛一個人，爲他吃苦爲他歡笑，在愛中看到自我的那一刻，也是我們看到自我能爲戀人犧牲一切的時刻。看到自我，讓人驚喜；看到自我，能愛一個人，愛到爲他不惜一切甚至自己時，誰不會更驚喜，更狂喜！人在狂喜中，唯有孤獨，能靜靜安適他的靈魂。人的一生中，有多少次這樣的機會，能讓自我掙脫種種掩飾、虛僞的包裝，靜靜躺在那裡，任你撫拭，任你觸摸？少有的幾次機會裡，戀愛，主導了大部分。

我喜歡美國詩人艾蜜．羅維爾(Amy Lowell)用一種寫詩的情境，詩意般傳遞了關於孤獨，關於愛情，關於自我的關聯性，「那晚，有著皎潔的月光，我坐在那寫一首關於楓樹的詩。然而倒映在筆墨中的眩惑月光令我目盲，我只能寫下自己所能記憶的。因此，在這首詩的摺頁上，我寫下你的名字。」詩人，在現實生活裡，不一定都孤獨，不過，在完成一首詩的過程中，詩人必須陷於孤獨。坐在那，仰望月光，是孤獨的；坐在那，提筆寫詩，是孤獨的；坐在那，與楓相對，是孤獨的；坐在那，懸念戀人，是孤獨的；孤獨使她領悟詩的魅力，孤獨使她知道自己的極限與可能，孤獨使她明白了戀人給予的意義。詩人歌詠詩的創意時，把思維的一切來源獻給了戀人，是戀人營造了月光下的獨坐心情，是戀人支撐了獨處相思的勇氣，沒有戀人那晚的月光只是月光，沒有戀人那首楓之詩，不過是一首詩而已。

每個人的戀愛之路，看似殊途同歸，那旅途中的差別經驗，卻大大有學問；每個人的戀愛病歷表，記下的症狀徵候，彷彿大同小異，那些微的參差小異，往往就是每組戀情之間完全不能對話的高牆鴻溝。爲什麼戀愛時，你聽不下旁人勸阻，聽不進好友忠告，聽不完親友淚眼，爲什麼？因這愛情是你的，是你跟戀人之間的，你是唯一，你們是唯一，別人走過的愛戀路，再怎麼跟你們相近，都不會一樣，因爲你們相遇就是天地間的唯一。既是唯一，別人怎能理解，你們怎會不感到孤獨呢？但這孤獨很好，給了你悲壯的勇氣，給了你們持續愛戀的支撐。

來，我再引一段情書送你，關於孤獨，關於愛。「當我閉上雙眼，妳就在我面前，好像分別一長段時日後，首次單獨相處那樣，雖然還未熱情親吻，但我們已然感覺到對方的氣息，彼此身體的廝磨，並預感到熱吻即將來臨。整個世界好像佈滿了奶油、果醬與迷眩。」一位出身澳洲，落籍美國的作曲家，如是寫給他的丹麥女友，飄洋過海的戀情，適合孤獨適合想念。也唯有孤獨與想念，讓這場越洋之愛，超越了孤獨。戀人說，愛讓我孤獨，孤獨尤其讓我愛戀你。

你怎麼可以不愛我

戀人是不怕冒險犯難的，然而他們怕沒有回應的愛情，
那眞是一片荒原啊，
一切生命的跡象都封凍在最貧瘠的沙礫之下，
除了等待死寂的風聲。

這應該是愛情裡最悲切、最理直氣壯的吶喊了。

「你」，怎麼可以不愛「我」？「你」，怎麼可以不愛「我」！

無論是問號，是驚嘆號，都像杜鵑啼血，從戀人內心最深處噴湧而出。無論是驚嘆號，是問號，都代表著戀人關係起伏不定，無可捉摸的狀態。偶一掌握，便欣喜若狂；稍縱即逝，立刻摧心扯肺。若是沒有了一連串問號與驚嘆號，戀人的心臟固然輕

鬆許多，但剩下那些句號、逗號、冒號等等，又能給戀人什麼呢？

問號，是疑慮。是惶恐。是焦灼。是愛情方程式裡，情緒指數最不確定的符號。我們不斷向愛戀的人，發出問號，等候答案。每獲得一次答案，會安定心情好一陣子，但不會太久，戀人又要再度出發，再度提問，再度向兩人已確定的愛戀領地之外，試探新的疆界。

愛情是必須有探險精神的。你想想看，每個戀人從愛情的海域出發前，是不是都揚起過度興奮的風帆，撐著一身華麗的美服，傾斜身軀擺出一副「蝦米攏不驚」的自信。但他們必定要焦慮，他們將發現，要探索的對象永遠不會乖乖一如靜物寫生課時的一盆花、一粒石，任憑你隨意揣摩、恣意想像。不會的，我們愛戀的對象，將如水花四濺的川流，將如山光嵐影的雲霧，瞬間成形也瞬間渙散，唯有緊緊跟上變化的節奏，戀人們才能亦步亦趨的彼此談戀愛。

要亦步亦趨，就要不斷發問，不斷給答案。得到確定的答案後，還要再確定。回答的人，除了內容必須符合對方期待外，連姿勢，連答問的姿勢都必須正確無誤，要讓對方確信你的答案是發乎至誠的。你不信？下回試試看，當你說「我愛你」時，還一邊看報紙，一邊摳腳丫子，連頭都不抬一下，對方的反應會怎樣？怕不把你連頭帶腳，擰成一團印度瑜伽大師示範高難度動作的模樣才怪！

戀人不怕冒險。冒險的代價很大，過程中恐怕全是驚嘆號。你說，那無所謂，戀愛到最極致，命都可以不要，還怕什麼一連串驚嘆號帶來的衝擊呢。很好，你替天下戀人道出了由衷心聲。

戀人是不怕冒險犯難的，然而他們怕沒有回應的愛情。那眞是一片荒原啊，一切生命的跡象都封凍在最貧瘠的沙礫之下，除了等待死寂的風聲，等待了無意義的季節交遞，他們等不到愛情。

安德烈・紀德(Andre Gide)的妻子，瑪德蓮・宏都(Madeleine Rondeaux)，終其一生，等的就是死寂的風聲，了無意義的四季交遞，年復一年的，等。

「我最大的喜悅歸因於你。而我最大的悲傷也同樣歸因於你，最好的與最痛苦的都是。」沉默的瑪德蓮，也曾穿透無邊無際的荒原，留下這句話。卻是她過世後，在紀德幾近懺悔錄式的小冊子裡，透過紀德之口說出的。

紀德是大作家，是同性戀者。愛上思維敏感的作家，已經夠難受了，何況愛上一位徹頭徹尾的同性戀者。瑪德蓮，如何想，我們毫無線索可以參循。她始終保持沉默，沒留下任何文字紀錄。我們僅能憑空描摹，有情有慾的年輕女子，是怎麼在同性戀者的丈夫身邊「生活」了四十三年！

你怎麼可以不愛我？這是戀人之間維持關係必須常常提問，常常回答的問句。戀人給對方確定的答案，讓一段戀愛穩住；戀人也給對方並不全然確定的答案，好讓戀愛能持續不斷的蔓延。在確定與不確定之間，戀人們以問號以驚嘆號，編織出心弦緊繃的愛戀情事。他們或狂喜或狂悲，都無所謂，至少還有希望。

瑪德蓮呢？「你怎麼可以不愛我」，這問句在婚姻的起初，問了千百遍後，得到的答案必然千篇一律。紀德怎麼會用親近一個男子的狂熱愛慾，去愛瑪德蓮呢？瑪德蓮注定要聽到永遠扯碎她心肝的答案。那是撕裂戀人靈魂的驚嘆號，絕響的驚嘆號，從那以後，瑪德蓮的世界再無驚喜，甚至連悲傷，都漸漸熄火，黯然泯滅了。

她的沉默是最好的利器吧，像無邊荒原上一根草也不肯長的沉默，像風聲席捲荒原連回音都激盪不起的沉默，瑪德蓮用一生的沉默，追問了紀德一輩子：「你」，怎麼可以不愛「我」？「你」，怎麼可以不愛「我」！

跟一般戀人不同的是，瑪德蓮與紀德，兩人之間再沒有問號與驚嘆號不斷交錯的悲喜，他們彼此只能沉默。一如荒原。

就是悲劇也要愛下去

人的悲劇的確有兩種，
得到，得不到，
最終若注定是悲劇一場，倒也不錯。
那樣，戀人就會全力以赴的談戀愛了。

你突然說了一句。人的悲劇有兩種，一種是得不到想要的，一種是得到了之後。

原句是王爾德(Oscar Wilde)說的。沒錯，就是王爾德。看起來這句話很空，放在王爾德的感情世界裡，卻深刻得很，而且令人心疼。

一般人的感情，或者說異性戀者的感情，也能詮釋這句話，不過比起王爾德的際遇，還是差很多。異性戀者對愛情，得不到固然是悲劇一場，像少年維特的煩惱；得到了，未必就不是一齣悲劇，羅密歐與茱麗葉的遭遇是一例，而現實生活裡，許多婚姻走入乏味困境無話可說的夫妻，則是另外一種常見的悲劇。在得與失之間，異性戀者或有幸與不幸的際遇，不過若是雙方意志夠堅定，愛情的路上，終究被祝福的多些。

王爾德的情事，可比一般異性戀者複雜多了。王爾德在戲劇寫作生涯攀上最高峰之際，爲了不見容於當世的同性戀愛情，付出了一切聲名做代價。得不到想要的，是悲劇；得到呢，又怎樣？在同性戀被當成罪犯一樣看待的十九世紀維多利亞年代，即使得到所愛，王爾德也不見得能幸福一輩子。

王爾德出獄之後，寫了一封信給他長期的女性友人艾達・李佛森(Ada Leverson)，「當我想到神祕莫測的妳，宛如月亮的化身，想到妳在破曉前升起，我就充滿驚喜和愉悅。我坐牢時，常常想到妳，看到妳一如過去那樣甜美，我一點都不驚訝。美麗的事物，永遠是美麗的。」王爾德絕對不是溢美之詞，他出獄後名譽盡失，還淪落到用筆名寫作來維持生活，艾達，這位英國小說家，始終沒背叛過他，給他最大的支持。王爾德說「美麗的事情，永遠是美麗的」，我相信他的心情不僅僅是感謝，一定還有難以平息的激動。

其他戀人，爲愛犧牲一切，是會讓人感動、歌頌的。但王爾德爲所愛的人犧牲了一切，得到的卻是隱名埋姓，寂寞下半生，沒有多少同時代的人同情他。他如何不感慨，得不到是悲劇，得到了也是悲劇呢！艾達對他的愛，越是永遠的美麗，越是對照出他在現實世界所遭遇的痛苦。

王爾德的情事，讓我不能不想到愛蜜麗・狄金蓀(Emily Dickinson)，這位才華洋溢的美國女詩人。她愛戀的情人，蘇珊・吉爾柏(Susan Gilbert)竟然嫁給她的哥哥，成了姑嫂關係！但癡心的狄金蓀，依然癡心，她在蘇珊結婚近三十年後，仍然寫了封情眞意切的信給蘇珊，「妳必須讓我走在前面，蘇，因為我一向生活在大海裡，我知道怎麼走。我寧可溺水兩次，也不讓妳沉沒，親愛的，要是能夠，我一定掩住妳的雙眼，不讓妳看到滾滾水流。」不愧是詩人，這封信意象洶湧，情感充沛，把狄金蓀仰望一輩子的專情，與小心翼翼呵護情人的焦灼心理，刻劃得絲絲入扣，再感人不過。

狄金蓀的同性之愛，也成爲王爾德兩種悲劇論的註腳，只是她屬於前者，得不到想要的那種悲劇。

你說你要哪一種呢？我們都不願碰上感情悲劇，如果非碰上王爾德說的這兩種，你寧可要哪一種？得不到想要的，那種悲劇，是遺憾一輩子的孤獨；得到之後的，那種悲劇，雖然淒涼，卻總有不虛此行的飽滿感。同屬悲劇，戀人會選哪一種？

王爾德在獄中寫下《獄中書》長信，對所戀所愛的人迭有怨言，「我不再是自己的主宰，也不再是自己靈魂的船長，而我卻渾然不知。我讓你主宰了我，讓你父親恐嚇著我。我的結局如此令人羞恥。」罵是罵得夠兇了，出獄後，當情人遠赴國外與他相會，這段戀情就持續到他過世，葬禮上，他的戀人一直陪到棺柩入土。王爾德飄泊歐洲各地，人生最寂寞的時刻，還是他的情人陪他走完最後一程。就算是得到之後的悲劇，比起狄金蓀，仰望一輩子的孤獨，王爾德多少要算幸福吧！

人的悲劇的確有兩種，得到，得不到，最終若注定是悲劇一場，倒也不錯。那樣，戀人就會全力以赴的談戀愛了，反正愛情是兩人之間的事，你儂我儂之際，還管它有沒有明天，旁人是不是給你們祝福！

你用了王爾德的句子，我回你狄金蓀在悲哀至極下寫給戀人最堅定的情話，「總有些日子是陰暗和憂鬱的，妳不必再哭泣了，我的父親將是你的父親，我的家將是妳的家，妳去哪我就跟到哪，我們可以並肩躺在花園裡。」是啊，就算是悲劇，戀人也要愛下去。

分離哪怕短暫也索人魂魄呢

我的生命已經跟你緊緊，緊緊連成一氣。
你在我身邊，我活得坦然；
你不在我身邊，我雖生猶死。

熱戀的人，不能想像分手；就如同，活著好好的人，不能想像死亡一般。

其實，熱戀中人，哪可能不曾閃過一絲「萬一分手」的念頭，他們不過是沐浴愛河裡，就希望瞬間成永恆，一切停擺，最好的與最壞的，都在眼前，可以把玩可以掌握。愛河哪裡會停滯，靜止的只是戀人的願望而已。戀人幾近天眞的想望，絕對很一廂情願，卻情願得大賺千萬男女的眼淚。

熱戀的人，難免要閃過一些「萬一分手」的念頭，那是隱隱的憂慮，深深的浮躁。這種戀愛心理雖很曖昧卻有甜美甘味。

不要不要，被愛神一箭射中，戀人往往不要也不願讓箭頭輕易拔出，痛是快樂的，給了戀人初嚐生命疑惑之美的喜樂。然而快樂的事物，哪有美好不變之理？戀人心中如此忐忑，如此不安，又如此堅定的要繼續愛戀，他們唯一能做的，是逼迫自己因執著而迷信，逼自己執迷是幸運之子是幸運之女，他的戀愛不會也不能有萬一。

很像活得好好的人，避諱觸及死亡一樣，戀人避諱想到萬一分手，萬一失戀，萬一有人橫刀切入。

可是我告訴你哦，戀人會悄悄運用乾坤大挪移，把他們懼怕失去戀情的心理，巧妙的投射出來，讓對方知道，若是萬一，萬一有一天，我們就那樣「ㄘㄟˋ了」，那我一定一定比死還難過！

比死還難過！那是多難過？我不知道。死都死了，還有多大分別嗎？死的人，不說話。說這話的，再怎麼大聲，都是活人，說比死難過，誰信？

所以這句話，是專給活人說的，當然也專講給活人聽。它眞正的意思，意在言外，就是撒嬌式的警告，你不要我，我就會跟死去沒兩樣！

難怪失戀的人，無分男女，總一副死人樣！

戀人的心底結構，雙重矛盾。避諱在熱戀時居安思危，怕一思危，就眞的危起來。可戀人也不是眞沒危機感，只不過總藉一些小動作，稍稍流露居安之時要小心思危的意識。這很像打心理預防針，很像打碎了杯碗要連說歲歲平安那樣，越是閃躲，越是在乎；越是在乎，就越想抓緊對方；但嘴巴就是很緊，就是不肯說出忌諱話。

於是情書中，最能觀察戀人內心懼怕分手危機的線索，要從他們藉短暫別離爲題，卻誇張傾吐心中之痛的發揮處著手。有多誇張？你自己看吧！

戀人說：「別離是一種短暫的死亡。」

戀人又說：「我的心沒有你，就是死的冰的，一如烏黑子夜，黯然的川流。」

戀人繼續說：「沒有你的所在，處處是生命的虛空。」

戀人不停的說：「幾天不見，我就不能忍受了，你還忍心告訴我，要再晚幾天回來嗎？」

戀人最後以擁抱喘息的說：「回來眞好！看到你眞好！愛你眞好！被你愛眞好！」

戀人誇張的傳遞對短暫別離的驚懼，對猛然相擁的驚喜，無非要向對方宣示，我的生命已經跟你緊緊，緊緊連成一氣。你在我身邊，我活得坦然；你不在我身邊，我雖生猶死。死亡，雖然是你我尙無法理解的世界，但從你我暫別一段時空的間隔裡，我們充分感受了彷彿死亡的虛空，彷彿死寂的了無生氣。看到你回來時的乍然狂喜，讓我領略了生命重生的某一種感悟。我如何不怕別離，我如何不期待歡聚。

別說戀人愛誇張，戀愛本身就是充滿誇張性的。你不再是你，可是你依然是你呀！你有了新生命，可是一旦抽離愛情，新生命霎時委頓，連原來的你都不復可尋。愛情讓你躍進讓你倒退，連你都不知道關鍵在哪，只能不斷的呢喃自語，戀愛眞好，戀愛眞痛。

戀人極其疑惑。愛情如此美好，終不免春花朝露，終不免情隨境轉，終不免煙雨消散，終不免形同陌路。手中捧著愛情黃花，怎麼樣也聽不進去，從瑰麗到枯萎，竟是愛情最終的宿命呀！不能想像，不能接受，當然就盡量避諱，盡量借題發揮，讓戀人警惕到，你完完全全不能抵抗愛情死滅的激盪。

熱戀的人，不能想像分手。不能不願的潛在意識，就轉化成小小的試探，像迎著無垠大海無盡波濤的愛情港灣，築起一道道防波堤，延遲、拖緩、阻卻了可能驚嚇愛情的任何波動。熱戀的人，不能想像分手，於是每一次短暫別離，他們都要掏心剖胸，攤開顫動的靈魂，向戀人說，我剛剛死去的生命，因你而復甦。

一戀愛你就裝可愛

我們用幼稚化，裝可愛，
襯托了一貫的優雅，
也敞開了只對戀人撒嬌，
只允戀人蠻橫的窗扉。

有什麼辦法，人一戀愛就會裝可愛。你看你看，我才說著呢，你就露出一副「怎樣，要你管！」的神情。眞是麻煩，戀人裝可愛，本屬他們倆口子的事，與外人何干。但偏偏，戀人一戀愛，又都有讓天下人「分享他們歡樂」的衝動，越是與戀人親近者，越是無所逃於戀人裝可愛的侵略範圍。我不能不承認，看戀人裝可愛，需要極大的虛僞與寬容。

沒輪到自己戀愛前，我們看到想到其他戀愛中人那副德性，很少不噁心的。還有誰，還有誰會比談戀愛的人，更自憐自艾，更搔首弄姿，更自以爲幸福得有權利驕縱？有，等你戀愛時，你就是「那個人」！

但沒關係，反正不是現在嘛。

戀人，有一種通天本領，就是讓自己突變。總是出乎意表的，超乎尋常的，做出一堆連自己也不相信的「蠢事」。你笑得異常，哭得詭異；你痴得瘋癲，笨得可愛；你睡得忒晚，醒得極早；你慈眉善目，你喜怒無常；你時而敏捷，你時而呆滯；你爲愛改變，理直氣壯；有一天，愛情的翅膀斷了折了，你會揪心扯肝，直罵自己爲愛突變，太不值得。然而，變與不變，全都決定在你，天何言哉？天何言哉！不是嗎？

裝可愛，在戀愛時，有必要的一面，也有發乎天性的一面。我們總要在戀人跟前，擺出最好的架式，那無關乎虛僞與否，獲取別人信賴以前，哪有不作假的道理，講好聽一點，人跟人相處，適度虛僞還是一種基本禮貌呢。講難聽一點，人跟人相處，不就是從「很假仙」奠下基礎，而後再要求坦承直率嗎？戀人在確定關係以前，所有的試探動作，都充滿了做作與假仙，最蠢然而也最常見的試探，莫過於開始的幾次約會吃飯了。

戀人的第一次餐會，何以喜歡西餐，特別是法國菜？氣氛浪漫適合戀人，沒錯；菜餚可口、醇酒醉人，也對；這些場景因素，不過是配角，是爲了呼應仍處於陌生狀態的男女，要進入愛戀關係前的虛僞做作罷了。中餐，餐廳氛圍大多屬於集體性，周遭嘩啦啦的聲響，很難顯出約會男女的優雅。高雅的西餐則不同，一坐下來，先嚐餐前酒，開胃小菜，一道道佳餚，依序端上桌面，在湯匙刀叉盤碟層次分明的使用過程中，男男女女認眞要做的工作只有一項，盡量呈現你最美好的氣質，從坐姿儀態，到修辭應對，哪怕僅有七分好也要拚命秀出十分的完美！

西餐，給了這場美好演出，最佳的掩飾。你輕輕切下一小片半熟的牛排，映著昏暗燈光，露出編貝一般的牙齒，輕輕咀嚼，別怕，就算牙齒不夠美還帶點黃，西餐廳的燈光，或燭光，多半能適時掩護（所以要選在西餐廳約會囉）。喝杯紅酒尤屬必要，酒精撐起勇氣之帆，微醺醉意擴大了思想的自由度，酒類很多，適合戀人從優雅出發的，唯有紅酒能擔負此重責大任。

扮優雅，裝可愛，是戀人互動所需策略的一體兩面。不優雅，就不足以吸引戀人目光專注於自己，一直優優雅雅，也太不食人間煙火了，只能供在那當偶像，不適合做戀人，因此，裝可愛就很必要了。用可愛，套住戀人，讓對方在你面前像個母親姊姊，宛如父親兄長，就會義無反顧的想照顧你一輩子。愛情能激發潛在的奉獻情懷，相對的，愛情也能誘導出深藏心底的被疼愛情結。戀父情結戀母情結，若在戀愛天秤的這一端；那老萊子情結，小仙女情結，就是天秤那一端，戀人常見的造型了。

畢生鑽研人性深處幽微轉折線索的心理分析大師佛洛依德，把這點看得極透徹，「戀愛中人經常使用他們在兒時稱呼的小名，男人在墜入情網時，會變得幼稚，……人們常說愛是不理性的，但它非理性的層面可以追溯自嬰兒時期的來源：愛的衝動是嬰兒的。」你現在知道戀人為什麼要叫他「小羅羅」，叫她「朱朱（豬豬）美眉」之類的小名了吧！這是不是一定要追溯到嬰兒時期，我不敢講，可是人一戀愛，就會幼稚化，是千眞萬確的。

我們幼稚化，在戀人面前扮演老萊子，換裝成小仙女，不管與自己的眞實年齡，現實地位是否相符，我們用幼稚化，裝可愛，襯托了一貫的優雅，也敞開了只對戀人撒嬌，只允戀人蠻橫的窗扉。

我們幼稚，我們戀愛；我們戀愛，我們幼稚。沒辦法，一戀愛，你就裝可愛，偏偏他愛得要死。

你不是你，我不是我，是「我們」

你也不再是你，我也不再是我，
因爲「我們」已經把各自的生命，
拉高到宛若置身天堂的幸福感。

戀人說「我們」時，洋溢出多麼飽滿的快樂呀！

我們一起散步，我們一起吃飯，我們一起高興，我們一起悲傷，我們一起沉默，我們一起喧嘩。甚至，我們一起吵架，我們一起負氣。做什麼，都無所謂，都很値得，因爲「我們」在一起，最優先，是快樂的發電機，是生命重新出發的中繼站。

戀人要走到說「我們」怎樣「我們」不怎樣，說得既自然又充滿愛意，眞的很不容易，要說得夠久，久到禁得起日常生活的重重試煉，尤尤其其不容易。戀人從彼此陌生的各自世界出發，有朝一日遇上某個人，伸出試探之手，不一定有回應，於是挫敗之後繼續孤獨生活，等待下一次的試探。終於有一天，那人出現了，兩人再次鼓勵自己試試看，這次有點眉目哦，你試了三分，對方僅回了你一分或兩分，沒關係，有回應就好，多少戀人關係不就在千萬分之一的渺小土壤裡，掙扎出一片萌芽破土的喜悅嗎？千辛萬苦的試探，百折不回的等待，戀人以無比意志，道出了人間愛戀最動人的訴求，你跟我，要融爲一體，成爲「我們」；「我們」一起追求新生命，新意義。

「我們」這詞彙，以前所未見的新意含，進入戀人生活。美國小說家史坦貝克(John Steinbeck)用一段生動文字，表述了戀人渴望成爲「我們」的心曲，「親愛的，你想要知道我何以愛你。許多事情就是理所當然。我要你保存我們擁有的事物不會變動，那不是你不是我，而是我們。」不是你，不是我，而是「我們」。我們的組合，當然是一個你，加上一個我，很具體，不會有別人，也不能有別人。很立體的你，很明確的我，融爲一體後，那個「我們」是什麼呢？絕對不是旁人眼中，兩個手牽手，傻乎乎幸福笑著的，走著的，坐著的，你跟我而已。

旁人只能看到「我們」是兩個人，是一對情侶。他們絕看不出，「我們」是一個生命，兩副形體，除非他們經歷過類似的愛戀。戀人走進「我們」後，之所以難分解難剖析，是因爲愛戀關係不是數字關係，不是物理關係，是數字背後的價值感受，是物理深處的化學因子，在默默導引著兩人向無邊無際的情慾深崖墜落。旁人不能了解，除非他們走過同樣的愛戀路。

你以爲每個戀人都有說「我們」要怎樣，「我們」不怎樣的機會嗎？那眞眞不是一分努力，一分耕耘，這類愚蠢格言所能憑靠的。愛情降臨的源頭，可以靠先天的優勢，你長得美一些帥一點，被邱比特之箭射中次數多一些自然合理；但愛情的曲折蜿蜒，多半要靠用心經營的程度來維護，才不致水漫堤岸險象環生，或日夜穿漏終而荒蕪乾涸。可是愛情給人最大的嘲諷與挫傷，不就是你再怎麼認眞努力，該消亡該死滅該終結該陌路時，一切就都不會再回頭嗎？愛情的路上，沒有絕對格言，當然你也就不能相信勤能補拙這類笨話了。

不是每個戀人都有機會說「我們」，不是每對戀人都能長長久久說「我們」，「我們」的情景，於是何其珍貴！「我忘不了那個美麗的午後，躺在草地上，仰頭是一片逆光的湛藍天空，淡淡薄雲讓微風輕撫推送，迎向永不休止的旅程，緊緊靠著我的是世間摯愛，妳的秀髮觸動我臉頰，妳的吻那麼清涼，那麼不可思議，我真是快樂極了。」這段文字摘自一對平凡戀人的情書，兩人因二次大戰被迫分開，戰後重逢結婚。後來如何，不得而知，但兩人分離的日子裡，顯然有了共同的回憶，那是兩人的「我們」創造出的記憶，你不是你，我不是我，是「我們」，我們塡補了彼此各自的空虛與不足。經過了曾經擁有的「我們」經驗後，就算生離，就算死別，你也不再是你，我也不再是我，因爲「我們」已經把各自的生命，拉高到宛若置身天堂的幸福感，我們都回不去從前的自己了。

我們都回不去從前的那個自己了。我經過與你的滲合，你經過與我的交融，就算你我在「我們」的融合中依然有些失落自己的缺憾感，但跟分手後，「我們」驟然消逝的死亡感相比，失落自己又算什麼！

風和日麗、仰躺草地的午後，你也曾一人度過，你卻僅僅記得他輕撫你髮際的那一個下午。有陽光有柔風，不特別，特別的是，當時你不是你，我不是我，是「我們」擁有一個陽光午後。「我們」是特別的。

他一愛你，你就感受光的存在

你最清楚，戀人一愛你，你的角落無一不有光亮。
他是那樣愛你，不計一切，如日輪當空，
光照有情與無情的生命。

起初，我簡直以爲是在讀《聖經》，或是，《聖蹟啓示錄》之類的神話故事。後來反覆翻看封面，沒錯呀，我讀的，不就是一本道道地地的情書選。

我一定要你看看這些句子，讓你知道我何以一下子閃了神。

你看，「對你而言，要把我推升進天堂的至高處，實在輕而易舉。我的靈魂比子夜還黯淡，當你筆下寫著：『讓那兒有光』，那兒就有了光，好像聽從基督的命令一般。我從你表情與言詞中，讀到你對我的愛時，就感覺那像是深入我靈魂的深處。我根本不在乎這宇宙間的其他事物了。」婉約動人的十九世紀女性，珍・拜麗葉(Jane Baillie)，這樣寫給他的情人，蘇格蘭歷史學家卡萊爾(Thomas Carlyle)，以《英雄與英雄崇拜》一書留名至今的作家。你說，單看文字，單看信裡提到的字眼，天堂，靈魂，光，基督，等等詞彙，乍讀之餘，請問幾人不會跟我一樣，錯覺叢生？

我早就體會過，情書裡把戀人視爲崇高，完美形象的讚嘆之詞，多得數不完。然而直接引上帝之名，來凸顯戀人幾近絕對的崇拜，還不算多見。這可能是上帝太完美，完美到難以用凡人特質去並舉去比喻吧。就算你要用，別人管不著，但聽的人，多半不敢褻瀆神明，也就不會眞相信你說的是眞的。

雖不多見，在少見的讚美裡，那些以上帝形象鋪陳的戀人特質，既然不是個案，就總有些道理吧。「那一夜，完美至極。無論是光，是影，是默然，是雨聲，是樹林，都是妳。妳如此美麗，如此神奇，以至於我不敢寫信給妳。妳比上帝還仁慈。妳的臂膀，妳的櫻唇，妳的秀髮，妳的香肩，妳的聲音。就是妳。」這戀人用基督讚美他，他就用比上帝還仁慈的讚嘆回敬戀人。情書中痴男痴女這種應對，除了禮尙往來，總有些道理吧。

那道理在於，一場突如其來，或等了很久終於來臨的戀情，會激發出一些戀人從來感受不到的意念。你突然覺得自己被了解，你瞬間感覺到活著何其美好，你剎那發現等待是如此必要。你噙著淚感謝世間還有一個懂你的人，你狂喜飛奔要告知世人你不再孤絕，不再冷漠。你可能是沉默的，原本；但從今而後，你話多了。你應該是驕傲的，原本；但現在起，你謙卑的感謝上蒼了，祂給了你世間摯愛，你不能再驕傲。當然，你也可能變得驕傲起來，從原本的自卑謙抑，從原來的傲慢恣肆，因爲，你遇上了愛上了一個懂你又愛你的人，誰會比你更幸運！你不感到驕傲，反而會對不起戀人。

你有過這樣心境嗎？回憶一下吧，是有的，那年在沉悶多雨的高二暑假，那年在懵懵懂懂的大一迎新裡，那年在做了幾年無聊工作後的一場邂逅，那年婚後的一次外遇，那年的中年之愛，那年的黃昏之戀。有的，絕對有的，每個人都在不同的生命軌道上，經歷過純屬個人體驗的愛情感悟。旁人不能認同，外人不能理解，親人不能接受，都無所謂，你很清楚那是你的愛戀故事就好。

這時刻，你能用什麼話描述那份激動，激動得根本不在乎宇宙間還有比你戀情更高尚的價值。不是幾近光與熱，不是幾近上帝一般的仁慈與關愛，又能是什麼！又能是什麼？

你最清楚，戀人一愛你，你的角落無一不有光亮。他是那樣愛你，不計一切，如日輪當空，光照有情與無情的生命。他一愛你，你就感受光的存在，因爲，被愛的人，最幸福；被愛的人，最受呵護。你聽，那戀人對你說，「哦，妳生來就該快樂，否則，在這世間，我不再擁有任何美好的事物。」大文豪雨果這樣說。戀人這樣對你說，你怎麼不會感受光的存在，熱的擁抱！不過可惜呀，雨果寫給他元配妻子的話，在婚後變了質，轉了調，後人記得最多也最感懷的，反倒是雨果婚外情五十年的終生戀人茱麗葉特。聽起來眞諷刺。

愛，會轉調。戀人會變心。光與熱，會消散。想想，那又何妨呢，生命裡什麼不會消亡呢。有光有熱的愛情，足可支撐生命的荒蕪了。

有光有熱的愛情，足可支撐生命的荒蕪，生活的貧乏。我們百思不得其解戀人的愚蠢，那是我們站在外邊，自以爲理性的分析了光的要素，熱的成分，然後像導師一樣的去評斷戀人的情緒，卻終究觸摸不到光貼近心靈的輕柔，熱溫暖靈魂的感動。在堅毅的戀人面前，我們最好閉嘴，除非我們能感受那光，與熱。

輯六

男回歸線

我非常感謝那個願意跟我面對面談心半個多月的好朋友，
沒有他，
我不能對自己「看起來」像個同性戀有那麼釋懷的放鬆。
而我也要謝謝自己，
有個「看起來」像同性戀的樣子，
它曾逼著我努力學習「陽剛」，
逼著我對別人稱讚的「柔性特質」怒目相視，
逼著我終於能了解自以為是的「多數」是如何一直壓逼著「少數」。

挺著一個慾望的身軀

大學時聽過一個有趣的笑話，跟哲學家康德有關。

康德終身未娶，他生活的規律嚴謹是出名的。據說，他常在一間酒館出沒，每回都會在所坐的桌上放一枚銀幣，喝完了酒，付完帳，走時再隨身帶走那枚銀幣，回回來回回重複同樣的動作。終於，有一次，店裡的酒保耐不住好奇（我想一定也是酒保最好奇，他總以為應該是小費吧），問他為什麼。這偉大的哲學家，慢條斯理喝完杯裡最後一口啤酒，側頭向著酒館那端喧譁的軍官們，對酒保說：我每回來他們都在談論女人，我想試試，如果有一天他們的話題能不談到女人，這枚銀幣就送給你。說完後，康德氣定神閒的拿起銀幣離開酒館，離開錯愕的酒保。

我記得這笑話是在哲學概論上聽來的。教授的脾氣很「康德式」，中規中矩一絲不苟，一堂哲概三小時上下來，沒幾個人不是暈頭轉向的。調皮的同學，在我耳邊便描述了這個笑話，還不忘加上一句：你看留德的教授，是不是也跟康德一樣，討厭我們談女人？

我睜大了眼睛，望向講台上的教授，瘦小的身軀、緊繃的臉孔、服貼稀薄的短髮，每低頭講上一段講義，便抬頭用他「很純粹理性批判」的眼神掃瞄我們這班不堪造就的學生。我們這一班大概一開始便跟他不投緣，從來沒見他溫柔的笑過。可能是因爲這樣吧，當同學講了那段康德的笑話後，不分眞假，我的腦海中就深深記下來了。

我們那年紀，對哲學沒興趣的，恐怕聽起康德哲學是辛苦了些，可是康德瞧不起的「男人話題」，在男生宿舍裡絕對是每天必修的功課之一。

晚上十點多以後，宿舍便開始喧騰起來。有晚間活動的，進圖書館啃書或盯女生的，都陸陸續續回來了，沖過澡後，幾個大男生隔桌對坐，海闊天空就亂聊起來。我當然承認，虛榮的我們聊天的話題很多是政治、時事，以及許多跟文學、哲學有關的炫耀。聊著聊著，一堆男生在一起很少會不談到女生的。我在大學的那幾年，黨外運動正逐漸抬頭，記憶裡一群男生談政治最後不會轉到異性話題上的，恐怕就屬「美麗島事件」發生那一陣子了，不管支持黨外還是很國民黨的，彼此都很激動，一爭辯起來眼睛都紅了，激動的人甚至口水都會噴向對桌人的臉上，誰還敢提起那些約過會的女生名字？

聊歸聊，究竟每一個人是不是眞像嘴巴上講的那麼吃得開或那麼含蓄，久了，我越來越懷疑。我斜對面坐了兩個馬來西亞華僑，一位性格開朗，一位含蓄沉默，但兩人都交了台灣女朋友，他們對我這新生開門見山就規勸，書可以慢慢讀，戀愛是不能不談的。可是，怎麼談呢？我好奇的問。

也難怪，我每天騎著那變造過的單車，來回穿越校總區與法學院之間，下了課回到宿舍，換上運動衣，先在操場跑個兩三千公尺，沖過澡，幾個室友相約出去吃晚飯，我們最喜歡到師大附近小吃攤雲集的路邊吃攤子，順便看那些三三兩兩作伴吃晚餐的女生們。但吃了好幾年，我從來沒因爲吃晚餐、逛街，交上過任何女朋友，反倒是越吃越覺得苦悶起來。我如此，我看我那宿舍的一堆室友都如此。後來我常描述那段日子屬於「詭異的沉悶」，詭異，是因爲看起來我們比高中時有更多的機會與異性接觸，卻是一點突破的可能性都看不出來；而沉悶，來自於因爲期待更多，在現實生活裡一無所獲時，失望就更重了。

打發那種詭異的沉悶日子，我們的方法不少。運動、打屁、比賽象棋圍棋、偷偷在宿舍放映A片、跑到大老遠的南勢角看「牛肉場」，都是常見的花招。其中一種我印象尤其深刻，那就是反其道而行的，自己分析自己壓抑的心理。我們在那年代，很風行看佛洛伊德的潛意識理論。大一時宿舍裡各科系都有，大家混處一室，同樣的題材閒扯起來卻有截然不同的爭辯，連性的爭議都如此。誇張的時候，我們總是嘲弄爭議的對方所以這麼偏執，一定是他的性壓抑太誇張了。但誰又比誰不壓抑呢？有時候，我甚至相信，我們彼此之間是以不同的方式，在發洩我們的性苦悶。有人跑步，拚命的跑；有人滿口黃腔，拚命的講；有人滿抽屜黃色書刊，還拚命的四處找；有人成天參加舞會，一心要把個馬子。而我們呢，害羞、內向，或者，有些身段放不開的人，就只好無聊的待在宿舍，等班上的舞會，等同學安排的聚會，等系跟系之間辦的男女郊遊。那些機會，雖非渺茫，要說眞能爲我們創造戀愛的奇蹟，至少，在我身上是從來沒有發生過。宿舍裡是有人參加這些活動進而有了約會對象，但只要男主角不是我們，那些奇遇就是沒有意義的。眞的，一點意義都沒有。

時隔多年，我曾經住過的宿舍，前些年全拆了。我知道以後還特別回學校在原先宿舍坐落的位置，來回走了幾遍。那晚，夜光微暗，一片平坦的地面上，完全見不到當年宿舍的任何殘留了。可是，沿著地面卻能看出一些幾何狀的線條，仔細看，才發現那是宿舍建築的地基，主體結構雖然都消失了，地基線條卻還留著。那感覺實在很荒蕪，非常像村上春樹在《失落的彈珠玩具》裡，幾經辛苦，尋找到倉庫裡一堆被棄置的遊戲機時那瞬間的心情。曾經熟悉，曾經像生命一環的記憶，而今，卻彷彿隔著兩個世界在相互對望！

我沿著地上的線條，推測著，這是大門，進了大門，向右轉，我的寢室大概在這位置，然後繼續向前走，先是一大間盥洗室，刷牙、洗臉、洗衣服全在那裡，隔壁是廁所。我看到這片地基，很奇怪的，心裡浮現的，卻不全然是當年我和室友們一塊盥洗時閒扯淡的畫面，反而是一個年輕少婦，挽著長髮，摺起衣袖，露出兩隻渾圓臂膀，一臉汗涔涔在那洗衣服的場景。可是，我們那宿舍，的的確確是男生的宿舍啊！

或許是男生宿舍，我才會對那流汗洗衣的少婦印象尤其深刻吧。

我站在一排水槽的遺跡上，數著，應該是這兒吧，那時，我進入盥洗室，發現她已經在那裡洗了好一會時，頗有進退維谷的尷尬。她跟我笑了笑，又低下頭繼續洗她的衣物。我似乎無路可退了，只好笑著臉走到她斜對面，把我手中的衣盆注入清水與洗衣粉。時間停滯了。至少，是走動得十分緩慢。那是一個下午，我沒課，床下又堆積了快半個月的髒衣褲，非洗不可。但我實在沒料到，會在這麼偶然的下午，單獨碰上她。

她是宿舍餐廳的老闆娘。年紀應該大不了我們太多，身材嬌小，玲瓏有致，不知是個性使然，還是人在男生宿舍的緣故，特別愛打扮、化妝，尤其在夏天，她常常一條熱褲，搭一件短襯衫或T恤，有意無意間，從短衫流露出的緊繃身軀和裸露的膀腿，會緊緊吸引著那年紀的我們充滿張力的眼睛。她有多好看？至今我還很疑惑，不過，那時候，她在我們宿舍裡大大有名是真的。

她跟餐廳老闆的組合，說起來真是絕配，如果你曾閱讀過那種不太高明的推理小說，你就能明白我的描述了。老闆是一個極其精壯的台灣漢子，唇上留一小撮鬍子，滿頭鬈髮，個頭不高，天氣稍冷時，會穿一襲深色襯衫，繫一條花領帶。用餐時間，老闆娘坐在自助餐各式菜色的最後面，一邊問我們要幾碗飯，一邊計算價錢，老闆便站在一旁點頭看著，時而向他比較熟悉的面孔打招呼，一直到我畢業，這幅夫妻經營自助餐的畫面幾乎沒多少改變。有時候，因爲我們是站著，低坐的老闆娘穿著若稍稍暴露些，我們總能似有似無的看到些什麼。碰上膽子大些的男生，還會坐下來以後，再跑回餐台前，藉故要些醬油、添些湯汁之類的，想再看幾眼老闆娘的風騷。

那老闆不知道嗎？我很懷疑。他也是男人，會不明白那些年輕男生的鬼心思嗎？但他只是那樣站著，像所有推理小說裡那個等待不貞妻子外遇出軌的老闆那樣，若有所思的站著。

大概我的懷疑正是其他男生共同的懷疑吧，不多久，在宿舍裡便流傳著老闆無法滿足老闆娘，只好任由她像花蕾飽含汁液，緊綳著軀體向我們這群才離開青春期不久的蝴蝶們，有意無意的放電著。老闆娘其實是很體貼的，見人就笑，也會主動向我們問好。不過，在那平日禁止女生進入的男生宿舍裡，她來去自如，穿梭男廁所、盥洗室的身影，恐怕遠比她的善意，還來得更讓我們注目。

室友們一直對我說她很豐滿，很風騷。但直到那天下午，我才能明白那種成熟女人的誘惑魅力，比起校園裡青春洋溢的女生，引導出我們心裡非常難以描述的情緒張力。再漂亮的校園美女，約會之初，我們極少會聯想到性，但像餐廳老闆娘那全身跳動的白皙肉體，逼使我們要不是害羞的避開自己的眼神，就是放肆的追著她的軀體在自己心裡胡亂瞎想，不管是哪一種，我都很清楚的知道，那是一種最本能的關乎性的嘶喊。

她就站在兩公尺多遠的斜對面水槽，天氣很熱，汗水泛溼了她飽滿的臉龐，她跟我打過招呼後，低頭洗衣時露出脖子以下極其白嫩的胸口，我也是低著頭，但眼角顯然是漂浮的，我能感覺她搓洗衣物時上身前後輕搖乳房微微抵著短衫的晃動，夾雜著汗水，夾雜著水花，那短衫薄得近乎透明。在那之前，我從來沒那麼近的體會過成熟女人風韻的壓迫。雖然我也曾和年齡與自己相仿的女孩在約會時親吻、愛撫過，可是我們都還年輕，嘗試時膽怯和興奮往往蓋過了對彼此身體試探的勇氣，而且，她們都還是「女孩」，跟我面前這位全身幾乎要蹦出來的身體，簡直是國中健康教育與社會寫實片的對比。

我的困窘很快就化解了。幾分鐘後，又進來一個洗衣服的男生，接著又一個，幾個水龍頭嘩啦啦的沖擊聲，讓我靜下心繼續搓洗盆裡的衣物。人一多，原先那種奇異的氛圍就消失了。她走出盥洗室後，我和她最近的一次接觸也跟著過去了。對我，她應該算是一個陌生的異性，但，有好長一段日子，這陌生女人她豐滿的身體一直盤旋在我腦海裡。

那晚，我徘徊在宿舍遺址上，來回想念著那些記憶。月光淡然，地上毛茸茸的雜草，間或反映著幾許光亮。我突然想到白先勇在〈那晚的月光〉裡，描述即將畢業的大學生情侶在月光下情不自禁偷嘗禁果的畫面，「那些草鬚多麼像她頸背上的絨毛，那麼軟，那麼柔，那晚的月光實在太美了」。

誰在那年歲，沒有充滿慾望的軀殼呢？

——一九九八年六月・選自聯合文學版《男回歸線》

（本輯作品均選自《男回歸線》）

我感謝自己有機會去觸碰性別的疆界

台北市西門町的紅樓戲院該不該保存吵得最熱鬧的那一陣子，我挑了一個下午去逛了逛，就怕紅樓一拆便拆掉了我生命中一段獨特的記憶。

我是大學以後才來台北的，不像許多在台北長大，年齡與我相仿的人，對紅樓戲院有一塊成長的感情。大一時，還笨拙得很，直到大二，自己才有把握獨自搭公車四處亂跑，到紅樓戲院看便宜的電影，順便在附近中華商場買些襯衫、牛仔褲、訂做靴子，是我那年代不少大學男生相近的休閒活動。

我的紅樓經驗還不僅是這些，而且跟現在改名為二二八紀念公園的新公園，竟無巧不巧的拉上某種關聯。

升大三那年暑假，我留在台北，美其名是要搜集研究所資料，順便打工賺些錢，實際呢，是迷上了經濟系一位迷人的台北女孩，連一個暑假都捨不得離開，心想人在台北，見面機會總要多些。我在西門町一家餐廳找到打工機會，從下午做到晚上十一點下班。從西門町出來後，我常常是沿著衡陽路，穿越新公園，到台大醫院這邊搭○南公車回公館。如果哪天人不嫌累，提早收工，也會在紅樓戲院找部晚場電影看。那個暑假，人在台北，心裡盤算的戀愛談得不很順利，可是這樣悠哉的日子倒是過得十分愜意。

那暑假的一夜，我比平日早些下班，在新公園旁喝了兩大杯酸梅湯，進了公園，玩性很重的在池邊看遊客餵食烏龜，想到該回宿舍時突然有了尿意，便走進男廁。才進去，眼角便掃到一個人影緊靠近來，起初也沒當一回事，直覺則告訴我，那人在看我。我本能的偏過頭，第一瞬間的反應是嚇了一跳，我以爲是個女孩走錯男廁，仔細看清楚，認出是個男生時，我的驚嚇突然變得有些莫明所以；我害怕，是因那的確是張男孩的臉，只是生得十分細緻彷彿女孩；但我的莫明所以又出在，既然是男孩，進男廁是正常的事，我爲什麼突然心生驚懼呢？

平日小便不過幾十秒，從不覺得漫長，而那一次的經驗，那一瞬間，或許是心情數次轉折，竟尿得我慌亂不已，我把頭僵硬的轉回自己正眼上前方的窗戶後，心臟撲撲直跳，慌亂得想趕快離開這廁所。

我衝出廁所後，一路向園外快步走去，也不知究竟怕什麼。那種感覺非常奇特。害怕的情緒裡似乎還帶著些好奇、詭異的念頭，彷彿有點埋怨自己的莫名其妙，彷彿又有點好奇那一瞬間我可能即將知道些什麼。

一路上，夜間公車寂靜得很，我坐在靠窗的位子，心頭還不斷浮想著剛才廁所那一幕。「他」眞是男生嗎？我到底有沒有看錯？我害怕什麼呢？我若不慌張走開，他會跟我說話嗎？他會說什麼？我不知道，我一點都不知道。我所能隱約感覺的是，那是一個我從來不曾接觸，但經過這一觸及又彷彿提醒了什麼的混亂情緒。公車在入夜的大道上飛馳，我的臉龐映照在背後是暗夜城市的車窗上，時明時暗，我在我的臉上看到一些陌生、詭異的表情。

回到宿舍，我沒跟人提起這事。心裡頭隱隱然浮起一絲疑問，找不到答案之餘，那念頭也就悄悄的浮蕩著，沒有線索，卻也沒有消失。

隔了幾個月，我到紅樓戲院看電影。又一次的經歷，在我生命裡啓動了一種恆久而微妙的觸動。很久以後，我在思索某些生命處境時，才發現我比某些男人之所以更早體認一些關乎性別的幽微，應該跟這些經驗對我的衝擊有很大的關係。

那次我進紅樓戲院，跟往常一樣，買了一大杯可樂，走進一樓挑了一張位子坐下，國歌唱完後，我覺得視角不對，起身往二樓走。穿過樓梯口時，先是一個不甚經心的視線掃瞄掠過心頭：怎麼觀眾都是男人呢？想著想著，看到兩個男人在樓梯邊相擁而立。這些畫面閃得極快，來不及激起我一閃而逝的好奇，當然也不會讓我有所聯想。我坐定二樓後，身旁很快坐下一名男子，我很自然的微微側臉瞄了一下，一個中年男人吧，帶了副眼鏡。電影開始，勞伯・迪尼洛主演的《蠻牛》，我喜歡這演員，喜歡這片子，所以我專心的來看第二次。

電影開始一段時間後，室內陰暗氣氛洋溢著爆米花之類的味道，我可以感覺身旁那男子漸漸傾斜他的身體，起初我以爲是視角調整的緣故，對他靠攏過來的壓迫不以爲意。過了一會，我蹺著的右膝蓋突然被碰了一下，我稍稍側過臉，聽見他低聲說：對不起。我沒答腔。繼續看電影。再過了一會，我看到一隻手掌輕輕的放在我的右大腿上。那一瞬間，我感到有些奇異的憤怒，我直覺的反應是問他，幹嘛？他沒說話，但手收回去了。幾分鐘後，在黑暗中他起身離開。我聞到一股淡淡的香氣，在他起身激起一陣小小騷動的空氣裡。那時候，我還不懂那就是古龍水的味道。直到電影結束，再沒有人跟我搭訕。散場時，燈光亮起，場內觀眾不多，我並不訝異人少，畢竟這是專放二輪片的電影院。可是放眼所及都是男性觀眾，多少是讓我有些疑惑的。尤其剛才那位中年男子，幾度逼近我的古龍水香味，讓我對散場這幅男人眾生圖，有了更多的不解。

回到宿舍後，我跟高年級室友提起發生在紅樓戲院的事，描述完後，學長看看我，問我常去那兒看電影嗎。我點點頭。他接著問我，一點都不知道關於紅樓的傳聞嗎。我搖搖頭。於是他告訴我，那是同性戀常去的地方，跟新公園一樣，很有名的。「如果」我不是同性戀，那就少去那些地方吧。學長意味深長的對我說。

「如果」我不是同性戀的話。結束與學長的談話後，我反覆想著他加重語氣的口吻。我像一個「同性戀」嗎？或者說，我「看起來」像同性戀者嗎？

我本來想追問學長，但話才到嘴邊，就硬生生的壓了回去。因爲要是他眞說我看起來像的話，我該怎麼回答呢？

我想起了國中時老師常常描述我的形容詞，我是個「秀氣、斯文」的男孩。這「秀氣」、「斯文」的讚美，常成了班上調皮搗蛋同學下課後調侃我的戲謔語。而我竟也爲了他們的調侃，努力的想把自己這種斯文、秀氣給狠狠改掉。要知道，在那年代，如果你被同年紀男生歸類爲「斯文、秀氣」，不但意味著你不能跟他們打成一片，玩在一起；更糟的是，你還會被視爲「娘娘腔」，根本就被排擠出去。我的一位同村同學，有著家族遺傳的白皙皮膚，他人又生得細長、害羞，每次被別人說他白淨得像女生，他就窘成一臉通紅。有一次我到他家終於發現，每個周日早上，他都只穿一條短褲，躺在頂樓曬太陽，非到皮膚通紅發痛了，決不下樓。他媽媽告訴我，都曬得脫皮了還要曬，也不知發什麼神經！然而我知道。當我陪著他，用一條毛巾蓋住雙眼，在遮覆下猶能感受陽光紅通通的熱力時，我們都很清楚，我們不想看起來「像女生」那樣娘娘腔。可是他比我不幸多了，我的皮膚一曬就黑，而他曬紅了幾天後，一脫皮，又恢復白皙皙的模樣。記憶裡，直到高中，他還在爲自己過於細緻的肌膚傷腦筋。

爲什麼斯文、秀氣，對我們有著這麼大的壓力呢？我也要到很多年以後，才能理解男人世界對陽剛／斯文、帥挺／秀氣等形容詞的對比，原來充斥著那麼多強烈的評價性。那時候我們不懂這種壓力對自己的天性會有什麼傷害，只是一味試著改變自己「不夠男性」的氣質。我在高中時拚命運動，喜歡滿口說髒話，別人越說我斯文，我就越想呈現粗魯的味道，我心裡在乎的跟我那位同學是一樣的，我們要在同年齡男生的國度裡，取得被認可的地位。老師再多的讚美，只會讓我們跟那些男生越隔越遠。

既然這麼努力了，爲什麼我的學長還會語氣深遠的用「如果」來規勸我呢？

我想了想後，答案也許出在我的一些習慣上吧。比方，我不喜歡跟一堆人一塊洗澡。每次，室友們一夥呼朋引伴去浴室洗澡，我總愛藉故拖延。不知爲什麼，我不習慣一票男生在浴室裡洗「大鍋澡」，那種赤身裸體、面對面一邊洗一邊高聲闊論的男人情誼，我直到大學後才有機會體會，但我始終無法適應。我總覺得那是一種強迫性的表白，表示我們也有一具男性的軀殼而已。我更多的不願，其實還有一個因素，我們宿舍的浴室，充滿了一股怪異味道，說也說不準這氣味像什麼，可是我跟我的室友都相信，那其中一定夾雜了尿味；而且我厭惡某種男人身上的體味，尤其是冬天一堆男人赤身聚集在浴室時，不透氣的室內肥皂泡沫、熱水氣溫和喧譁的噪音，常常令我透不過氣來，我非常不喜歡。

可是這跟我是不是同性戀有什麼關係呢，我不過是「孤僻」而已吧！

或許是一直不能免於這種想當然耳的臆測，久了，我漸漸改變了憑一些外表去判斷別人的習慣，我知道那樣做不可能幫助我去認識他人，反而在有意無意間，會爲自己與他人間畫下無謂的鴻溝。

經過那「如果」的疑惑七八年後，我終於有機會跟一位好朋友談起他的「同志情愛」。那大半個月裡，每天下午我們一起工作，邊做邊聊。他直接問我，是不是？我想了想，跟他說，我眞的不是，而且我從來無法在男人身上感受到任何關乎情愛的吸引。我很坦誠的看著他。

可是從大一開始，「我們」都認爲你是呢？他笑著說。因爲你「看起來」就像。我大聲的笑起來，一直笑，笑了很久，笑得眼中還泛起了淚水。「只因爲我看起來像嗎？」我連問了幾次。他也笑著點了幾次頭。

然後他跟我談起青春期裡他對男性身體的渴望，他如何在成長的日子裡壓抑那些令他害怕的本能，在我們那所自由開放的大學裡他又如何與一群朋友暗地思索著團結的種種可能。那時我突然有一個全然的醒悟，我只不過是「看起來」像個同性戀者，那些眞正是同性戀者的人，不是比我更辛苦的在承受這社會給他們的眼色嗎？我曾經有過的憤怒、疑慮和惶惑，不正反映了我習以爲常的男人價值時時在「監督」我嗎？我終究不是個同性戀者，我永遠不可能眞正體會做一個「價值異端」的悲哀。

我非常感謝那個願意與我面對面談心半個多月的好朋友，沒有他，我不能對自己「看起來」像個同性戀有那麼釋懷的放鬆。而我也要謝謝自己，有個「看起來」像同性戀的樣子，它曾逼著我努力學習「陽剛」，逼著我對別人稱讚的「柔性特質」怒目相視，逼著我終於能了解自以為是的「多數」是如何一直壓逼著「少數」。

在紅樓戲院要拆不拆的那段日子裡，我反覆想著從紅樓開始的某些人生經歷。作為一個男人，我想我是幸運的，我有機會想很多不是一般男人有機會想到的問題。

我始終沒有放鬆過自己呢

我一直都很放不開呢，即便那時候，她貼著我的耳朵，很溫柔，很輕聲的說，別緊張，慢慢的放鬆自己，先伸左腳、再踏右腳，然後輕輕墊一下腳步。

但我還是滿身大汗，腳步與身軀僵硬得如同一塊鋼板。「我沒辦法，真的。」我汗涔涔的低著眼瞼說。「沒關係，別怕，跟著我。」她繼續握著我微抖的手，幾乎是拖著我追著音樂移步。

那晚，夜色分明，庭院裡茶樹花香淡淡綻放，低矮不算寬闊的房裡音樂輕輕流瀉著，屋角幾隻電扇分別從不同方向旋轉著，頭頂懸掛的五彩小燈泡明滅閃逝。或許人多，或許實在太熱，總覺得迎面吹來的風裡瀰漫一股沉沉汗意，但我仍然捨不得走出房裡。因爲她的眼神太柔，她的緊握我左手的右手掌滲出一絲絲黏黏的溫熱，可能還有一股泛著汗味的香水體味。我捨不得就這樣放開。

但我一直都很放不開呢，從那時候開始，我就知道跳舞這回事，恐怕我是很難全然的喜歡了。可是她貼著我的溫熱，嘴裡吐出的每一個字音，都讓我感受了一種從未有過的觸動，令我緊張卻迷戀。

可惜，那一晚人太多，會跳舞的男生也多，一整個晚上她只教我跳了四五支舞，便不時被人拉去跳舞了。而我，大多數時間是坐著，看別人跳。間或走到放音樂的同學那翻看他選出的一疊唱片。我大概很令約我來的朋友感到無趣吧，大家都跳得很開，我則像一隻誤闖進蝴蝶陣的甲蟲，滿身硬繃繃的盔甲，怎麼舞弄都是做作。那一晚，多數時間我都頗沮喪。只有當她走過來，在我身旁坐下，問我話時，我的拘謹才能稍稍緩下來。

「第一次跳？」

「嗯。」我感覺到臉上發熱的靦腆。

「多跳幾次就熟了，跳舞很簡單的，看你敢不敢而已。」她鼓勵的說。

我不知道怎麼回她，僵硬的笑了笑。

「考得好不好？聽說你想念法政，有興趣嗎？」我點點頭。

「我在藝專舞蹈科。」她說。「我知道，他們跟我說了，他們還說你很漂亮。」我這回笑得大概比較自然了。

「眞的？」她聲音變大了，「沒辦法，漂亮的女生不會念書，哈哈，我大學沒考上，又不想重考，就念了藝專，還好小時候練過舞，現在還能靠這個讀大專。」她一邊和其他男生揮手，一邊拭著額頭汗珠。

「你好像很乖哦。」她問。

「除了跳舞，其他的我都會。」我像要證明什麼似的。

「進了大學，你自然會的，跳舞不難，難的是讀書啊！」她似乎語調變得低沉了。

那一晚，我們間間斷斷的聊著。

那麼多年了，我始終沒忘記我在燠悶飄著躁鬱汗味的房裡跟她說話的心情，隨著週遭人事的流動，我對那晚的記憶如同淘洗金砂般，一盤砂礫幾經沖刷，留下的是僅有的金砂，流逝的則是更多砂礫。這究竟是記憶得更準確，還是把大多數記憶都輕易流散了，我自己其實也很迷惑。就像那晚，去的還有誰？我還跟誰聊了天？那是誰的家？我越來越想不起來。惟獨那年紀長我兩三歲，說話輕聲柔婉的舞蹈科女生，越來越像被風般剝蝕的雕像，在記憶之風裡逐漸被風帶走了附著於表層的斑剝，越發露出清新的神髓了。

那只是一晚的萍水相逢，淡淡的，連任何激情都談不上，那晚以後，我和她再無見面長聊的機會，偶爾在小鎮街上碰著，也只是遠遠打個招呼，我們都各自過著自己的生活了。

當完兵，回到台北，跟高中時代的死黨在鄰河的衛星市裡合租了一層公寓，我一邊做著明知不會長久的壽險工作，一邊回學校找資料想試試出國的可能性。日子極其枯燥簡單而重複，我常一個人先回住處，趁著室友還沒回來，拿罐啤酒或可樂，坐在公寓頂樓的水塔上，默默的喝著飲料，向隔著河堤的對岸望去。那就是台北啊，我終將在那裡生活、發跡，而後出人頭地嗎？我默默的望著，對岸一片迷濛。那時候常常會有灰白色的鴿陣，撲撲從我頭頂飛過，隔了幾排公寓遠的另一座公寓頂上，一個裸赤上半身的男子，手舞一面大旗，口中高聲吟哦，指揮著空中飛過去飛回來的鴿陣。更遠處的河面上，被漸將黃昏的日影撒上一片閃亮，幾隻單飛的水鳥，孤零零的時起時落。腳下小巷裡已有放了學的孩子嬉笑的玩耍聲，就要傍晚了，一天又要過去了呢。我沉默的喝著罐中飲料。等著天黑，等著一天一天的過去。

因爲工作的關係，我那時常去一家韻律舞蹈中心找一位年輕的女主任。想著生意如果談成，一下子就是團體險多好，如果眞談不成，那裡氣氛柔和，又多是女性出入，光是看看也令人心怡。我在等待的空閒時間，隔著隔音玻璃窗，望著一群身穿韻律服的女體，認眞的擺弄著動作略有參差的肢體。因爲我聽不到音樂聲，僅能憑眼睛和感覺去想像音樂節奏，看著看著，我又沒來由的想到那牽著我手，輕聲要我放開自己，用身體感覺音樂旋律的舞蹈科女生，她現在在哪裡呢。會不會也在教韻律舞呢。

大學裡的舞會不少，起初我也不排拒參加舞會的邀約，每回興致沖沖的去，很少不敗興而歸的。只因爲自己老是放不開，跳起來彆彆扭扭，跟女孩聊天又苦思不出後續有趣的話題，聊著聊著，就像忘了譜的演奏，一時懸在那，連空氣都靜凝住了。談話雙方都很尷尬。

我還是寧願坐在那裡看大家歡愉的跳著，那樣我既不勉強，又能享受人在音樂聲中的奔放。

但這樣的舞會去多了，終究讓朋友爲難，讓自己覺得像局外人，所以去著去著，漸漸也不自覺的減少了次數，而常常找理由不去的結果是偶爾再去，連自己都覺得興致缺缺，終於成了不太跳舞的男人了。

大學班上有幾位個高的同學常常一塊打籃球，偏偏幾個人又都是不會跳舞的，我們常自嘲也是自負的解釋，上帝創造我們一雙長腿爲的是讓我們打球不是跳舞。就這樣，舞會的日子漸遠，球場上的搏鬥不斷，而我還是沒能在舞會的場合把舞學好，更別提經由舞會認識什麼女朋友了。

然而跳舞始終讓我迷惑，爲什麼我不能放鬆自己呢？

這謎題困擾了我許久，畢業後有一年我參加一場舞台劇表演，在長達數月的排練中，我似乎抓住了某些微妙的感受，而那些感受或許是一些線索，循著它，我彷彿看到一個男人如何在拘謹、內歛的環境要求下，壓抑著，知所選擇的，成長著。我是一個不能放鬆自己，尤其是在別人面前尤其不能讓自己放鬆的男人。我不能很自在的向他人吐露心裡的話，越是關於感情的、越是關於貼著自己靈魂深處的秘密的，我越是無法完整、準確的跟他人講。常常，因爲這樣，我面對一個期待要從我嘴裡說出感情的人，我會變得手足無措，異常焦慮。最後只好選擇開玩笑化解彼此的尷尬。久了，我也知道，在越是關係親密的人際互動裡，我越是讓關愛我的人失望。可是我完全不知所措，完全無能為力。在舞台劇裡，我最大的難度是要在眾目睽睽下，把自己給「表演」出來。而我是什麼呢？我的成長經驗裡，「自己」應該是一個懂得自制、懂得在有限選擇裡既不使別人失望也不使自己失望的人。我開始逐漸了解那個男孩，他如何回到家裡，輕描淡寫的跟爸媽說明天不去學校了，因為全校要旅行，而他不想去，可以放假一天，隨即沉默的走進房裡。那個男孩國中以後如何不跟爸媽提起補習的事，只是默默的每天讀到深夜，因為他很清楚，學校以外的任何花費，只會令父母的臉色更憂鬱。那個男孩常在夜裡醒來後，望著窗外對映進屋裡的光影凝想，這世界為什麼這麼不公平，有人總要為生活裡的細碎奔波，有人卻能把未來先想得那麼遙遠而璀璨。那個男孩漸漸的長大，知道了自己除了讀書、出人頭地外，別無他途，而他的世界是那麼別無選擇，只能選擇最容易的閱讀來平衡自己，那些因為閱讀而給他的樂趣，純然是他個人的，旁人很難分享，他在那裡尋著了平靜、愉悅，卻也排除了別人進入他內心的可能。在舞台劇裡，他深刻的掙扎於要表現自己內心的那種惶惑與不安，他只知道抑制，從來不懂得表達自己，特別是關於感情。他的肢體最明白，因為它們從來都是緊張於表白的。

我一直都很放不開呢，即使到了我已經習慣不斷的與人接觸，習慣了在這座喧嘩成性、大聲說話的城市裡生活，我的心裡仍然有著無法與別人分享的一片灰白。我緊守著那片陪我成長，陪我躲過無數心事轟然襲來的隱秘天地，雖然也曾期待有人能懂得那世界裡的我，但本能的躲避、護衛，卻也把很多已經到了窗口的人，狠狠推了出去。「每個人都不可避免的寂寞吧，我只是比別人多一些些。」我這樣對自己說。我知道那是很自私的藉口。

放不開的我，也許比較能夠聽到喧譁聲裡，隱隱然流瀉的弦音吧，就像那年我坐在公寓頂層，眺望一條混濁河流之外的台北時，聽到了我在一座城市裡即將漂流的浮盪命運。就像此刻我坐在大樓高層隔窗望向層層錯落的樓宇在陽光下熠熠發亮，聽到了我那始終沒有跟著成長而變化的羞澀、緊張本能，一路追著我而來。

而她，那晚曾陪著我，要我跟著她起舞，一步一步踏著節奏，身體泛著汗香的女孩，現在應當比我更了解生命中無可如何的弦音吧。但她知不知道那個男孩，至今仍不能輕鬆的放開腳步，放開自己呢。

我在黑暗裡傾聽

那時起我對黑暗裡的光影變化，有了異於同齡男孩的敏銳觸感。

我躺在床上，始終睡不著。

黑暗因爲我的目光執著，漸漸顯現其中的參差暗影。我摸索著，以目光所能及的堅持，向房裡的一切試探，想在白天的清晰與暗夜的漆黑之間，找出一些熟悉物品的陌生面貌。我極目四望，循著這間斗室裡某些想像出來的線條慢慢爬行，發現了黑暗是有層次、有對比，甚至有些浮動生命的。

那時候我才小學四五年級。晚上常常要到深夜才能入睡，睡不著的我，養成了與黑夜對峙，拚命要看清黑暗的習慣。

這也不是沒來由的。小我三歲的弟弟，有段時期突然會莫明所以的在夜裡驚醒，大哭大叫。問他爲什麼，餘悸猶存的他，總說看到奇怪、可怕的東西，偏偏又說不清楚。開始爸媽沒當一回事，以爲過幾天自然就好了，卻一連好多個星期下來，全家都沒能好好睡覺。媽媽找了個老婆婆來家裡看看弟弟，大人們圍坐客廳嘰嘰咕咕，不知在討論什麼。我看著弟弟懸著一雙胖腿，坐在廚房板凳上，好似完全沒事的模樣。我問他究竟看到什麼。「一些會變顏色的影子，還會變大變小。」他嘟著嘴，不太情願的回憶著。是什麼東西？他說不知道，看不清楚。那有什麼可怕呢？我像個哥哥似的不以爲然。「可是，眞的很可怕，可以看清楚，我就會叫你幫我抓它了。」弟弟認眞的瞪著我。我還是不知道他在說什麼。

但爸媽顯然以爲知道答案了。隔天，老婆婆又來家裡，帶了一些味道奇異的藥材，還有幾張黃色畫著圖案的近乎我美勞課上用的色紙，一邊熬藥一邊要媽媽在房裡房外貼上那些色紙。我跟在媽媽身後進進出出，大概把她弄煩了，她便告訴我弟弟被嚇到了，要「收收驚」。我問她，什麼是收驚。媽媽猶豫了一會，才說，小孩子別問那麼多。

我雖然沒再問下去，腦袋裡的疑問哪裡會停得住，它們全轉到我的心裡，轉到夜裡我睜得大大的眼睛裡了。

那會是什麼？有顏色，會變化，看不清楚，卻又讓我弟弟一連好多晚上被嚇醒。我一定要知道答案。

入夜後，我睜大了眼睛，望著熄了燈的一室幽暗，開始等待。等待。

當然是沒有結果的，因爲在我等待的同時，弟弟照樣被嚇醒了，他依然喃喃哭訴，那些東西會變化顏色，會忽短忽長的伸縮。媽媽開始要我陪著弟弟睡，於是在黑暗中，我一邊觀察，一邊對不敢入睡的弟弟描述黑夜裡我能看見的光影流動。

我發現了夜的黑並不是那麼純粹的。在乍然熄燈的一瞬，黑是以轟然席捲的姿勢襲來，若你不願屈服繼續張大眼睛瞪著黑暗，黑就漸漸轉淡，更黑的地方逐漸顯出它的原形，椅子，桌子，門的線條，牆上的相框。淡的黑色，就眞是空空洞洞的黑了。我跟弟弟一樣一樣的描述，那些都是沒生命的東西，白天就是那樣了，晚上也是一樣的。「但，爲什麼會變化呢？」黑暗中，弟弟依偎著我，怯怯的問。

「因爲光影吧！」我想是的。「而且我們會想像啊，」我翻過臉，感覺弟弟從鼻孔吐出的溫熱氣息，「像白天我們仰頭看到的白雲，它隨風幻化成神話故事，而我們的想像更快。」弟弟沒再說話，也許他也跟我一樣，試著相信是自己的想像吧。但弟弟終究在時而沒事、時而嚇醒的交錯中，過了相當一段時間才眞正恢復了安然入睡的日子。

媽媽總說，是那老婆婆收的驚有效。儘管，那婆婆進進出出我們家不知多少次，也不知是哪一次才開始有效的。

多年以後，我每次問弟弟那時候究竟看到什麼，他仍然像以前那樣，描述得很清楚而我們始終聽得茫然。

可是那些夜裡的想望，卻使我對黑夜有了難以言喻的偏好，至少在我還很小的年紀裡，我就比同年齡的鄰居小孩不怕黑暗。

由於那段與黑暗對峙，又不願被它嚇退的暗夜經歷吧，在漸漸長大的過程裡，我常會故意穿越黑暗的巷弄，逗留暗了燈的教室，或是在村子後面一片茶園的小徑上逛到黃昏落盡，連青春期開始與異性約會我都還不時以對方怕不怕黑，當成一種考驗。漸漸的我發現了明暗不只有對比，甚至連聲音的輕重都與我們對黑暗的感覺有著異樣、微妙的關聯。

母親一直有偏頭痛的習慣，小時候我就常在夜裡被叫起床，到村口藥房幫她買五分珠，爲了抄近路，我總是穿越許多巷弄，彎彎曲曲的在別人家窗下快步走過。尤其在冬天，外邊閒逛的人少，家家用過晚飯後，大多圍坐客廳看電視，後院或靠近廚房的房間便多是一片黑黝，我從巷裡經過時，總覺得自己是衝越一條條光影的阻攔，去解救媽媽的頭疼。跑的次數多了，巷弄間的穿梭也熟了，在能事先躲開那些養狗的院子後，我逐漸注意到，有些聲音，那些我平日很熟悉的聲音，經由黑暗裡穿透籬笆或樹影射出的燈光襯托，會變得異常令人親切。我始終記得有一回，下著細雨，出門前我貪圖方便懶得帶傘，從藥房順原路回家時，雨勢稍稍變大了，爲了避雨我緊貼著屋簷走，走到一家廚房緊鄰巷子的窗口時，恰巧聽見「五燈獎」節目的男主持人高亢的喊著：二個燈、三個燈、四個燈……，然後黑暗廚房盡頭那端的客廳傳來小孩興奮的笑聲，那大概是我這輩子對電視主持人的聲音最感動的一瞬間了。回到家門前的巷口，老遠看見媽媽提著傘走來，一邊摸我溼了的頭髮，一邊問我冷不冷，我卻只回答她：現在有「五燈獎」耶！

我不怕黑，在我家附近幾條巷子的孩子圈裡也是出了名的。每年元宵節，我們照例會一群人提燈撚火把，到村子後邊的茶葉改良場喧囂一夜。那裡的黑未必可怕，但須經過一條小路，路旁盡是高低起伏、錯落不一的墳墓，才叫我們這群孩子既興奮又害怕。男孩子執火把，女生提燈籠，大孩子走前後，小朋友躲在隊伍中間，一群人沿路大呼小叫的壯膽前進。那一條路沒路燈，元宵夜的月光在路樹、雜草的倒襯下淒涼無比，在小孩子故意把聲音弄得響亮的隊伍裡，要說我一點也不怕，那是騙人的，可是在虛張聲勢裡，我卻是很敢把視線投向兩旁的墳堆。月光眞是明媚，樹梢、草叢，甚至那一溏水窪，在黑夜裡都彷彿自有生命。月光下，黑的層次，一一分明。我們的隊伍趑趄前進，燃得囂張的火把，隔著紙籠的燭光，在沿路行進時帶給週遭的光影是截然不同的。火把的火苗會隨風跳躍，它的光亮投影到路旁形同高牆的黑暗時，是會閃爍的，是會搖動的，彷彿神話；透過燈籠的稀釋，燭光雖朦朧卻很穩定，照在黑暗中是一片光暈，看不眞切，如同傳奇。

到了目的地，我們圍坐一圈，把燈籠火把放置圓心，然後唱歌、講故事。我每每在那時會回頭看看身後一片漫長延伸的黑暗，試著揣摩那片黑暗的彼端，有著什麼樣的可能世界。我當然知道在白天，那裡只是一長條一長條平行的茶園，再遠處是一座小山，山下與山上盡是相思樹，夏天蟬聲悠遠，冬天落了葉的枝幹撐起一片寒意。可是晚上呢？森林裡不是入了夜便精靈盡出，舞出一片與白天不同的明亮嗎？那這裡會有什麼呢？

那些孩子年代的夜遊習慣，我一直保持到現在。大學時跟朋友騎機車跑遍了台北近郊的山區，畢業後等自己有了車，夜裡穿越一座座山丘的產業道路，爲的也是在黑暗的山徑間探看夜的顏色。許多人上了山愛看夜景，我則每每回顧夜遊人背後更爲深沉的山勢。夜景一定是美的，雖然在山上一眼望去，那些斑斕的燈飾已經很安靜，但終究是距離的關係，我沒辦法不去回想在山下時穿梭車陣的焦慮，如果因爲人在山上就忘了那些燈火的喧囂，我很難不認爲是欺騙自己，欺騙自己以爲走入了另一個世界。

看山就不同了，尤其是夜裡的山。山，本來就靜靜矗立在那。有些山變得俗不可耐，那也是外來的人太多，帶來太多本來不屬於它的聲音。而山的本質是沉寂的，在夜裡沿山一路行進，車開著開著，我總愛選一段安靜的路面，沒來由的停下來，關燈，開窗，有時也暫停自己的呼吸，試著讓眼睛和耳朵維持相同的頻率，去接收山裡夜的顏色、夜的音韻。

有一次我在陽明山小油坑起霧的深夜裡，很偶然的發現了不靠月光陪襯下的霧氣與硫磺熱氣，在黑暗中的變化遠超乎我們平日的想像。小油坑的霧一起來，就是一大片一大片的，既濃又重。在霧裡，硫磺熱氣應該是被掩蓋住的。這樣想的人，一定只是看到霧氣便驚歎在霧的迷茫裡了。眞正細心去看，只要熟悉了夜的黑暗後，自然會看出硫磺氣與霧氣的層次是相互衝撞而後轇轕成一片的。霧，再大，總是橫向拂動的；硫磺氣只有一個方向，自地表竄出，先是一束狀，很快便膨脹如一朵雲，但又不致像雲那般容易渙散，而是濃稠自成一塊立體，漸漸的散去。霧氣，與硫磺氣，在黑夜裡都是白色，卻各有自己的風格。不是有耐性的夜遊人，不會發覺它們兀自移動的美。

很多年以後了，我再問弟弟還記不記得小時候被黑夜驚嚇的事，他靦腆的笑了笑，「怎麼會忘呢？又不是做夢。可是現在睡不著瞪著黑暗，怎麼也沒法再看到那些影子了。有時還會想念呢。」我看著弟弟微微發福的肚子，也很難跟小時候他抱著我睡要我哄他的模樣聯想在一塊了。我好像也沒法跟他描述，我喜歡在夜裡心思亂飛的習慣，就是從他每個吵鬧不休的深夜裡開始的。

從那時起，我能傾聽夜晚的氣息。

我自己的夜，不管人生多麼的荒蕪，我有自己的夜。

我們哪裡擺脫過自己像父親的那一面

正在看電視的我，聽到媽媽叫父親回原來居住的眷村家裡看看有沒有什麼信件沒領，我閒著沒事，就跟老爸說我陪他去。

父子倆穿好鞋子，在老媽一貫愛叮嚀的聲音下，很有默契的走出長巷。

周日下午，空氣涼颼颼的，我們父子一向話不多，在冷凝的路巷裡，更加沉默了。

「好冷啊！」我想打破氣氛。

「是啊。」父親搓搓雙手附和著，而且更誇張的把雙掌放在嘴前，哈著氣。

不知道為什麼，從我比較懂事起，大約高中以後吧，就一直對父親刻意迎合我的語言或動作，有打從心裡抗拒的情緒，可是又說不上什麼理由。當然不致為了這個感覺而吵架，但兩人間的關係莫名其妙的時而緊張、時而淡漠，卻與這種感覺很有關係。

就像此刻，我又沉默了。不曉得該繼續說什麼。父親也是。

走著，走著，我突然憶起高中聯考時到新竹考試的第一天，父親不放心我生平首次離家那麼遠去考試，堅持請假一天陪我去。早晨還好，氣溫不高，走在新竹中學前兩旁都是濃蔭大樹的東山街上，有些緊張卻興奮的心情，掩蓋了我對父親寡言的注意。下午考完後，七月豔陽一點也不留情，嘩啦啦的迎頭而下，我們出校門比較晚，走在大道上時，人群已經很稀落了。走著，走著，父親提起他離開大陸老家時年齡比我現在稍大，才十八歲，一副滿不在乎的年紀，總想反正年紀輕出來闖闖吧，沒想到一闖就幾十年，而且落腳台灣，想都沒想到，結婚生子，連台語都從陌生聽到滾瓜爛熟，眞是想都沒想到。父親邊走邊說，我也不時問些問題。那是一幅我一輩子都忘不了的畫面，一條長街，光影流竄，熱氣蒸騰，我們父子在陌生的新竹市裡，邊走邊聊，父親因爲我參加高中聯考，想到他自己一生遺憾的讀書夢，那個慌亂、無序的過去；而我呢，跟著父親來到古雅的風城，要圓自己充滿期待的讀書夢，一個視窗即將打開、年輕而了無掛礙的未來。父親的過去與我的現在，在父子關係的連結下，都因爲對未來有所期待而微妙的結合了。那時候我跟父親話還不少呢。

思緒歸位，我側臉對已經比我矮的父親說，記不記得陪我去高中聯考的那天？

老爸想了一會，搖搖頭，接著說，很模糊了，記憶不好，可是比較記得陪我考大學的那天，「比你還緊張，一大早就醒了，燒過香、祭過祖後，就幫你東看看、西看看，怕忘東忘西。」老爸笑著。

「是啊，可惜第一年考得不好！」我沒想到他會提大學聯考。

其實高中以後我們話就少多了，每天通車上下學，回家又忙功課，他又幫不了我的課業，周末我喜歡留在學校看書、打球，周日他讓我晚起，一到下午我又溜去村裡的籃球場玩鬥牛，日頭落山了還摸黑賴著不肯回家，這樣的高中生涯，父子間除了日常應對外幾乎沒什麼深入談話。偶爾他翻翻我放在書架上的「新潮文庫」叢書，會問我缺不缺零用錢，看這些字這麼小的書要注意眼睛等等的閒話。但對話總是不長，有時候竟會嘎然而止，兩人對望一會，無話，只有各自的一些小動作稍微化解彼此的尷尬，像我會整理桌面的文具，他則會拍拍書架上書籍的灰塵什麼的，然後他默默走出房間。我鬆了一口氣，通常，他出房門後，我總會沒來由的感傷起來，似乎明白又不願明白。

我不是不曉得父親愛我。我是長子，他期待很深，我明白，從小我再頑皮，讀書這檔子事，父母是一向最不擔心的，因此壓力不在這裡。我最記得小學，甚至到國中這段期間，每逢寒暑假，如果不住在外公家，我最喜歡跟爸爸去上班，父子倆搭火車，下車後沿鐵軌走一段石子路，之後再蜿蜒曲折一條秋天竟然有芒草的馬路，進了他上班的辦公廳，跟叔叔伯伯阿姨姊姊道過早安，我就乖乖進閱覽室，或做功課或看閒書或貼近窗口看外面一片燦爛的稻田，等午休時間跟爸爸一塊吃飯。常常他帶便當，而爲我叫一客炒麵、炒飯、餛飩麵之類，午後我繼續重複上午的活動，然而一點也不枯燥無味。去的次數多了，膽子跟著大了，就開始溜出去四處亂逛，我總以他那座四周景觀疏落的四層樓房爲地標，走到看不見樓影時便折回去，往回走時心裡常常滿開心喊著，我爸爸在那裡上班呢。

高中以後，我就不怎麼跟他出門了。

青春期的反抗心理，或許是一個因素。但越來越怕跟父親很像，才是我心底鬧彆扭的秘密。

父親終究不是個快樂的人。很小我就知道，他常在夜裡起床，坐在客廳裡抽菸。有時候我醒來要上廁所，走進客廳意識若未全醒，還會被他暗中的身影或嘆息聲嚇一跳。媽媽爲了這事常常說他，好像也沒什麼作用。我至今猶能清楚想像全黑的畫面裡，一點星光浮沉明滅的意境，那都是我上完廁所進房門之前，回頭瞥向客廳時父親嘴上香菸的吐納。一個悶悶然不快樂的父親。

是啊，一個不快樂的父親，我爲什麼要像他呢？

還不只這樣。父親小心、拘謹、儉省，甚至有些嘮叨的性格，當我逐漸長大，逐漸因爲閱讀，因爲思索，因爲想往更寬闊的天際找尋未知的可能性時，便成了我認爲一定得擺脫的牽絆。我跟父親間的對話於是越來越少，越來越客套，父親也越來越沉默。不知從什麼時候起，我發現父親在跟我講話的當中，他的聲調和肢體會明顯的誇張起來。我極不喜歡，因爲我似乎明白那是一種無奈的，發自親情卻無從表達清楚的壓抑，我覺得壓力很大，我不想面對。

大一時念哲學概論，教授解釋了「疏離」(alienation)的概念，他說黑格爾的詮釋最貼切，上帝創造了人類，而人類卻回過頭懷疑上帝的存在，這就是疏離。我跟我身旁的死黨說，我懂，我懂，我眞的懂。是啊，我能不懂嗎？我的父親創造了我，而我卻回過頭懷疑我越來越像他的部分。我怎能不懂。

父親大概也懂，我們一直想試著拉近距離，不過隨著他的退休，我的畢業，隨著我們對這個他更加陌生、我愈發熟悉的新世界的變化，我們的嘗試並沒有多大效果。只是年歲漸長的我，已不那麼直接、情緒化的與他摩擦了。

走進眷村大門，一排排整齊的房舍在霧氣中坐落。我在這村裡住了近三十年，就與這村子的居住關係而言，老爸跟我是不分軒輊的。快四歲時我和大弟隨著爸媽一塊搬進村裡。那時家家沒有圍籬，所謂院子就是一片狹長草地，不時還有不算短的蛇會在晚上爬進房裡，惹得全家驚嚇一夜。可是若論起與村子的感情，父子倆可能變化就大了。我高中開始到外地讀書，一心要向外面的廣闊世界揚帆出航，大學起就更如同一個台北人，兩三個星期難得回家一趟；母親不免時而藉故打個電話來，試探我回家的意願，老爸便頑強多了，即便我回去，他也是一副「哦，回來了啊」的表情。可是那一整個晚上，他會不時走過來、走過去的，一會問你餓了嗎，一會告訴你洗熱水澡的話水龍頭要讓它流一陣子水才夠熱，等等諸如此類的瑣碎話語，我常常一邊翻著書頁，一邊搭著他的話題。他走出房門後，我有時也想做父親的碰上像我這樣的孩子時，心裡一定不好受吧！不忍的我卻又實在找不出太多話題與父親長聊，夜裡躺在床上睡不著時，我仍然會想起小時候看到父親獨坐客廳沉默吸菸的情景。一個不快樂的父親，有了一個不快樂的兒子。

眷村，或者說與眷村相關的那一代外省籍男人的共同處境，應該是解開父親憂鬱、沉默、不善表達心思的一支鑰匙吧。

有一次，T跟我談起她父親與幾個子女間微妙的相處，她怎麼也無法了解父親謹愼得近乎苛刻的性格，似乎全天下的外人都難以信賴，除了自家人關起房門自成一個天地。她說，父親有一段時間離開台灣去了越南，好幾年以後才回來，回來的父親安靜、寡言、不喜與人交往，與她母親帶給子女的開朗氣息彷彿天壤之別，孩子們因而更與父親疏隔。只有父親喝了酒一時興起，會沒頭沒腦的說上一段那些年人在異域的經歷，由於說得突兀，她從來也沒聽得眞切過。「我從來也沒有了解過他。」她說。

是啊，我們從來沒有了解過我們的父親。我低聲的回應她。但是，我們又是多麼的像他們，而且被他們所影響啊！不管我們承不承認。

那年，T離開了我，她越來越認爲我不會帶給她幸福，因爲我打從心底就不是個快樂的人，她不要走她母親走過的路。我沿著常跟她散步的路，一個人來回走著，幾年後，我承認她說得對，我是個不快樂的人，但她何嘗快樂呢？我們不都是以不同的方式回應了我們對自己父親想逃避的那一面嗎？想清楚這一點後，我不再一個人走那段往昔路了。

我們其實是很難了解父親那一代的心事的。那些飄泊、不安與恐懼，那些好不容易娶妻、生子、定居的安定感，那些在流離、動亂中緊抓於手的幸福，沒有一樣他們不是害怕會突然失去的。我只能這樣去理解他們。

進了眷村的老家大門，久沒人住的房子，免不了一陣淡淡的霉味。趁父親在門口整理堆著信件、廣告DM的信箱，我進了久違的房子。廚房、狹窄走道旁的兩個小房間、客廳、客廳旁的房間、後院，每個角落都被我狠狠的看了一遍。我站在窗口望著院裡那棵茶花樹發呆時，父親在我身後好像停了一會，沒說話，我也沒回頭。等我回身時，卻看到父親背對我盯著牆上那張被蟑螂啃了好多孔的獎狀，我靠過去，聽到他說：「你小時候好喜歡演講，記不記得？」我笑了。他又說，不過就是不喜歡背書，一背就跳行。是啊，我回他說，現在還是討厭背。這回輪到他笑了。我側臉看他，他眞不是我小時候纏著他跟他上班時的模樣了。我把臉再側向一邊時，看到客廳邊上的長沙發，那正是他夜裡獨坐吸菸的位子。我眞是不了解他啊！從那時到現在。

但那又怎樣呢，我們不了解他們，卻是一生都不知不覺的在他們留給我們的影響中活著，了解這也許就夠了。

我們哪裡擺脫過自己像父親的那一面。

我們蹺課，我們讀一本大人不想教的書

每回學期開課第一堂，我都要跟學生說我有「三不原則」，上課不點名、考試不限在我講過的內容裡找答案、不准上課打瞌睡。

不點名與不准上課打瞌睡，其實是相通的，我都不點名了，覺得上課乏味的大可以自己走開，如果留在教室裡還打瞌睡，就太對不起那麼「開明的」我了，不是嗎？

我一直都滿願意在大學裡兼一兩門喜歡的課，跟年輕人保持接觸是原因，利用這些機會讀書、整理自己的思緒，對我尤其是難得的教學相長。可是，我不願意點名，除了想測試自己講課的「魅力」外，多少與我過去成長的經歷有著難以切割的關係。

大學時，一門必修的比較政府，是政治系的大課。雖然枯燥，想念好政治學的學生，沒有輕易放棄的道理。我們那班的教授，學問大概是有的，但講起課來，語調沉悶、無精打采也就罷了，他照本宣科兼而動輒痛斥我們不成材的上課方式，竟還不准同學蹺課。學期才開始幾星期，我就痛苦不堪。只好利用早進教室幾分鐘的優勢，選個好位置，在課堂上讀自己帶的書。再不然就信筆塗鴉，做些隨想筆記。比較起另一堂國際公法，雖然也點名而且是固定位子，但教授選用的英文教本很好讀，無奈之餘，就拚命一頁一頁讀下去，兩堂課過去，自己倒念了不少東西。但上課爲什麼一定要點名？爲什麼不給學生用他們自己對教課好壞的判斷，來抉擇要不要上課呢？這麼多年以來，我始終對堅持上課要點名的教師，有著不解的疑惑。

我自己曾是個蹺課的學生，所以能明白用蹺課做選擇的意義。聽不下去，又不能蹺逃，硬留在教室裡，學生的心思也會飛得老遠。那些靠點名來支撐學生上課人數的教授，我會記得，但留給我的都是極爲負面的記憶。

國中以前，想蹺課不是件容易的事。蹺課，等於是對校規、「好學生」的定義做正面的挑戰，我們這種身在好班的學生，實在難以想像蹺課會發生在我們身上。國三時，班上一位被視爲「大哥」的同學開始經常蹺課後，我們大都接受了師長與家長的共同看法，他是在「自甘墮落」。眾人異樣的眼光，卻阻止不了我偶爾的好奇，蹺課離開校門後，能去哪裡呢？

直到高中，我念的學校後面是一大片山林，學校在老校長的堅持下，全校除了大門口有一段與馬路區隔的圍牆外，整個學校幾乎沒有任何防線可言。午休時間，學校開放學生自由活動，上山閒逛是我們那所和尚高中自命不凡的學生們最愛的娛樂。整座山一片片相思林，四處流竄的蜥蜴，爬在樹幹上呆呆的望著我們，而我們可不會輕易放過呆呆的蜥蜴，我們常幹的好事是用一條細細的莖蔓，打成一個活結，悄悄接近蜥蜴，突然出手，把蜥蜴套在活結裡，然後吊在樹枝上。有時候，上山的人多，一路走上去，常常看到一隻隻活蹦亂跳的蜥蜴被吊在樹上迎風飄蕩，想想我們也夠壞了。

但上山，也不純然只做這些「壞事」。那年紀的男孩，大學聯考的壓力是無止境的夢魘，而我們能做的反抗，也就是讀讀課外書，在臭味相投的聊天中，發洩心底的不滿。再不然，就是用半懂半炫耀的語言，去拼湊對未來的想望。那些日子，對我是很具意義的。我想高中三年，壓力雖然很大，我的成績也只是中上而已，但我能一直調整得滿平衡，生活裡還有一些期待和想像，絕對是重要支撐。這麼好玩的高中環境，我心底深埋的蹺課種子，當然有如遇上春雨的凍土，先是萌芽，蠢蠢欲試，接著在最鬆動的地表，找到破土而出的缺口。

蹺課，在這階段，逐漸讓我領會到超越「好」「壞」學生判斷的某些意含。

高中再怎麼開明，也不可能鼓勵蹺課。我們應付老師的辦法，花樣也多。真虧以前的校友想得出一招流傳下來的花樣，想蹺課的學生，先跟同學商量好，把他蹺課空出來的位子，搬出教室外，這樣即使少了幾張座位，老師只要不點名，一眼望下來，看到滿座沒空位，也就不起疑了。這種蹺課，人不能多，三四個剛剛好，因此適合大家事前安排，輪流蹺課。再不然，就是搞公假，班上有機會出公差的同學不少，我們就利用新學期剛開始，老師對學生不熟，輪流頂替公假的名義，混出教室。

我常用的是編校刊、練合唱的理由，高二時更離譜，硬是參加排球校隊，常常一到比賽季節，一兩個月下來，幾乎下午都可以蹺上一兩節課。因爲身高不很夠，在球隊裡坐板凳的機會比上場多，我卻不在乎，有時練球煉煩了，便拿本書，跑到場邊樹下盤腿屈膝隨意讀起來。夏天的午後，日頭炎炎，樹下陰影裡涼風陣陣，黃沙一片的操場，在陽光下顯得湮騰騰的，但偶爾在操場盡頭有綠草處，會出現幾隻白鷺鷥，傲然挺立，我一下子會錯覺到自己是在某一個鄉村裡，等回過神，聽到隊友在不遠處躍起殺球的吆喝聲，還久久不能自已。那時總是懵懵懂懂的想，日子爲什麼這麼鬱悶，又說不眞切。

留在校內的蹺課是爲眞正的蹺課做準備，終於我們還是要蹺出校外的。

起初，我喜歡跑到後山，沿著柏油路面散步。後來聽說常有警察巡山時，看到穿制服的學生會登記學號，爲了免麻煩，我們開始抄小路走，甚至沒路就踩越蔓草荒徑，反正山不大，不會眞的迷路。在山裡漫遊的時光，超乎我們想像的美好。我對日光穿越樹梢，落在地面上的碎影，會有異常偏好的美感聯想，很多經驗是來自那段日子的。腳踩在草地上，小腿交替向前撥弄雜草，或者我們闖入原本屬於鳥蟲鳴叫的地域時，都會讓四周的聲音出現變化。我們一旦停下彼此的交談，便能察覺自己置身於十分自然的環境裡。鳥鳴，蟲叫，山下遠遠的車聲，日光凝滯般的落著，我在那些蹺課入山的時光裡，感受了一個高中生杵在課堂上永遠無法聽到的內心嘶喊。

當然也不是所有蹺課的日子，都必然美好。有一次，隔壁國中有群小鬼，大概招惹了我們學校幾個混混，其中一個落了單，被活活的灌了一整瓶強力膠在頭上，聽說後來還剃了個大光頭，由訓導主任帶著到校內要查出是誰幹的好事。事情不了了之後，有一段時間，學校三令五申要我們少到後山逛，我們爲了怕被無辜株連，冤枉陪上自己的頭髮，也節制了上山的次數。但比較起來，那不過是段插曲，隔一陣子，好玩的我們，又開始蹺課上山胡思亂想了。

好多年以後，我讀到沈從文的自傳，看他蹺課走出學塾外，瞪著大眼睛，巡視小小生活圈子以外的街景與人物，每一畫面都觸動他心靈底處無限洋溢的生命活力，而他一輩子創作的源泉都發酵於這些小時候的閱歷，我才知道蹺課給人蘊藉的空間，其實是遠遠超乎學生好壞的狹窄標準的。我始終不能接受強迫學生留在課堂的任何理由。就像沈從文說的，他讀一本小書同時又讀一本大書。小書的課堂在有形的教室，大書的課堂在室外無盡的天地；小書的老師在字裡行間演繹眞理，大書的老師則落花水面皆文章，任憑孩子用毫不規制的自由去碰觸、去體會。我始終不能接受學生既已無心卻硬留他在課堂上的想法，即使出於善意。

高中最深刻記憶的一次蹺課在高三下學期。我和死黨H上完第一堂數學課，站在三樓廊沿邊旁，看著足足有四層樓高的椰子樹，在陽光下熠熠生輝，突然覺得那些三角函數的復習，像永無止境、不斷環繞的蛛網，衝破了又要再來一次，不耐煩的我們卻想到了海邊一層層翻上沙岸，又迅速退卻的波浪，兩人很有默契的決定出走。背了書包，一人一部單車，出了校直往海邊騎去。

沿路全是白天上班時刻啓動後，進入中段的街景。交通沒那麼擁擠，人車往來的節奏慢了起來。我們走完學校前筆直的林蔭柏油路，選了一家省立女中校門前的冰果室，點了一大碗四果冰，邊吃邊討論著我們正在約會的那些女中學生敢不敢跟我們蹺課。吃過冰，再到旁邊的書局，各人買一張卡片，簽上名，寫下某年某月上課時間我們蹺課到女中附近一遊的心情，然後投入郵筒寄給我們心儀的女中友人。

接下來的路就漸漸像蹺課的心情了，城市被拋在身後，越靠近海邊，風裡的鹹腥味越濃。我們騎著騎著，便大聲唱起那年很紅的校園民歌，風呼呼作響，我們的心也跟著呼呼狂熱起來。

在海邊，我們待了一整天，中午吃便當，聊累了，躺下來，以書包當枕，白雲浮浮蕩蕩，從時而睜開時而閉上的眼前滑過。我似乎睡了一陣子，醒來，覺得周身寒寒的，雖然那是五月天了。我坐起身，看到H遠遠的站在沙灘裡，浪一陣一陣打在他小腿上，他望著遠處天際不知在想什麼。我喊了喊他，可能因爲風聲，可能因爲浪聲，我試了幾次，他都沒回過頭。就那樣，我們一坐一站，遙遙對著海面，很久都是各自沉默著。高中的男生，好像都這樣吧，活力四射，卻必須刻意的自制；話多的年紀，卻沒人鼓勵我們把對自己、對世界的念頭說出來。死黨當那麼久了，要說的話，彼此再熟悉不過，在一起相互沉默，其實心思是很接近的。我們要的多麼簡單啊，自由自在的一天，什麼都不做也好，沒人聽懂我們的話也好。

以後我再也沒有機會嘗試在海邊待上一天，什麼都不做，只是閒蕩。每次出國到有海灘的地方度假，我或多或少要在海邊坐一會，人聲再雜沓，海風再凜冽，我都能在那獨坐的時間裡，重溫那次高中蹺課在海邊度上一天的自得。在規律、壓抑、重複的秩序裡，我們用蹺課溫和的表達了無可如何的抗議。那年我十八歲。

我始終不能接受強迫學生留在課堂的任何理由。年輕的心，是會飛的。讓他們自由的飛，自由的選擇棲息地點，他們才會明白停下來駐足的意義。

十八歲時，我就知道這輩子我永遠點不了別人的名字。

輯七

三十男人手記

在三十年男人的「前中年期」階段，
我突然更加流連起生活獨居，
生命獨處的那份快意。
「發現該睡覺的時候近了就覺得心煩」，
既然如此，
發現年輕走到盡頭的自己又怎麼不會覺得心煩！

單身告白

我想我從來都很清楚自己今天的處境。

一個男人，年過三十，未婚，賃屋獨居，從事文化工作，小小書房喜歡四處堆置隨時可以探手取閱的書籍，交遊很廣但偏好獨處，約會不斷卻從不考慮婚姻。

這樣的男人，這樣的年紀，這樣的位置，絲毫談不上事業成就。跟我那些活躍在商界、翻滾在政壇、令名於流行文化圈裡的朋友比較起來，更多時候我是應該沉默的。沉默並不意味著我該羞赧，當這個城市與這個年代明顯跨入消費文明強勢主導的世紀，並不愚蠢的我，怎會察覺不到自己走的路，本來便注定掌聲不多呢？

我保持沉默，因爲我太清楚大聲說話是這個年代的普遍自覺。得意的，想當然耳，嗓門比誰都大；站在角落的，更是伺機喊話，高聲引人矚目。因此話多音量大，對我這種既不自鳴得意，又不顧影自憐的「前中年期」男人，是顯不出意義的。我的沉默，是想聽進更多喧嘩的聲音裡，屬於他們心裡最善於保留的部分。

於是妳也就會逐漸逐漸的發現，沉默的時候，我的眼睛跑得最快，至於心思則飛得連自己也常捕捉不住。

妳了解多少我這樣的男人呢？生肖屬狗，血型O型，雙魚星座，綜合起來，編譜成眞實生活中我生性放縱，不喜干涉的遊蕩風格。我從不肯接受別人對占星卜卦等玩意兒的讚嘆；可是一本星座圖解的小書卻搬出莎士比亞的名句，著著實實嚇住了我；雙魚座的男人們，「我們只是老一點的小孩，一發現該睡覺的時間近了就覺得心煩。」玩到深夜不肯回家，這難道不是我執意拒絕接納某些屬於我這年紀的別人期待的一種延伸和投射嗎？

然而這樣的我，畢竟還是過了三十。我就是站在三十男人的尷尬位置上，認識妳，愛戀妳，一個還靠期待、憧憬和情緒，左右自己每天心情的年輕女孩。我們的愛戀是一道對比，對比了妳的青春無怨，映照了我的拚命向前，不敢回頭。

起初我還很猶豫。人到中年，是個客觀上不再年輕，主觀心理上不允許浪漫的代名詞。人到中年儘管令人心驚，畢竟中年的事實卻只能讓人學著適應那種無奈。而「前中年期」的壓力要比人到中年的無奈恐怖更多。至少對像妳這麼年輕的女子，我們之間有著僅靠互愛仍無法逾越的觀念鴻溝。

既然我提起了「互愛」，何不以它當例子！妳是堅持愛情超越論的，這很脗合妳的青春無怨，可是妳要我承認什麼呢？我能相信愛情是孤立的事件，能獨自發光放熱，照亮宇宙嗎？我能擺脫舉目四顧，盡是糾葛複雜關係的愛情遊戲，去相信互愛是唯美的？而最根本的，是我徹頭徹尾愛戀自己，愛戀那段自己生活、自己坦露每天心緒的青春歲月。我的無法進入婚姻，其實跟別人愛我與否，扯不上多少關聯。

我常想，「前中年期」的男人如我，對自己、對這個世界，必然有著複雜、衝突的感情罷！人到中年，至少沒有權利再要求青春；可是人在「前中年期」，彷彿猶可感觸到青春初逝時的餘韻，而中年則在「要它明年再來」的抵拒下還距離一段光景，夾在其中的「前中年期」心境，尷尬是必然的。人到中年，大概也都自知浪漫的不復可能；而人在「前中年期」，經歷過的浪漫青春正逐漸渙散著誘人回味的致命吸引力，誰肯就此向浪漫揮別！但「前中年期」的階段過程，終究屬於中年前的準備階段，還想浪漫下去，也常會遭到自己欲振乏力的心理障礙，甚至被旁人施以「還很年輕嚒？」的奚落眼神。人到中年，家庭和事業是二句口頭禪，必須常放在心頭，同時也要常放在肩上。人到中年，無從尷尬起，雖也無奈，倒無奈得無話可說。「前中年期」又大大不同了，人到「前中年期」，家庭也許還沒開始，即便開始最多也只在七年之癢前；至於事業，絕多的「前中年期」男人，不過比起跑線上的社會新鮮人多走上幾步，說經驗閱歷不差，是眞的，要談成就絕對還差得遠。家庭和事業既然尙構不上左右兩肩的負荷，「前中年期」的踏實感，自然虛浮得很。矛盾的是，沒有兩肩上的負荷，並不能讓「前中年期」男人感到徹底輕鬆，因為家庭和事業正是「前中年期」男人全力衝刺的目標。「前中年期」的困惑和尷尬，有著注定的必然性格。

我很了解這些生活在我周遭的三十男人們，他們克服對流逝生命之恐懼的方法，是更狂熱的投進生活，把每一天疲憊的自己安置在割斷昨天與明天的橫切點上，辛勤工作，努力生活，專心戀愛，營造家庭，培育子女，絕多的三十男人在這個「前中年期」裡積極改變他們的人生價值，成為穩定自己一生的重要階段。他們放棄了青春，卻接納了生命的新里程。

那我呢？在三十男人的「前中年期」階段，我突然更加流連起生活獨居，生命獨處的那分快意。「發現該睡覺的時候近了就覺得心煩」，既然如此，發現年輕走到盡頭的自己又怎麼不會覺得心煩！

我決心寫下屬於三十男人的手記，筆墨中多的是這年齡男人們相近的生命經驗；比重尤其多的，是我自己踟躕於三十以後對四周環境與人際關係的沉默觀察。我不想大聲說話，卻也不願讓經常形成的念頭一閃即逝。手記裡的「妳」，常常以對話的姿態出沒於我的身邊，我並不固定她的形象，因為眞實生活中她也是很難界定的。

這手記是我的「單身告白」，記錄了我對「前中年期」男人的自己，最複雜的詮釋。

——一九九一年十一月・選自聯合文學版《三十男人手記》

（本輯作品均選自《三十男人手記》）

不吵醒妳

我從 Kiss 回來的時候，妳睡得正香甜。我決定不吵醒妳。

從什麼時候開始的，我居然習慣了妳獨自來，累了，睏了，便任意留下。最多妳在書房門上釘一張睡前醒著的叮嚀：明天有空陪我嗎？

我看到了這張紙條，在上面畫下一個抿著嘴苦笑的臉龐，旁邊寫著：好呀！可是此刻我還是不想吵妳。

扭開隨身聽，坐進因爲堆置雜亂書籍而更顯得侷狹的書房地氈，微微覺得過度疲憊後詭異的清醒情愫。

我留戀夜晚，晚風習習，心思流動最沒遮攔，常常一飛便可以溢出得老遠。睡眠的時間過多，總令我聯想到那是人生苦短的無奈中最奢侈的回應。就像此刻，午夜正酣，極靜極空的一段凌晨光景，我捨不得入睡。

捨不得的，又豈僅是我。今夜的 Kiss 便蜂擁了一群群不眠的城市男女，扭動肢體，搖擺靈魂，在煙霧迷繞，氣氛嗆人的舞池中，瘋狂宣洩自己的興奮，相互窺探彼此的孤寂。最怕寂寞的人到最喧嘩的地方，午夜台北最能攫擄夜遊男女的心情。

妳什麼時候到的。看看我桌上翻動過的幾本雜誌，我想妳定是久等後，又捨不得離開（或者不甘心離開？）而後才悻悻然入睡的吧！我回來得晚也許是對的，否則妳的表情肯定不會像我現在看見的，熟睡後暫時消卻情緒緊繃的柔和線條。這個樣子的妳，最沒侵略性。但夜總要過去，總不能期待妳整天像個睡美人是不？所以此刻不吵妳是對的。

夜流動得很快。這靜靜的凌晨讓我有更多空餘，去整理我們之間的對話。妳是明白我對妳的愛戀的；我們之間最大的不同，是妳需要肯肯定定的承諾，我則只要實實在在的相處。在愛情的定義上，妳太像唯實論者，拚命要把我們之間由於相愛衍生的關係，界定出一些本質上的意義。我呢？又偏偏是個唯名論取向濃厚的人，堅持當兩情相悅的條件具備時，愛情就已彰顯，此外都屬多餘。從認識起，爲了「名」「實」的辯爭，我們吵了多少次。也因爲「名」「實」之爭吵不清結果，我們怒目相視後的愈加愛戀是那麼讓我感到惶惑卻又無法自拔。

惶惑卻又無從自拔，在 Kiss 的喧鬧中我有著同樣的感覺。Kiss 顯然屬於青春，懾人的節奏和狂野的肢體扭弄，永遠在調侃走過青春的軀體。Kiss 裡面其實只有兩種人，揮霍青春的與捕捉青春的，每回走進Kiss，就總感到喧鬧氣氛透露更多一些隔膜，更多的隔膜又更拉引自己想在喧鬧中捕捉一些短暫的麻痺。惶惑卻又無法自拔，我體會了更多那些衣冠鮮明，坐在二樓喝酒聊天的男女心情。他們愛自己遠比愛旁人來得許多。

妳是不會了解的。當我愈來愈偏好把心緒的紛亂無章攤在面前，自己一一對比調侃時，我已經知道我對自己的眷顧永遠比對旁人多一些。

就像那一年在我認識妳初期的一次爭執結局，當夜我便收拾一袋筆記，一個人跑到離開台北老遠老遠的彰化，原想趁夜造訪我那自大學畢業後便抱定志向留在鄉下的老朋友，卻在小鎮的前門突然停住腳，選擇了一家住在房裡還可以聽見房外走道盡頭中年女服務生扭大音量的電視機廣告聲的旅社。整夜沒睡，躺坐床頭，心裡總想著妳在台北憤怒時候的表情。我們多麼了解對方對各自心中念頭的堅持，那是很難妥協的艱辛對話，往往會在辯難的終結處爆發一場充滿張力的激烈沉默，於是我們又會再次感覺到熟稔中橫隔於我們之間的距離竟如此如此巨大。我選擇沉默離開，妳選擇負氣回家。我們相互等待的，是又一次聚散的重複，憤怒和憐惜不斷交錯的愛情。

我怎麼跟妳說，每回分開後我的心情竟像奔出欄籠的山林野獸，盡情的飛奔，痛快的馳騁。我又怎麼告訴妳，唯有當短暫的離開，我才能認眞回答妳所提出的每一道問題，關於愛，我是徹頭徹尾不思索溢出於今天以外的部分。

可是我無法忍受妳指控的理由，只因爲我的不思索明天就可以斷定我不愛妳嚒？那一整晚，我在彰化鄉下小鎮旅館的房裡，想妳倔強的推論，想我們在一起後彷彿百辯不得其解的愛情爭執。答案最後如果簡化成這樣的公式：沙文主義男人＋外型現代但堅持傳統婚姻觀的女人＝爭吵＋眼淚＋逃離，也許是足以幫助我們各自的抉擇。可我們之間誰肯承認自己沙文，或自己其實要的是堅貞如實的愛呢？不願用簡單化的推論決定分手，只好藉更複雜的語彙繼續支撐我們的互愛。

關於我，妳恐怕必須承認至少我有一小部分是妳無從接觸的，那一片不太多卻很重要的灰白，一旦妳執意不能忍受，除了停在那裡爭吵，誰都不可能跨越過。我總是喜歡留一些空白在我們相愛的時間裡，讓妳找不到我，讓我看不到妳，讓熙攘人潮掩蓋我的想像，中斷妳我之間連續的接點。然後我會在再見到妳時，感受到記憶短暫空白後乍然浮現的陌生欣喜。我確信，這樣的不確定狀態，有益於我們之間持續的愛戀。

書房裡堆得比我端坐起來猶高出許多的書籍，給我孤坐城堡，仰望蒼穹的舒適感。外面很寂靜，偶爾穿過遠方路面的車燈在向街的窗幕上打下一陣光影。妳睡得很熟，我知道妳在這房裡，離我很近，我有輕微滿足於這種近距離幸福感的喜悅。我不想把耳機摘下，阻隔於兩耳之間的音樂符碼使我的情緒與外面的寧靜清晰對比，我喜歡孤立而喧鬧的張力感覺。就像妳靠得很近，我卻不感受壓力；就像我堅持的我們的愛情方式。

男人之愛

我去接他的時候，心裡頭的感覺竟是茫茫然，說不出頂特別的感受，完全出乎我前些日子接獲他電話時複雜的預期。

那的確該是特別特別的情緒，足以勾起我心底隱隱若現的潛在悸動。差不多十年了。從我們都還閃著憧憬眼眸的大學時代，到如今彼此皆過三十，隔著整整一大幅太平洋澄澈的波瀾，越洋電話中，他靜靜而簡短的告訴我：想回台北了。十年的歲月，早把我們想翻動世界的遊逸好奇，在風風雨雨中磨得沉穩而內歛。

沉穩而內歛。我突然覺得這些字眼經由他的再現而透視出來的意義，顯得十足反諷意味。我越來越沉穩，是不是因為再沒有多少喜怒哀怨容易打動我的心情？我收放自如的內歛情緒，難道不是為了不讓身邊的人察覺任何足以欺近的軟弱切口？那些逐漸令我自滿的成熟形象，與矜持做態差別幾許呢？

接到電話的那天下午，我反反覆覆的回過身，望著從玻璃帷幕牆上折射回來的自己，端詳了許久。

我是有一些老了，比起十年前，那個才出校門套著一襲白襯衫西裝褲，忐忐忑忑走進大樓求職的自己，我還不僅是一些些的老。帷幕鏡中現在的我，修得薄薄短短的頭髮，習慣性的穿襯衫、打領帶，尤其迷上吊帶褲的白領階級形象，每天在報社的幾座大樓間穿梭往返。日子在一篇篇文稿，一件件送來簽字後再送走的公文卷宗間流逝。我不自覺的改變了不少年輕時代自信堅持到底的美學標準，我熟稔了人際遊戲的基本規則，我不在乎起男人與女人間模糊了的道德界線，我開始失去耐性聆聽年輕孩子羞澀的表白理想。甚至，有時候，我已經在一些青春的臉龐上，看到了他們對三十男人如我者的不信任眼神。那眉宇間閃動的清純，我依稀記得。

我原本是視若無睹的。這個城市給了我遠離青春後，猶可安身的成就感。我逐漸的「沉穩」且「內斂」，逐漸的脗合了長輩們讚賞不已的有爲圖象。我懶得去質疑這一切自自然然的成長歷程。

妳就是在這個階段走進我的生活的。自第一次見面起，全部過程像極了所有都市男女熟悉的情節：朋友介紹→吃頓晚餐→談笑間議論時髦話題→打電話聊天→約出來走走、看電影、喝咖啡→接著是輕觸戀愛的心情騷動→最後進入風雨晴晦總平淡視之的「穩定」階段。

儘管迭有怨言，久了，妳似乎也看透我們之間「雖不滿意，卻可以接受」的戀愛方式。只有當妳偶爾不經意的感嘆：要是早點認識你就好了！我才會問問自己，多早以前呢？但是這樣的啓扣記憶，大多都不了了之。我可以有太多現實中的理由支持自己，不回頭看年輕的「我」，活得會快樂些。

然而，當他說要回來台北時，我徹底潰決了拒絕回顧的堤防。掛下電話，等待接機的日子裡，十年的光陰很快透過記憶符碼的重新拼圖，一段段幻燈片般跳躍過我的眼瞼，那個頭髮留得老長，笑起來總像不帶心事的大男孩，拎著舞鞋，凌空旋個轉，落地後彎腰鞠躬側臉瞪著黑白分明的大眼睛，我看到十年前的他，彷彿也看到十年前的自己。

那時候，風雨晴晦擋不住我們自己要發熱發光。亂得豬窩一般的宿舍裡，常常見到他手長腳長卻靈活勤快的收拾這收拾那。白天寢室內的室友們各自上自己的課，晚上一夥人便圍著長桌閒扯淡。在工科當令的那一整棟宿舍裡，就屬我和他是法學院、文學院碩果僅存的二個「樣版」，我們常相互調笑彼此是一片甲組學生中最明亮的「文化孤島」，理當相濡以沫。

我們確實也相濡以沫。除了留在寢室大夥插科打諢外，更多時間我們是在校園內的湖邊四處閒盪，有話說便天南地北，爭個不休；沒話可扯，便沿著湖邊小徑，蹭蹬著青春的腳步。

他是一個舞者。在我們那個年代，舞者才剛剛取得社會的認可，但多數仍舞得十分艱辛。他立志要做個舞者，在我們那所自視高人一等的學府，更是必然多一分艱辛。

學校的活動中心有一間舞蹈練習室，在那兒我陪他度過許多練舞的午後，我靜靜坐在場邊，看他從整面鏡牆的一端跳過另一端。我不懂舞，可是他拚命伸展肢體的努力，很使我感動，我常有的念頭是：在舞者奮力一搏的肢體張力中，什麼是他最大的支撐呢？這種庸俗念頭不是沒有來由的。我出身眷村，自小生活就是一種掙扎，掙扎在貧賤卻又想不失尊嚴的搏鬥中。我實在沒有機會去接觸與自己生活空間相距過遠的「舞台」，看著身邊同學練小提琴、練鋼琴、學繪畫，甚至於他的執著舞者理想，都曾帶給我在豔羨之餘，些微的不解。我了解的生活布滿艱險，停止了自食其力，也就等於停止了現實生命的一切可能。執著於生活之外的舞者期待，於我，是顯得超脫得很。

尤其他出身世家，兄弟姊妹都陸續在同樣的學習流程中走得挺順，獨獨他，進了這所人人羨慕的最高學府裡文學院最好的科系後，固執的選擇了一條出人意表的偏執之路。白天，除了必要的課，其餘是練舞。我陪他時，他肯練；我沒空，他仍然繼續練。晚上我出門家教，他則輪流走進台北幾家夜總會，伴著濃妝豔抹的歌手，在通俗流行音樂和喧囂的笑話聲裡，賺取支持白天辛勤練舞的學費。偶爾我陪他走進後台，在梳妝鏡前看他一筆一畫的在自己眉上臉上均勻塗抹油彩；看他換上誇張的舞台裝，等待於舞台布幔間的平靜表情。我彷彿領略了一些生命在生活的部分以外還有的更大空間，那裡面有浪漫的遐想、高遠的意義和誠懇的自我期待。我仍然不懂舞，然而他冷毅的堅持，拉近了我們相互疼惜的信任，那眞是一種相濡以沫啊！我們常在午夜後的林森北路上，拖著疲憊的軀體，在燈影逐漸渙散的歌舞樓台石階旁，說著屬於未來，不可知卻彷彿極有把握的計畫細節。

談到舞者期待，他一霎間湧上了興致，我最熟悉的動作（至今回想起來猶可清新感動）就在那些日子裡一再的重複過：他拎著舞鞋，凌空躍起旋個大轉身，伸腿落地後彎腰鞠躬側臉望我瞪著黑白分明的大眼睛。我看到十年前的他，在偌長因爲凌晨而顯出寂寥的林森北路上，走著自信滿滿的舞者之路。他的旁邊，走著我，十年前清癯削瘦的大男孩，相信生命也可以有等待……

（妳問我爲什麼停頓下來，不再說了？）

我突然感到哽咽。也許是塵封了的記憶機組一時間裝塡不了太多往事吧！更何況塞進去的都還是略顯矯情的年少資料！換個話題吧，如果那時候認識我，妳眞的會認爲比現在快樂麼？我沒有把握。但至少在我的敘述中，妳會發現我原來也有那段情緒不穩，性格幼稚的晴晦不定面。快樂的內涵如果包括：隨興所至、愛吐心事、相信生活與生命之間有著不可救藥的樂觀聯繫，那麼十年前的我，說不定是比較能讓妳依戀的？雖然在那時候我們眞的相遇，結果未必會比現在實際些。

我不想再多談了。我去接他的時候，十年歲月極迅速的在我的眼瞼前浮現。他繞過大半個地球，用艱困的朝聖心情追尋舞者的畢生期待；我留在台北，日夜交迭著城市的懸浮心情。

我是有點老了，老得再無離家出走的勇氣。只是當他再次走進我的生活時，我依稀能感到溫柔壓迫的昏眩。那個舞在街頭，凌空向我飛來的年輕男孩，年輕歲月。

無聲以對

有時候，我甚至覺得與自己對話，是遠比和旁人溝通來得更令自己不悅的。

當然我指的旁人，還包括了妳，一直願意分享我的情緒的妳。

雖然我們的相處不時布滿暗礁，需要時時按捺性子，去相互揣摩彼此心事的底線，但那終究還有些促狹人的樂趣，算是一種「苦中作樂」的遊戲吧！面對自己，卻遠非如此。我只感到日漸疲困。終於想到：逃避最好。

小時候，我就不是個善於對自己坦白的孩子。譬方說，寫日記，從小學起便是父親每天規定的晚間作業。可是寫什麼好呢？父親的本意像每個舊式中國讀書人，要我在一日終了前，想想這一天的驕縱無知，透過日記做一些反省工夫。我卻像手拿放大鏡的孩子，驚異著照映浮華世界和他人臉譜的樂趣，即便勉強記下了自己的內心映象，到末了還是發現，談的依舊是對班上同學、對隔壁家孩子的好惡情緒。

寫日記，沒成爲父親期待我反躬自省的鏡子，反倒是我描摩外在世界最初的筆記，現在偶爾翻讀，筆下那些早已行蹤杳然的昔日形影，跳跳脫脫還會勾起我不少孩童記憶。

但寫日記，終究沒養成我和自己溝通的習慣。

童騃的心靈，難道我早預知了面對自己必然逼臨的無可奈何？一如日後我懵懵懂懂，少年十五二十時初啓知性好奇心，翻讀一些存在主義小說，強說薛西弗斯式的荒謬存有情愫？但那畢竟是多年後的閱讀兼成長經驗，與我孩提時期，拒絕與自己對話的心理，還有很大的時間距離。

我想我應該是在半知半解中，於我童年生活的經驗裡，察覺到了就是了解自己，認清了自己在周遭既定環境中的位置後，自己又能改變什麼的無力感。我能夠改變自己，像班上那些功課既好，每天衣著整潔，口袋零花錢不虞匱乏的同學一樣，永遠是模範生當然人選？我能夠改變家庭背景，像那些晚上下了課，可以到老師家補習，定期繳交補習費，準備畢業後考私立中學的小孩，永遠預知自己的命運？我能夠讓這個世界的萬能主宰，在傾聽了一個孩子每晚睡前的祈禱後，終於在天露曙光時於我的床前留下一星燦爛奇蹟，閃亮著一盒全新的卅六色雄獅蠟筆？

很小我就知道，聖誕老人從來不會降臨我生長的社區留下他的襪子，因爲我家沒有煙囪，當然也就不會有什麼脗合聖誕卡上的奇景。睡前我也就不必有所期待。

一個不期待奇蹟的孩子，是不必把心事說給旁人，甚至說給自己聽的。我拒絕與自己對話，我寧可描摩外面的世界，那裡的顏色顯然亮麗得多。

因爲這樣，我厭煩聽到別人疑竇的眼神：眞不了解你，像隔著毛玻璃，總看不眞切。

我何必去辯解呢？不了解一個人難道就足以斷定那個人不值得關愛嚒！當我逐漸在生活的歷練中碰到我愛的女人拚命想穿透我豎立在自己與自己之間的高大藩籬時，我清楚察覺了由於急切的想了解而繼之尾隨的倉促壓迫感。這樣的女人令我聯想到「虎視眈眈」的侵略性，她們不只要愛，還要更多的坦白，和承諾。

妳一定忘不掉的，我們交往的過程初期，妳不也曾數度因爲我刻意規避一些互愛戀人慣例該有的表白，而憤怒傷心過！只是妳沒有考慮過放棄，久了？疲憊了？妳畢竟習慣了我們只面對生活中共同交集的那些部分。至於妳觸碰不及的，屬於我自己心中不願告白的部分，我寧願保持空白。自己也離它一段空間。

我相信從小養成的不與自己對話，是讓我一直和周遭世界保持一種既對峙又諧和的最好生存方式。

對於沉默的詮釋，年齡給了我更大的站立空間。

來台北念書時，城市瑰麗的形象和躍動不已的節拍，曾經讓我心動過。這樣的城市充滿變數，到處傳誦著白手起家的平民英雄。努力的工作，辛勤的生活，命運會在一心耕耘的花園小徑裡，導向自己走入輝煌的城堡。這樣的夢想，在這樣的城市裡，提供了像我這樣來自城市邊陲的孩子每天臨睡前默默的期待。

然而我畢竟是在城市裡辛勤存活了十餘年，這個城市隨時布滿變數，依舊有人白手起家，依舊有人平步青雲，命運的冥冥之手還是經常把不同人的機運導入各自矗立的城堡，但我對城市的脈動韻律卻在日增了解後逐步傾向於沉默。

在走向城堡的花園小徑上，人們要學著熟稔多少規則呢？我每天穿梭東區，日夜交遞的城市歲月，東區點點滴滴，成線狀、成面狀的逐漸擴大，樓蓋得愈高愈冷森，店開得愈多愈繽紛。走在東區的土地上（其實已經看不到什麼「土地」），人們必須盤算著日形複雜的人際交往裡，付出去的與可以回收的成不成比例。腳踏「實地」不僅成了上下樓梯間的生活裡最大的反諷，甚且成了城市價值最具體的駁斥。城市生活注定了往上攀爬，現代城市終避免不了不斷攀昇的走向，樓高如此，人心如此，走動其間的我們又如何能不如此！

向上攀昇，人要學著抬頭仰望，試著墊上別人的肩頭一級一級往上攀爬，站得愈高，愈要讓自己相信人我殺伐是城市競存的本質，沒有猶疑，也容不下遺憾。

都市城堡的通往小徑是遍灑眼淚而又不允許認眞哭泣的。

攀走其間，人與人的交往不僅懸浮玄機，需要在爾虞我詐中摸索互信的現實基礎，連與自己溝通也是一條辛苦異常的路。自己應面對那一個圖像的「自己」？是那個熟稔了城市軌道，日愈貼近都心跳動的自己？是那個偶爾心情鬱躁，總在眺望街景的沉默中想著不如歸去的自己？還是，有時候乾脆不思不想只隨規律自行生活的那個自己呢？與自己溝通，就得更刺痛自己的面對現實中有著歡樂、悲傷情緒的自己。認清了自己，又如何呢？

我曾記錄下一段小小的心情〈車過淡水河〉，那是我經常往返老家和台北兩地擺盪迭錯的過渡心情。我很喜歡其中引用的句子，「生命裡，總也有連舒伯特都無聲以對的時候……」無聲以對時，並不意味像舒伯特這樣用靈魂撞擊生命，繚繞音符於指間的人就放棄了生活。無聲以對時，爲什麼還要逼迫自己喋喋切切去臨視生命最無可如何的窘境？

無聲以對時，我們最好沉默。

男人心事

才走到巷口，我就瞧見二樓頂上閣樓窗旁的鐵架邊，擱著房裡那盆被我養得掙扎求生的盆景。不需多想，一定是妳來了，或是來過又走了。弟弟知道我的脾氣，就算進我房裡翻書找東西，也是靜悄悄，不留痕跡。不像妳那麼大剌剌，稍不順眼，便動手四處整理開來。

尤其是那盆景，買的時候妳就不贊成，嫌我粗心大意，又喜新厭舊，鐵定養不成它的綠意盎然。於是每次來，妳總要東瞧西瞧的，灑些水，拿上陽台透些新鮮。

果然，站在房間角落的它，雖然經過我數月來有一回沒一回的關照，黯黯淡淡了無生氣；倒也能在妳經常的照顧下，活出幾片新綠。放在窗沿鐵架上，是妳每次回來，一定於嘮叨抱怨之後細心的動作。我從外面往住處走時也養成習慣先抬頭望望，盆景在，我就知道妳來了。

妳向來不喜歡我把房間弄得凌亂散漫，而我，是怎麼樣都改不了這個自小跟著長大的壞毛病。以前住在家裡，有嗜潔如癖的媽媽管著，再隨便也還不至於離譜，自己獨居後那可得了，成堆成堆的書籍報刊，先從書桌上書架上堆疊起，放不下了自然是往牆角擠去，愈疊愈高，爲了翻閱方便起見，祇好一小堆一小堆的放置，而且每堆之間必須留些往返空隙，一則爲了抽取順暢，一則是房間總得往來行走。這種紊亂中，猶顧及便給的堆疊方式，理由妳大概聽得早厭煩了。這是亂中有序，我說。所以，千萬別隨便搬動，或者肆意整理，否則我眞會找不到隨時想找的資料。這是我振振有詞後，最後兩手一攤，聳聳肩，無可奈何狀的威脅。

妳呢？擺過臉色後，大多也會不言不語，然後端起那株盆景，獨自走到窗邊，邊灑水，邊想心事。

妳會想什麼呢？怨我的生活了無章法，又無心煥然一新？還是怨妳自己既然管不了我，卻又總是常常來到這間小閣樓自討幽悶呢？妳在想些什麼的時候，我大多也是悶悶坐在地板上，靠著我那堆書籍，隨手抓本無甚刻意的翻翻，想著妳可能盤旋的念頭。一室的幽靜，兩人的沉默，那株盆景竟然成爲我們偶有扞格時疏導尷尬的媒介。

讓我想想。類似盆景這樣的瑣事，規模不大，引起的妳我紛爭亦未必嚴重，但它們終究是一小件、一小件的發生於日常生活的接觸裡，一次次考驗起妳的耐性和我的情緒。逐漸的，它們消磨了初初愛戀時凡事皆無所謂的刻意包容，但又十分弔詭的使我們相互明白，既然必須平凡相處，生活裡的進退步伐又豈能平順得盡如己意！於是，更多的時刻裡，我們是用沉默，用妳依妳的方式我照我的邏輯，各別在自己的堅持範圍內和平相處。

久了，成了一種默契，我們彼此熟悉對方的習性，爭執的張力是摸索愛與不愛的分際線，沿著邊緣向前走，適當的休止判斷維繫住我們吵吵鬧鬧，卻不輕易分開的愛戀。這，或許是我們這年紀適應愛戀的一種策略罷！

登上二樓，迎面開門的弟弟，說妳來過又走了；說妳在我房裡坐了好一會；說妳和他閒聊了一些工作感觸，走時要我回妳一個電話，不管多晚。

回房後，黃暈暈的燈光下，房間果然看來潔淨許多，書桌上凌亂的稿紙、雜誌和顏色雜陳的水墨原子筆都一一歸位，靜靜保持妳動手整理後的位置。窗戶半掩，窗口那株盆景濕潤在窗外燈影下搖曳，我抿抿嘴，笑了，可以想像妳邊噘嘴唇，心頭嘀咕，而手腳猶勤快動作起來的模樣。想著，我笑得愈放肆了。

我其實是不太會調理生活秩序的。走到那兒，慌亂到那兒。朋友見到我的辦公桌，總要搖頭，不知我如何在找不著空隙的亂堆裡做事。爸媽見到我住的房間，就像妳的表情，不可思議當中還帶著憐惜，免不了要懷疑：這樣的男人什麼時候才會照顧自己。而我，是太習慣自己了，習慣從這些改變不了的積習所帶來的種種不便裡，找出自得其樂的種種可能。

還記不記得我以前租的那個小房間？整個房間被我的書塡塞得幾乎沒有迴旋餘地，每當門外的電話聲響，我匆匆奔出房間時，總少不了要在書堆叢中跳躍幾回，偶爾撞倒一堆，腿上青一塊紫一塊的，瘸著腿走路時自己也不知道該跟別人怎麼解釋。在自己房裡被自己的書撞倒？聽來也荒謬是不！即便如此，住在那小房裡的幾年當中，我仍然積極不了徹底清理的決心。房東的稚齡小兒最喜歡到我房裡戲耍，堆得比他還高的書堆叢林裡，穿巡其間的興奮或許不下真的草莽樹叢！更何況，他還經常在成堆我早不翻動的舊書報中找到一些好玩東西，像我迷戀看星星時的望遠鏡鏡頭、大學時代的照相簿、養死二隻小烏龜的玻璃罐、缺了仕或卒的彩色象棋盒，等等。在他探險式的發現驚喜聲中，我也常常被他小手中握著的蒙上一層灰漬的小器物，撩起陳陳往事。那間擠得容不下身子大幅迴旋的小屋，成了房東小兒的探險世界，於我卻是一點一滴生活的堆疊，屬於單身男人的。很多的夜晚和不少的周末，我就在那隨手可得，取之不盡的文字瀚海裡，泅泳出無邊無際的單身自由。

即便現在又搬了一次家，更寬更闊的房間依然無法改變我隨便坐臥其中，在凌亂紛紊裡自得其樂的生活習性。妳從偶爾來訪，到經常想來就來，我的房間秩序也跟著我們交往的密切明淨了許多。面對每回妳費神清理後的一室光亮，我的猶豫竟是複雜的。

好比此刻，整齊的書桌，半敞的窗戶，原本散落床沿的書籍乖乖的一本本疊置，盆景澆過水迎著晚風搖曳，一切都在秩序中綻放乾淨亮眼的愉悅。我走過書桌，推開窗沿，撫拭盆景時的幸福感裡猶多著一些些的遺憾。這房間像是一個「家」的部分了，可是它不再像我自己的「窩」，因爲它不亂，也不再會於暗夜裡絆我於接電話的匆忙恍惚中。而那些逸出秩序以外的，陪著我走過青春跨入成人的散漫無章和自由流動，依然是我生命底層躍躍欲試的奔泉呢！

我決定先回妳電話。留這房裡的明淨至少一夜罷。妳不妨試著閉目想想，我躺在床上瞪眼望著整齊房間的表情。我的心事，妳的心事，那株迎著晚風飄逸的盆景。

妳的背後

端起咖啡，啜飲一口後，準備放輕鬆的腦袋突然因爲觸及妳臨走前拋下的那句話，而感到沉沉鬱悶起來。

這裡是東區，熙攘往來的人潮幾乎不捨晝夜。從這家咖啡廳的落地窗向外望，我依稀還可辨識妳漸行漸遠漸隱沒於人群中的身影。當然最終妳會消失，我只能記得妳追問了許久，我卻始終無從準確回答的那個問題。

這場問答的追逐是怎麼開始的呢？我努力試著把它列成依時間順序的邏輯。而起初像所有剛剛愛戀的情侶一般，我們相互伸出敏感的觸鬚，試探彼此深層的意念。而後由於年歲與心情的差距，更多時候是妳想掀開我刻意藏匿的塵封心事，每當我侷促不安露出節節敗退的跡象後，妳溫柔卻促狹的口脗總要逼我承諾；在妳之前的已然結束，在妳之後的不准妄想。

其實我僅僅點個頭，這樣的問答追逐也就可以像所有戀人們慣見的爭執收場一般，輕易甜蜜結束，然後等待下一次吵鬧。可是每一次的節節敗退，我偏偏傾向更清醒地出入於記憶，更清楚的察覺隨時浮現周遭的機會。我又怎麼敢向妳承認那些盈溢於心思角落的記憶和悸動，常常是對比妳的分量時另一些經常冒出的影像呢？

然而這個午後的輕微爭吵，發生得倒是突兀了些。當妳走進我們約定的這家咖啡廳時，我已經花了一段時間整理桌上幾份剪下來的平面廣告。妳一直很清楚我對流行文化的留意與趣，像廣告之類的內容，常是我用來觀察這座城市脈動方向憑靠的資訊。午後的話題就是從那則廣告點燃的。

我興沖沖指著那幅「咖啡戀曲」平面廣告，發表了一番社會學式的評論意見，妳靜靜坐在那兒聽完我準備成爲文字的看法後，只輕輕吐了一句：你會在我的背後，發生新的戀曲嚒？然後妳欠身向前傾，雙肘撐在桌面上雙掌托住弧度極美的臉龐，我一向喜愛調笑的擺Pose模樣，眼眸緊緊盯著我的答案。

我打哈哈般的笑著，心頭倒眞不知說什麼。

新的戀曲總在情人背後發生。這句廣告文案把握住的色彩是十分眞切的，儘管它的目的僅在販賣一種商品，是順著一張現代社會男女關係複雜化的網絡來推銷一盒咖啡。

我心儀的英國文化評論家 Raymond Williams 曾經很生動形容「廣告是一套魔幻般的系

統」。廣告總能像點石成金的仙女魔杖，烘托每一項產品濃郁的購買氛圍。那個牌子的咖啡廣告從頭至尾沒談過品牌特色，從頭到尾它也只訴求一種感覺：連最堅實浪漫的愛情都不無遺憾了，人還能期待什麼？還是珍惜手中握擁的，喝杯咖啡吧！廣告的魔幻魅力恰恰在最關鍵的時刻凸顯出來，人們不必去認識那是多麼不同味道的咖啡，你只須認同它訴求形塑的那種現代兩性關係因頻頻接觸而無可避免的缺憾感，你就永遠記得這家咖啡了，直到下一個更吸引你的新品牌咖啡廣告出現前。

顯然我頗自鳴得意的廣告分析並沒引起妳的興致，妳想確定的是我在這廣告上表現的高度興趣，是否源於我的伺機而動和心底蠢蠢的一分不安。

我愈是不想正面回答，妳追索的語氣便逐漸溫柔得有些迫人眼瞼。我又體會到我們再次陷入重複的問答追逐裡，只是這個午後，我些微感到招架不住。

逼問我這樣的男人多少有點殘忍。年過三十的男人幾個曾沒波瀾起伏過的愛情記錄呢？而經歷過的又怎會像了無痕跡的午後太陽雨，一經暴曬便又是朗朗風和雲清？我甚至隱藏了許多極細微極細微的生活小習性，我保留它們其實是保留了昔日過往愛戀的殘存記憶。譬如說，我怎麼敢告訴妳，喝咖啡時我不時擦拭杯沿餘碴的動作，來自於一個溫柔女孩的優雅潔癖；吃橘子時我習慣把它放在塑膠袋裡隔著袋子剝食，使我想起一個早就嫁作他人婦的活潑女子；等公車時總會併著雙腿踮起腳跟前後擺動身軀，那是一個長髮女孩留在我生命裡極深的印象。我怎麼跟妳說，這些小小細微的舉止當妳不經意的偶爾觸及時，都會激起我漂漂蕩蕩的心思，向已然冰封但仍實實在在停留於某個生活角落的記憶庫裡搜尋。

我怎麼敢回答呢？

我當然不能對妳說，說我曾經停留駐足的每一次經驗，已經讓我養成好奇張望，想不斷奔足向前的狂野；我自然更是不能對妳說，每一次的分分合合，聚聚散散，我早已無法節制我漸趨委頓迷亂的步履。

我的囁嚅不語，明顯激起妳的不快。妳我之間彷彿霎時凝凍起一陣隔膜。四周靜靜流瀉的音樂聲、談話聲，這時候聽起來分外突兀，分外鮮明。我們就這麼足足坐了半小時，誰也沒插上半句話。

〔這種情況我們曾經歷過最好的處理方式就是我不吭聲既不強辯也不儘撿好話就讓我的沉默充分說明我的態度可是妳絕不能據此就判定我不是一個好的情人甚至好的歸宿因爲比起那些始終能在新的戀情發生後始終保持高昂興致的男人我所顯露的一貫低調情緒其實可以證明我對愛情採取的認識觀點已屬非常現實主義取向我認識自己在愛情的荒原上不過是個虛擲光陰不肯承認星星浮遍夜空後就是另一個日子開始的遊吟詩人但我知道我將在某一定點某一坐標上停住我的顛簸旅途在此之前我不做任何承諾在

此之後我也不做任何承諾當妳了解我後對我的僅能適度表達微笑或許便不致那般憤怒了」

妳終於站起身離開我凝滯的視線，向外邊的街道走出去。一如我們過去的爭辯結果，我沒留妳，妳也不會期待我留妳。

但我們之間一無期待嗎？我總覺得年齡是阻梗妳我最大的藩籬。妳要緊緊守護我們營建的花園，我卻認爲妳太依賴根本不存在的荒原夢境。當我們手牽著手，一起在星光滿聚的古花園中旅行，妳滔滔不絕的興奮隨時可以編織比霧月漫星更璀璨的奇想，我則在每一頃幽暗而略顯敗壞的花壇中，勾起光陰永隔的沉沉感傷。

除了這些，我不覺得我不愛妳。

驚夢絮語

一整夜，我在夢的更迭與醒的恍惚中掙扎。

長長小徑，（應該是一座花園罷，我想。）花團一簇一簇，沿著小徑，綻放。（與醒的時候一樣，我辨認不出它們的名字。）顏色詭豔，很深的紅，藍，黃，甚至白的色調都彷彿凸出表層，自有生命。（夢裡景物聽說不都是黑白分明嗎？）一個小孩，男的，順著小徑一路玩耍，我緊緊跟著，他腳步不快，我卻衹能追著背影，再快也依然保持一些距離。（奇怪的是，我清楚知道那小男孩就是我自己。）追著，追著，他突地回頭，向我笑了。我看到他，不，我看到我自己，老了的臉，笑著我小學時候慣見的眼神……（接著我就醒了。說不上是不是嚇著，但我看見兩個相異年齡的自己，在一個童稚身軀裡掙扎。）

那個夢之後，我又迷迷糊糊，在醒的邊緣放縱自己的意志，順著深沉的黑暗，半意識的滑落。滑落。

這次是往上，往上滑落。（衹有夢境，還有無邊無界的無重力狀態才能生動描繪這樣的詞彙「往上滑落」罷！）先是整個世界的空洞，黑暗，與無（什麼都沒有），（其實也不算精確，大概是空無一物的，全然漆黑的，可是我可以在黑暗中自由流動，看見它的黑暗。）然後，我感覺一夥人，一夥人的臉龐，娟秀素美的，女人的臉龐，在與我交會的一瞬，抬頭看我，一個接一個，再後來，我看見了妳，放肆笑著，迎面飛來，手勢卻作揮別狀，交錯的瞬間，我彷彿聽見妳的話語，但很快，很模糊，衹那麼一短暫，擦肩而過，向上滑逝，愈飄愈遠，我看著自己向一片龐大的黑洞墜落，全部的人迅速對我揮別，我站在最孤獨的中心，吶喊……（然後驚悚醒來）

季節交遞的午夜。燥熱。我不知道連番夢魘後，掙扎起身的此刻，究竟幾點。夜大概很沉，臨窗的小公園裡似乎有幾隻狗還在遊蕩。風吹樹葉，樹葉彼此摩擦，摩擦的娑娑聲穿過百葉簾，百葉簾的折縫整齊的傳遞一片片公園路燈的光影，光影印疊在房間對床的牆面上，我靜靜注視，它們因樹影搖晃而移位又復位的擺動。我感到一夜輾轉於夢醒邊緣的困頓，和一些口渴。

疲憊與清醒同時席捲我的腦袋，我卻是眞的再睡不著了。闔起眼，我努力回想著夢過的景象。

自小起我便是個睡得很淺的人，這個「淺」字好像是從妳那兒聽來的。不易入睡，睡著後稍有動靜，彷彿窗外跳過簷階的夜貓、隔壁房裡偶爾傳來的談話聲、馬路上稍微聲音震動些的輪胎飛馳而過，都會讓才入睡的我驚醒過來，然後要好一陣子，好一陣子的默默數羊，直到筋疲力竭方掙扎睡去。那時候，作夢意味著深沉入睡，夢裡國度總比現實多分滿足和愉悅。衹可惜，我睡得太淺，不輕易入夢，又輕易醒來，眼睁睁心思亂飛的時間更多。

睁眼空想的時候多在清晨天明之際，屋外黎明時分的騷動逐漸擴散，我會想著自己長大後的模樣，連帶著媽媽和爸爸老去後的神態，以及這個家會在時間的飄流裡傾頹，風化成荒蕪的種種。越想越清醒，離天明起床的鬧鐘定時也越近。能作夢，該多好，至少我是沉睡並且沒有念頭的。

現在想想，那般年紀即便睡得再淺，衹要偶爾入夢，夢裡的隨意縱走仍是快樂的。至於清醒時的掙扎，雖然於精神有些疲憊，但想的多是仍無可知的未來，盡屬幻想卻也彷彿如夢，既然如夢總也有甜蜜的汁液，像班上心儀的漂亮女生會和自己一起長大，念同一所學校什麼的；像家裡會愈來愈有錢，可以在村子外的新社區裡買棟房子，然後自己有屬於自己的小房間等等。這些醒著時想像的遠景，即使不是夢，一樣塡滿了我的貧乏和虛榮。

而這些，都離開我很遠了。我依然是睡得很淺的人，像妳說的，無法輕易入睡，睡著後常常易於驚醒，一醒就很長一段光景要醒著等待黎明。不同的是，在淺淺入睡的當兒，我會夢到不少摻雜著成長過程中前後順序顚倒的事物和毫無關聯的人物一起登場，它們像極了絞了帶子的音樂，重新整理後以變了音轉了調的速度在空氣中播放，我依稀聽得出旋律但總有扭曲著耳膜，緊繃著神經勉強聆聽的苦楚。是什麼原因強迫了我的夢中經驗走向這種扭曲呢？就好比剛才我掙扎於夢醒邊際之前，那幾個片段，無頭緒，又猶有熟悉畫面的夢境，它們壓迫著我。

片段的夢幻，它們壓迫著我。我記起了去美國的L，以及他的夢。L曾經對我說過一個他屢屢深陷的夢境。一大片的森林，走不完似的，漫天蓋地。他躺在坐椅上，仰望著藍天裡覆蓋的白雲，交錯疊現於濃鬱的森林樹梢，一叢一叢向後疾速飛去，再快，還是快不過漫天蓋地的森林大道，他開始感覺驚惶，自己在走不完的森林裡慌張的跑著，跑著……。然後呢？我問。他說，然後就醒了。那是他九年前到歐洲旅行穿越德國南境黑森林，長途奔走，女朋友開車而他倦臥椅座時睡時醒的朦朧印象。如今，如今卻是夢了。他在一個晚上的閒聊裡，提起這段先是經歷後是回憶接著是夢的往事。我玩笑般的問，是不是心情先老化了，怎不然要在夢裡追訴一些過往感傷？L笑笑，喃喃著那段飄盪歲月。

那場森林夢魘也應該緊緊壓迫L罷！是那輕言四處飛逸的年歲壓迫他，還是那個已經嫁做他人婦的女朋友，那段祇談愛情不必婚姻的輕鬆壓迫現在的他呢？他從沒正面談起過。但我總感到，我和L之間對某些事物的敏感是很相近的。於是我也就能想像，那一片漫天蓋地的黑森林所象徵的意義。我們都到了夢境與現實緊緊相隨的年紀。夢，再不是宣洩現實貧乏的幻想國度，它提供不了我們逃避的空間，反而成爲逼迫我們返回現實的潛意識陷阱，它張開一張網，把所有一切編織起來，愛的和憎的，壓迫著我們拚命向前。我們愈懷念輕鬆往事，沉重心情愈形負荷。夢醒邊緣，是輕和重的混沌世界。

在我們這年紀，即便作夢，也是掙扎。

蔡詩萍寫作年表

一九五八年　出生於桃園縣楊梅鎭。

一九六四年　就讀楊梅鎭埔心的四維國小，三年級後轉入當地另一小學瑞埔國小。年長後回想，轉學經歷十分關鍵，因爲四維國小幾乎全班都是眷村小孩，瑞埔國小恰相反，幾乎全屬客家、閩南族群的小孩。所以自小我對族群間的敏感，以及跨族群間的友誼，有深刻體會。

一九七〇年　就讀楊梅鎭仁美國中，國中三年，啓發了寫作與對政治議題的好奇心。
在校期間，創下校刊一期內刊登七篇文章的紀錄，包括散文、評論，名字出現太多，因而被要求以不同筆名發表。

一九七三年　考入省立新竹高中。高中三年，遇上老校長辛志平最後一年任期，以及新校長史振鼎的前兩年，竹中的自由校風，奠下了個人基本的人生框架，我一輩子討厭束縛、反權威、喜自由思考，深愛閱讀，都在這期間養成。

一九七六年　大學聯考，全部塡北部大學的法律、政治科系，考上輔大法律系，學期未結束，即休學返家，一邊自訂重考計劃，一邊勤打撞球。

一九七七年　考入台大哲學系。哲學概論課堂上跟授課教授意見不一，我傾向於接受胡適《中國哲學史大綱》的觀點，解析中國哲學的起源，與嫻熟康德哲學的留德系主任爭辯，被罵若不接受其基本前提，大可不必上課。當下決定，要自哲學系出走。同年年底，在中壢，爲許信良違紀參選桃園縣長助選，目睹「中壢事件」。

一九七八年　轉系進入政治系國際關係組，系主任爲張劍寒教授。

一九七九年　台大即席演講比賽冠軍。「台大文學獎」散文第三名，首獎從缺，第二名是後來文壇赫赫有名的中文系學妹簡媜。這是我迄今參加過的，僅有的一次徵文比賽。同年底，發生「美麗島事件」，我無法想像，多年後竟然跟當時的「頭號要犯」施明德變成好朋友。

一九八一年　台大政治系畢業。臨入伍前，因深度近視眼，免當兵。

一九八二年　毛遂自薦進入《自立晚報》，擔任國會記者，總編輯爲顏文門。年底由李鴻禧、胡佛教授推薦，轉入聯合報系《中國論壇》擔任編輯。

一九八三年　考入台大政治研究所。

一九八七年　與許津橋合編《一九八六台灣年度評論》（圓神出版），台灣第一本嘗試跨科系，以評論眼光檢視政治社會發展的集體創作。當年作者群都屬碩士班、博士班研究生，年紀多在二十七八之間。

一九八九年　出版《誰怕政治》評論集（桂冠出版）。五月中下旬，人在北京，親眼目睹六四天安門事件前夕中國的騷動。

一九九〇年　出版《不夜城市手記》（聯合文學）。主持公視讀書節目「當代書房」。第一次接觸電視主持工作。

一九九一年　出版《三十男人手記》（聯合文學）。

一九九三年　首度演出舞台劇《非關男女》，導演郭強生，演員包括：唐琪、張曼娟、蕭言中等。

一九九四年　考入台大國家發展研究所博士班。

一九九五年　出版《騷動島嶼的論述反抗》文化評論集（聯合文學）。

一九九七年　演出綠光劇團大戲《結婚，結昏，辦桌》。擔任《聯合晚報》總主筆。

一九九八年　出版《男回歸線》（聯合文學）。

一九九九年　演出綠光劇團新戲《黑道害我眞命苦》，演員包括：李永豐、蔡振南、劉亮佐、汪用和等。

二〇〇〇年　出版《你給我天堂，也給我地獄》（聯合文學），本書獲得誠品書店年度百大暢銷好書文學類第十名。

二〇〇一年　出版《妳，這樣寂寞》（時報文化）。

二〇〇二年　獲得「中國文藝協會」年度散文獎。主持中廣流行網「台灣e起來」談話性節目。

二〇〇三年　考入台大管理學院EMBA研究所。演出舞台劇《慾可慾，非常慾》，導演郭強生，演員包括：六月、張孝全。在《錢》雜誌撰寫管理專欄。《你給我天堂，也給我地獄》發行簡體字版（上海文匯出版社）。

二〇〇四年　出版《蔡詩萍精選集》（九歌）、《歐菲斯先生》（聯合文學）。

※蔡詩萍專用信箱：sptsai@ms6.hinet.net

蔡詩萍散文重要評論索引

評論文獻	評論者	原載處	原載日期
男人‧男人，你在哪裡？——評蔡詩萍的《三十男人手記》	楊　照	聯合文學	一九九二年
告白男性啓蒙經驗	蕭攀元	聯合報	一九九七年六月八日
絮語一個戀人——訪作家蔡詩萍	王開平	聯合報	二〇〇〇年六月五日
蔡詩萍發表情書現象學——《你給我天堂也給我地獄》發抒對情書的觀察	蔡美娟	聯合報	二〇〇〇年六月八日
蔡詩萍出入情書窺見人性	賴素玲	民生報	二〇〇〇年六月二十六日

「妳這樣寂寞」描寫女人心　江世芳　中國時報　二〇〇一年十一月十日
——蔡詩萍、時報出版首度合作

單身女子的私密心事　蘇心平　中央日報　二〇〇二年二月十八日

新世紀散文家⑫

新世紀散文家：蔡詩萍精選集

Selected essays of Tsai Shih-Ping

著　　者：蔡　詩　萍
發 行 人：蔡　文　甫
發 行 所：九歌出版社有限公司
臺北市八德路3段12巷57弄40號
電話／02-25776564・傳真／02-25789205
郵政劃撥／0112295-1
九歌文學網：www.chiuko.com.tw
登 記 證：行政院新聞局局版臺業字第1738號
印 刷 所：崇寶彩藝印刷有限公司
法律顧問：龍躍天律師・蕭雄淋律師・董安丹律師
初　　版：2004（民國93）年1月10日
初版 4 印：2010（民國99）年1月10日

定　價：290元

ISBN 957-444-104-0　　Printed in Taiwan
書號：I0012

國家圖書館出版品預行編目資料

蔡詩萍精選集／蔡詩萍著；陳義芝編.—初版.
—臺北市：九歌，2004〔民93〕
面；　公分.　—（新世紀散文家；12）

ISBN　957-444-104-0（平裝）

855　　　　　　　　　　　　92021242